A ÚLTIMA TESTEMUNHA

A ÚLTIMA TESTEMUNHA

LIV CONSTANTINE

Tradução
Érico Assis

Rio de Janeiro, 2020

Copyright © 2019 por Lynne Constantine and Valerie Constantine
All rights reserved.
Título original: The Last Time I Saw You

Todos os direitos desta publicação são reservados à Casa dos Livros Editora LTDA.

Nenhuma parte desta obra pode ser apropriada e estocada em sistema de banco de dados ou processo similar, em qualquer forma ou meio, seja eletrônico, de fotocópia, gravação etc., sem a permissão do detentor do copyright.

Diretora editorial: *Raquel Cozer*

Gerente editorial: *Alice Mello*

Editor: *Ulisses Teixeira*

Preparação: *André Sequeira*

Preparação de original: *Thaís Carvas*

Revisão: *Anna Beatriz Seilhe*

Capa: *James Iacobelli*

Imagem de capa: *Nigel Cox*

Adaptação de capa: *Angelo Bottino*

Diagramação: *Abreu's System*

CIP-Brasil. Catalogação na Publicação
Sindicato Nacional dos Editores de Livros, RJ

C774u
    Constantine, Liv
       A última testemunha / Liv Constantine ; tradução Érico Assis.
   — 1. ed. — Rio de Janeiro : Harper Collins, 2020.
      336 p.

       Tradução de: The last time I saw you
       ISBN 9788595087095

       1. Ficção americana. I. Assis, Érico. II. Título.

20-63282
                    CDD: 813
                    CDU: 82-3(73)

Meri Gleice Rodrigues de Souza — Bibliotecária CRB-7/6439

Os pontos de vista desta obra são de responsabilidade de seu autor, não refletindo necessariamente a posição da HarperCollins Brasil, da HarperCollins Publishers ou de sua equipe editorial.

HarperCollins Brasil é uma marca licenciada à Casa dos Livros Editora LTDA.
Todos os direitos reservados à Casa dos Livros Editora LTDA.
Rua da Quitanda, 86, sala 218 — Centro
Rio de Janeiro, RJ — CEP 20091-005
Tel.: (21) 3175-1030
www.harpercollins.com.br

ÀS DAMAS DA TERÇA-FEIRA:

Ginny
Ann
Angie
Babe
Fi
Mary
Santhe
Stella

Exemplos incomparáveis de amizade e fidelidade.
Muitas saudades.

PRÓLOGO

Ela gritou e tentou se levantar, mas só perdeu o equilíbrio. Sentou-se de novo, puxou o ar bem fundo e soltou. Tentou se concentrar. Havia como fugir? *Pense*. Ela se ergueu, as pernas estavam bambas. O fogo se espalhava, chegava aos livros e aos porta-retratos. Ela mergulhou no chão, de mãos e joelhos, quando a fumaça espessa preencheu a sala. Quando o ar ficou denso demais, ela colocou a blusa sobre a boca. Tossiu enquanto engatinhava rumo ao saguão.

— Socorro! — gritou, a voz rouca, embora soubesse que não havia ninguém por perto que pudesse ajudá-la. Não entre em pânico, disse a si mesma. Ela precisava se acalmar, poupar oxigênio.

Ela não podia morrer desse jeito. A fumaça era tão densa que ela só conseguia enxergar centímetros à frente. O calor das chamas estava se aproximando e ia consumi-la. Não vou conseguir, pensou. A garganta estava inflamada, o nariz ardia.

Com o que lhe restava de força, ela arrastou-se até o saguão da entrada. Ali se deitou, arfando, exausta. Seus pensamentos estavam embaralhados, mas o mármore gelado do chão era como uma carícia na sua pele. Ela encostou a bochecha no piso frio. Já podia dormir. Fechou os olhos e sentiu que estava apagando, até que tudo ficou escuro.

UM

Havia poucos dias, Kate refletia sobre qual presente de Natal daria à mãe. Não tinha como saber que, em vez de um presente, teria que escolher um caixão. Ela ficou parada, em silêncio, atordoada, enquanto os encarregados de carregar o caixão dirigiam-se à igreja lotada. Um movimento repentino fez com que ela se virasse. Foi quando a viu. Blaire. Ela viera. Ela tinha vindo de verdade! De repente, foi como se a mãe de Kate não estivesse mais dentro de uma caixa de madeira, vítima de um homicídio brutal. A imagem que tomou sua mente foi outra. A da mãe rindo, seus cabelos dourados balançando ao vento enquanto segurava as mãos de Blaire e Kate, as três correndo pela areia aquecida, na direção do oceano.

— Você está bem? — sussurrou Simon. Kate sentiu a mão do marido em um dos seus cotovelos.

Ela tentou falar, mas foi sufocada pelas emoções. Então só fez que sim com a cabeça, indagando-se se ele a tinha visto também.

Após a cerimônia, a procissão de carros levou o que pareceram horas para chegar ao cemitério e, uma vez lá, Kate não se surpreendeu ao ver a fila que se formara. Kate, o pai e Simon tomaram seus assentos enquanto outros ocupavam o espaço ao redor do túmulo. Apesar do céu aberto, alguns flocos de neve dançavam no ar, anunciando os dias frios por vir. Por trás dos óculos escuros, o olhar de Kate percorria cada rosto e questionava se o assassino poderia estar entre eles. Alguns eram estranhos, ao menos para ela, e outros eram amigos antigos que ela não via havia anos. Enquanto vasculhava a multidão, seus olhos detiveram-se em um homem alto e em uma mulher pequena de cabelos grisalhos ao seu lado. A dor invisível se alastrou pelo seu peito, e sufocou seu coração. Eram os pais de Jake. Ela não os via desde o enterro dele, aquele que havia sido o pior dia de sua vida, até o dia de hoje. A expressão no rosto deles era impassível. Apenas olhavam para a frente. Ela fechou os punhos, recusando-se a sentir de novo a dor e a culpa. Mas tinha tanta vontade de conversar com Jake, de chorar no seu ombro enquanto ele lhe dava um abraço.

A cerimônia no cemitério foi curta. Enquanto o caixão descia ao solo, Harrison, pai de Kate, ficou imóvel, apenas olhando. Kate entrelaçou sua mão à dele, que permaneceu mais alguns instantes parado, o rosto inescrutável. De repente, ele pareceu ter muito mais que 68 anos, as linhas profundas em sua testa ainda mais ressaltadas. Kate se viu tomada pelo pesar e segurou em uma das cadeiras de armar para recuperar o equilíbrio.

A morte de Lily deixaria um enorme vácuo na vida de todos. Ela fora o centro, um centro poderoso em torno do qual girava a família. Ela organizava a vida de Harrison, dava ordem e administrava a agenda social lotada dos dois. Mulher elegante, produto da riqueza da família Evans, ela aprendera desde a infância que sua fortuna a obrigava a retribuir à comunidade. Lily fizera parte de vários comitês de filantropia e dirigira a própria fundação de caridade — a Fundação Família Evans-Michaels —, que subsidiava organizações que atendiam vítimas de violência doméstica e abuso infantil. Ao longo dos anos, Kate assistira à mãe presidir o comitê da fundação, incansável na tarefa de angariar fundos e ficar pessoalmente disponível àquelas que recorriam ao abrigo. Ainda assim, Lily sempre estivera à sua disposição. Sim, Kate teve babás, mas era a mãe quem vinha toda noite cobri-la com o cobertor, era a mãe que nunca perdia um evento do colégio, era a mãe que secava suas lágrimas e que comemorava suas conquistas. De certo modo, ser sua filha era um desafio, como se ela desse conta de tudo com graça e tranquilidade. No fundo, o que a guiava era um propósito muito forte. Às vezes, a filha imaginava-a relaxando a postura ereta ao fechar a porta do quarto. Kate prometera a si própria que, se tivesse filhos, seria como a mãe.

Kate colocou o braço sobre os ombros do pai e puxou-o delicadamente para baixo da tenda, onde o ar frio estava tomado pelo cheiro nauseabundo de rosas e lírios de estufa. Com Simon pelo outro lado, os três caminharam até a limusine. Ela sentiu-se aliviada ao entrar no casulo escuro do veículo e espiou pela janela. Parou de respirar ao perceber Blaire, sozinha, as mãos à frente do corpo. Kate teve que se deter para não abaixar a janela e chamá-la. Fazia quinze anos que não conversavam. Naquele momento, parecia que haviam se visto ontem.

A casa de Simon e Kate, em Worthington Valley, ficava perto do cemitério, e ninguém cogitou a opção de receber as pessoas na casa de Lily e Harrison, o lugar onde ela havia morrido. O pai não voltara lá desde a noite em que encontrara o corpo da esposa.

Quando chegaram, Kate correu para casa antes dos demais, pois queria alguns instantes para ver sua filha até que os convidados começassem a aparecer. Subiu a escada com pressa até o segundo andar. Simon e Kate haviam decidido que seria melhor para a filha pequena, de quase cinco anos, abster-se do trauma do enterro. Mas Kate queria saber como ela havia ficado.

Lily ficara muito emocionada no dia que Kate contara da gravidez. Era apaixonada por Annabelle desde o instante em que a menina nasceu, e lhe dava toda atenção sem qualquer limite que se impusera com Kate, rindo quando dizia: "Ela, eu posso mimar. Quem tem que educar é você." Será que a neta se lembraria da avó, com o passar dos anos?, pensou Kate. A reflexão fez ela hesitar e seu pé escorregou no último degrau. Ela agarrou o corrimão ao chegar no patamar e puxou-se em direção ao quarto da filha.

Quando Kate espiou pela porta, Annabelle estava contente brincando com sua casa de bonecas, protegida dos trágicos acontecimentos dos últimos dias. Hilda, a babá, ergueu o olhar quando a mãe entrou.

— Mamãe. — Annabelle levantou-se, correu até Kate e a abraçou pela cintura. — Tava com saudade.

Kate puxou a filha para perto e fungou no seu pescoço.

— Eu também, meu docinho. — Ela sentou-se na cadeira de balanço e colocou Annabelle no colo. — Quero conversar com você e depois vamos descer juntas. Lembra que eu contei que a vovó foi ficar no céu?

Annabelle olhou para ela, de cara séria.

— Lembro — respondeu a menina, os lábios trêmulos.

Kate passou os dedos pelos cachos da filha.

— Então. Tem um monte de pessoas lá embaixo. Elas vieram nos dizer o quanto amavam a vovó. Não é legal?

Annabelle fez sim com os olhos arregalados, sem piscar.

— Eles querem nos dizer que nunca vão se esquecer dela. E nós também não vamos, não é?

— Eu queria ver a vovó. Não quero que ela fique no céu.

— Ah, meu bem, eu garanto que você vai ver ela de novo. Um dia vocês vão se encontrar. — Ela puxou Annabelle para perto novamente, tentando segurar as lágrimas. — Agora vamos descer e dar oi para todo mundo. Eles foram muito gentis em vir aqui e ficar conosco. Você pode descer, cumprimentar o vovô e os nossos amigos e, depois, voltar aqui e brincar. Combinado? — Kate levantou-se, pegou a mão de Annabelle e fez um sinal para Hilda, que as acompanhou.

No andar de baixo, elas atravessaram a aglomeração de convidados que já haviam chegado. Depois de quinze minutos, porém,

Kate pediu a Hilda que levasse Annabelle de volta ao quarto de brinquedos. Ela continuou perambulando, sozinha, cumprimentando as pessoas, mas o pesar fazia suas mãos tremerem e a respiração se dar em arfadas curtas, como se a multidão estivesse sorvendo todo o ar da casa. A sala de estar estava lotada de uma parede à outra.

Do outro lado do cômodo, Selby Haywood e sua mãe, Georgina Hathaway, conversavam em particular com Harrison. A nostalgia acometeu Kate quando ela olhou para o grupo. Que lembranças boas: os verões na praia da época em que Selby e ela eram crianças, as ondas batendo em seus corpos, os castelos de areia que construíam sob atenção das mães. Georgina fora uma das amigas mais íntimas da sua mãe, e as duas sempre adoraram o fato de que as filhas também eram próximas. Era, contudo, uma amizade diferente da que Kate tinha com Blaire. Selby e ela haviam sido unidas pelas mães; Kate e Blaire haviam se escolhido. Elas se deram bem desde o começo, como se houvesse um entendimento especial entre as duas. Com Blaire, ela conseguia abrir seu coração de um jeito que nunca conseguira com Selby.

Uma mão tocou um dos cotovelos de Kate, que a fez se virar e ficar cara a cara com a mulher que fora como uma irmã durante seus anos de formação. Ela prontamente se jogou nos braços de Blaire e chorou.

— Ah, Kate. Eu ainda não acredito. — A respiração quente de Blaire no ouvido de Kate enquanto elas se abraçavam era cálida. — Eu a amava tanto.

Passado um instante, Kate afastou-se e pegou as mãos de Blaire.

— Ela também amava você. Que bom que você veio. — Os olhos de Kate incharam de novo. Era surreal ver Blaire ali, na sua casa, depois dos anos que as duas haviam passado afastadas. Uma já fora muito importante para a outra.

Blaire havia mudado muito pouco: seus cabelos compridos e escuros pendiam em madeixas grossas, seus olhos verdes ainda brilhavam e, em torno destes, o leve anunciar das linhas de expressão era a única evidência de que o tempo havia passado. Blaire sempre fora estilosa, mas hoje parecia uma mulher elegante e de gosto caro, como se fizesse parte de um mundo diferente, de muito mais glamour. E claro que fazia, pois agora era uma escritora famosa. Kate foi acometida por uma onda de gratidão. Ela precisava fazer com que Blaire soubesse o quanto dava valor por ela ter vindo, que ela fazia parte de um passado do qual Kate guardava ótimas memórias, e que a antiga amiga entendia melhor que qualquer outra a dor de sua perda. De uma hora para outra ela se sentiu um pouco menos sozinha.

— É muito importante você estar aqui. Podemos ir para outra sala e conversar a sós? — A voz de Kate saiu hesitante. Ela não tinha certeza do que Blaire ia responder, nem se estava disposta a conversar sobre o passado, mas vê-la fez Kate querer aquilo mais do que tudo.

— É claro — respondeu Blaire, sem hesitar.

Kate a levou à biblioteca, onde acomodaram-se em um sofá de couro aconchegante. Passado um silêncio breve, ela falou:

— Sei que deve ter sido difícil para você vir até aqui, mas eu tive que ligar. Muito obrigada por ter vindo.

— É claro. Eu tinha que vir. Pela Lily... — Blaire fez uma breve pausa antes de complementar. — E por você.

— Seu marido veio? — perguntou Kate.

— Não, não conseguiu. Estávamos viajando por conta do livro novo, mas ele compreendeu que eu tinha que comparecer.

Kate fez um meneio com a cabeça.

— Que bom que você veio. Minha mãe também ia gostar. Ela odiava isso de nunca termos feito as pazes. — Ela parou para mexer no lenço que tinha nas mãos. — Penso bastante naquela briga. Nas coisas terríveis que dissemos. — As memórias começaram a vir à tona, enchendo-a de arrependimento.

— Eu não devia ter questionado sua decisão de casar-se com Simon. Foi errado da minha parte — confessou Blaire.

— Nós éramos tão novas... foi uma tolice deixar que aquilo acabasse com nossa amizade.

— Você não sabe quantas vezes eu pensei em ligar para você, conversar e resolver, mas tinha medo de que você desligasse na minha cara — falou Blaire.

Kate olhou para o lenço nas suas mãos, já em pedaços.

— Eu também pensei em telefonar, mas quanto mais eu esperava, mais difícil era. Não acredito que minha mãe teve que ser assassinada para eu tomar a atitude. Mas ela ficaria feliz de nos ver juntas. — Lily ficara muito chateada com a briga das duas. Ao longo dos anos, foram várias as vezes em que ela puxou assunto com Kate, sempre tentando fazer com que ela levantasse uma bandeira branca para Blaire. Kate lamentava a resistência e teimosia que tivera. Ela ergueu o olhar então. — Eu não acredito que nunca mais vou vê-la. A morte dela foi tão brutal. Eu passo mal só de pensar.

Blaire chegou mais perto.

— Foi horrível — disse ela, e Kate percebeu um leve tom questionador na voz.

— Não sei do quanto você ficou sabendo... tenho evitado os jornais. Papai chegou em casa na sexta-feira à noite e a encontrou. — Sua voz fraquejou e ela segurou o choro antes de prosseguir.

Blaire estava sacudindo a cabeça, em silêncio, enquanto Kate prosseguia.

— Ela estava na sala de estar... deitada no chão, a cabeça... alguém bateu na cabeça dela. — Kate engoliu em seco.

— Acham que foi arrombamento?

— Parece que quebraram uma janela, mas não havia sinais de arrombamento.

— A polícia tem ideia de quem foi?

— Não. Não encontraram a arma. Procuraram em todos os lugares. Conversaram com os vizinhos, mas ninguém ouviu nem viu nada de incomum. E você sabe como a casa é isolada... o vizinho mais próximo fica a mais de quinhentos metros. O legista disse que ela morreu entre as 17 horas e as 20 horas. — Kate entrelaçou as mãos. — Não consigo imaginar que, enquanto matavam minha mãe, eu estava aqui, levando minha vida.

— Você não tinha como saber, Kate.

Kate fez sim com a cabeça. Sabia que Blaire estava certa, embora isto não mudasse o que ela sentia. Enquanto ela preparava chá ou lia uma história de ninar para a filha, alguém havia, com brutalidade, tomado a vida de sua mãe.

Blaire franziu o cenho e colocou uma mão sobre a de Kate.

— Ela não ia gostar que você ficasse pensando assim. Você sabe, não é?

— Senti saudades suas. — Kate suspirou.

— Estou aqui.

— Obrigada. — Kate fungou o nariz. Elas abraçaram-se de novo, Kate agarrando-se à amiga como se ela fosse uma boia de salvação que não deixaria ela se afundar no luto. Quando estavam saindo da biblioteca, Blaire parou e olhou para Kate com ar interrogativo.

— Eram os pais do Jake lá na igreja?

Kate fez que sim.

— Fiquei surpresa quando os vi. Mas acho que não vieram para cá, e que só queriam prestar condolências à mamãe. — Ela sentiu um nó na garganta. — Não posso culpá-los por não quererem falar comigo.

Blaire começou a falar, mas fez uma expressão de pena e lhe deu mais um abraço.

— Acho que eu devia voltar às visitas — disse Kate.

Ela passou o resto do dia atordoada. Depois que todos foram embora, Simon se entocou no escritório para resolver uma crise do trabalho, enquanto Kate vagou, sem rumo, de uma sala a outra. Esteve ansiosa para que todos fossem embora, que o dia do funeral de sua mãe terminasse, mas o silêncio da casa estava sinistro. Para onde quer que ela olhasse, parecia que havia mais um cartão de condolências ou mais um buquê de flores.

Acabou sentando-se na poltrona da sala de leitura, encostou a cabeça e fechou os olhos, cansada e triste. Estava quase cochilando quando uma vibração a seu lado a fez abrir os olhos. O celular. No bolso do vestido. Ela tirou do bolso e leu na tela Número Privado onde devia aparecer o nome de quem mandara a mensagem. Leu o texto.

Lindo dia para um funeral. Gostei de ver você assistindo a eles colocarem sua mãe embaixo do chão. Seu rosto tão lindo, manchado e inchado de tanto chorar. Tive prazer em ver seu mundo desabando. Se acha que está triste agora, você não perde por esperar. Quando eu acabar, você vai desejar ter sido a sepultada de hoje.

Seria uma piada de muito mau gosto?

Quem é?, ela digitou, esperando uma resposta que não veio. Ela levantou-se depressa da poltrona, o coração ribombando no peito, e correu para fora da sala, a respiração acelerada.

— Simon! — berrou ela, enquanto se apressava pelo corredor. — Chame a polícia!

DOIS

Uma tristeza profunda se abateu sobre Blaire enquanto acompanhava a fila de carros para chegar à recepção na casa de Kate. Não era possível que Lily estivesse morta, ainda mais que tivesse sido assassinada. Por que alguém ia querer matar uma pessoa tão querida e adorável quanto Lily Michaels? Blaire resistiu às lágrimas que passaram a semana inteira querendo sair. Agarrada ao volante, ela respirou fundo e forçou-se a ficar calma. Seguiu a trilha ladeada por árvores até a frente da mansão elegante de Kate e Simon, onde um manobrista a esperava. Ela parou o Maserati, saiu e entregou as chaves ao jovem de uniforme.

A mansão de pedra ficava em uma parte elevada, que dava para um prado em declive que terminava em estábulos e um padoque. Ela estava na terra dos cavalos, da famosa Maryland Hunt Cup. Blaire nunca esqueceria a primeira vez que fora à corrida com Kate e os pais dela, em um dia ensolarado de abril. A multidão empolgada reunia-se em torno dos carros e das barracas pequenas, enquanto se acotovelavam com seus drinks mimosas e aguardavam a largada. Blaire, noviça, vinha fazendo aulas de equitação no Colégio Mayfield, enquanto Kate praticamente nascera em cima da sela. Blaire aprendera durante as aulas que uma corrida com obstáculos lembrava uma *steeplechase*, as corridas com sebes, muros, fossas e diversos obstáculos dispersos pela pista. Ela assistia fascinada à dupla cavalo-cavaleiro saltar cercas de quase um metro e meio. Lily estava de bom humor naquele dia, distribuindo o banquete que havia trazido na cesta de palha, em uma toalha bonita que colocou sobre a mesa dobrável. Ela sempre fazia tudo com graciosidade e elegância. Agora ela se fora, e Blaire era apenas mais uma na multidão de enlutados que lotava a mansão de Kate e Simon.

Blaire estava muito nervosa em ver a amiga de anos, mas, no instante em que elas se aproximaram, as velhas emoções se acalmaram. Kate até a puxou de lado para uma conversa íntima e elas puderam compartilhar um instante de luto. Olhando ao seu redor, Blaire achou a mansão tão imponente quanto aquela em que Kate havia crescido. Ainda era difícil conciliar a imagem da menina que Blaire conhecera, de 23 anos e despreocupada com a vida, com a senhora de uma mansão formal e majestosa. Blaire ouvira dizer que Simon, arquiteto, havia projetado-a para parecer histórica. O marido da amiga era uma das pessoas que não ficaria contente com a volta de Blaire. Não que ela se importasse com a opinião dele. Ela estava ali disposta a reatar laços com outros amigos que não via há anos e não ia se incomodar com ele.

A biblioteca pela qual ela havia passado a caminho da sala lhe dera vontade de parar e ficar por ali. Tinha dois andares, com um lado inteiro de janelas compridas. As paredes e o teto de madeira preta reluziam ao sol. Uma escadaria de madeira subia em espiral até uma sala de leitura, recheada com mais livros. O tapete persa escuro e a mobília de couro aumentavam a sensação de estar em um lugar antigo — era um espaço onde o leitor poderia voltar no tempo. Blaire teve a ânsia de subir aquela escada acariciando o corrimão de madeira grossa e perder-se naquelas obras da literatura.

Em vez disso, ela prosseguiu até a ampla sala de estar, onde os empregados circulavam com aperitivos e serviam vinho em bandejas. O espaço era imenso e bem iluminado, o que deixava tudo mais alegre, se não aconchegante. Blaire notou o teto alto com acabamento refinado nos frisos e as pinturas originais nas paredes. Eram o mesmo tipo de obras que ela vira na casa dos pais de Kate, com aquela pátina de idade e riqueza. O chão de tábuas corridas era coberto por um enorme tapete oriental marrom escuro e azul. Blaire notou a franja esfiapada em um cantinho e alguns pontos que pareciam um tanto gastos. Mas é claro, ela sorriu consigo, sendo irônica. Provavelmente era da família há muitos e muitos anos.

Ela fitou o sujeito desajeitado do outro lado do salão, parado no bar. Os olhos dela atraíram-se pela gravata-borboleta no pescoço. *Quem usa gravata-borboleta em um velório?* Ela nunca se acostumara à obsessão de Maryland por gravatas borboleta. Na escola, tudo bem; mas, quando se é adulto, só em uma ocasião formal. Ela sabia que as amigas antigas não concordariam com ela, mas, para ela, este acessório era coisa de Pee-wee Herman ou do palhaço Bozo. Assim que ela registrou o rosto, porém, tudo fez sentido. Gordon Barton. Um ou dois anos à frente delas no colégio, aquele que rastejava por Kate como um cachorrinho perdido quando eles eram menores. Ele sempre fora um garoto estranho, sinistro, daqueles que encaram você por longos momentos durante uma conversa, que faz você se perguntar o que se passa na cabeça dele.

Ele viu que ela estava olhando e veio na sua direção.

— Olá, Gordon.

— Blaire. Blaire Norris. — Os olhos estrábicos não tinham calor humano algum.

— Agora é Barrington — disse ela.

As sobrancelhas dele pularam.

— Ah, é mesmo. Você se casou. Preciso dizer: você anda bem famosa.

Ela não dava bola alguma para ele, mas o reconhecimento de seu sucesso literário a agradava mesmo assim. Ele sempre fora um engomadinho que a olhava como um superior, do alto de seu nariz.

Ele balançou a cabeça negativamente.

— Que horrível o que aconteceu com Lily. Horrível.

Ela sentiu os olhos marejarem de novo.

— Assustador. Ainda não acredito.

— Claro. Estamos todos chocados. *Homicídio*. Aqui. Impensável.

A sala estava cheia de gente que havia feito fila para dar as condolências a Kate e seu pai, que estava perto da lareira, ambos com aparência de atordoados. Harrison estava pálido, olhando para o nada.

— Desculpe, com licença — disse Blaire a Gordon. — Ainda não tive oportunidade de falar com o pai da Kate. — Ela se dirigiu à lareira. Kate foi engolida pela multidão antes de Blaire chegar até ela, mas os olhos de Harrison arregalaram-se conforme ela se aproximou.

— Blaire. — Sua voz era calorosa.

Ela dirigiu-se até seus braços abertos e ele lhe deu um abraço forte. Blaire foi acometida por uma viagem no tempo ao sentir o cheiro de seu pós-barba, e surgiu uma tristeza pungente por todos os anos que eles não estiveram juntos. Quando se endireitou, ele tirou um lenço do bolso e limpou o rosto, soltando alguns pigarros antes de conseguir falar.

— Minha bela Lily. Quem faria uma coisa dessas? — Sua voz vacilou, e ele estremeceu como se sentisse uma dor no corpo.

— Sinto muito, Harrison. Não tenho como expressar…

Os olhos dele perderam o brilho de novo. Harrison soltou a mão dela, torcendo o lenço até virar uma bola. Antes que Blaire pudesse dizer algo mais, Georgina Hathaway veio a passos largos.

O coração de Blaire parou. Ela nunca gostara nem da mãe nem da filha. Ficara sabendo que Georgina enviuvara, que Bishop Hathaway morrera havia alguns anos devido a complicações decorrentes do Parkinson. A notícia a deixou surpresa. Bishop sempre fora um homem vibrante, atlético e sarado, com corpo de esportista. Era o centro das atenções e o último a ir embora de uma festa. Ver o corpo definhar deve ter sido uma tortura. Ela costumava perguntar-se o que ele vira em Georgina, que era mais egocêntrica que Narciso.

Quando a mulher pôs a mão em um dos ombros de Harrison, ele olhou para cima e ela lhe entregou um copo cheio de um líquido âmbar que Blaire supôs ser conhaque, sempre a preferência dele.

— Harrison, querido, tome isso. Vai acalmar seus nervos.

Ele pegou o copo das mãos dela sem dizer uma palavra e deu um gole demorado.

Blaire não via Georgina Hathaway havia mais de 15 anos, mas ela parecia praticamente a mesma pessoa. Não havia uma ruga naquela pele cremosa, indubitavelmente, graças a um hábil cirurgião plástico. Ela ainda prendia o cabelo em coque e mantinha o estilo em um traje de seda preta. As únicas joias que usava eram um colar de pérolas simples em volta do pescoço branco e a aliança refinada de esmeralda e diamante que sempre ostentou.

Georgina sorriu para Blaire sem mostrar os dentes.

— Blaire, que surpresa vê-la por aqui. Não sabia que você e Kate ainda mantinham contato. — Ela ainda parecia personagem de um filme dos anos 1940, com um sotaque que era mistura de inglês britânico e o queixo duro do internato.

Blaire abriu a boca para responder, mas Georgina voltou-se para Harrison antes que ela pudesse dizer uma palavra.

— Quem sabe nos sentamos perto do buffet?

Era certo que a mulher mais velha não perderia tempo para marcar território com Harrison, pensou Blaire, embora, com sorte, ele teria o bom senso de evitar um caso com ela. Na primeira vez que Blaire fora à casa de Selby, era um dia quente em junho, no fim da oitava série, quando Kate insistiu em trazê-la junto para ficarem na piscina. Ela nunca havia visto uma piscina olímpica em uma casa. Parecia uma coisa saída de um resort: vasos de palmeiras, cachoeiras e uma banheira de hidromassagem enorme, mais uma edícula de quatro quartos ornada com mais luxo do que a casa da própria Blaire em New Hampshire. Blaire vestia um fio dental verde-limão que acabara de comprar no shopping center e que achou que havia ficado sensacional no seu corpo. Era agradável sentir o sol quente na pele, e ela molhou um dedo do pé na água azul e cintilante.

Depois de elas terem passado a maior parte da manhã nadando, a governanta havia lhes trazido o almoço. Ainda pingando da piscina, elas sentaram-se ao redor de uma grande mesa de vidro, deixando que o calor do sol as secasse enquanto pegavam sanduíches da travessa abarrotada. Blaire optara pelo de rosbife com queijo suíço e havia acabado de esticar a mão para pegar uma batatinha quando a voz de Georgina soou.

— Meninas, lembrem-se de também comer legumes, não só as batatinhas — bradou ela, conforme se aproximava, chique no seu maiô marinho e sarongue.

Selby ficara entusiasmada ao apresentar Blaire a Georgina, que dirigira um sorriso morno à filha e depois parara um instante para analisá-la. Deixara a cabeça pender de lado.

— Blaire, querida. Este biquíni revela demais, não acha? É bom deixar um pouquinho para a imaginação.

Blaire deixara a batatinha cair entre os dedos e olhara para o chão, o rosto vermelho de vergonha. A boca de Kate escancarara-se, mas nada saíra. Até Selby ficara quieta, para variar.

— Então, tudo certo e bom almoço. — Dito aquilo, Georgina virara-se e voltara-se para dentro. Era uma vaca naquela época e ainda devia ser, Blaire apostava.

Ela afastou a memória desagradável assim que notou Simon voltando ao recinto.

Blaire analisou-o por um instante antes de se aproximar. Ele ainda era lindo tal como 15 anos atrás, casualmente encostado no batente da porta, aquela madeixa malcomportada de sempre pendendo sobre a testa. As mulheres, provavelmente, ainda caíam a seus pés. E ela notou que agora tudo no seu visual era caro, desde o terno preto sob medida até os sapatos de couro italiano. Na primeira vez que Kate apareceu com Simon, em um recesso de primavera, ela confiara a Blaire que ele se sentia deslocado. Simon havia crescido na costa leste de Maryland, filho de uma família modesta. O ataque cardíaco que matara o pai, quando ele tinha doze anos, havia devastado a família tanto no sentido emocional quanto financeiro. Sua mãe nunca se recuperara por completo e, não fossem as bolsas de estudo que Simon havia conquistado, teria sido impossível ele entrar em Yale. Quando os dois se casaram, Simon finalmente teve condições de deixar a vida da mãe mais confortável, e assim fizera até a sua morte, pouco depois do nascimento de Annabelle. Era evidente que a vida dele também estava mais confortável, Blaire refletiu.

Havia uma jovem morena ao seu lado. Era vistosa, mas o que chamou mesmo a atenção de Blaire era o jeito como ela olhava para Simon, com um misto de adoração e expectativa. Ele sorriu quando ela disse alguma coisa e tocou seu braço. A linguagem corporal dos dois deixara claro que eles se conheciam bem. Blaire queria saber o quanto. Passado um instante e, mesmo que ela não conseguisse ouvir as palavras, Simon aparentemente encerrou a conversa. Os olhos da jovem acompanharam-no quando ele se dirigiu a Kate. Então ela se virou e se afastou, parando por um instante prolongado em frente a um aparador de mogno. Depois que ela deixou o recinto, Blaire foi ver o que chamara a atenção da mulher. Era uma foto de casamento de Kate e Simon, em uma moldura de prata, os dois sorrindo como se não tivessem uma preocupação sequer.

Um sino soou e um homem uniformizado anunciou que era hora do almoço. Simon estava sozinho do outro lado da sala, então Blaire aproveitou a oportunidade. Ao aproximar-se dele, sua expressão assumiu um ar de cautela.

— Oi, Simon. Sinto muito pela sua perda — disse, com toda a sinceridade que encontrou.

Ele se retesou.

— Que surpresa *você* por aqui, Blaire.

A raiva subiu por ela como se fosse ácido, começando pela barriga e chegando à garganta. A memória do que acontecera da última vez que o vira a acometeu com a força de um tsunami, mas ela recuou. Tinha que ficar tranquila, serena.

— A morte de Lily foi uma tragédia — falou. — Isto não é hora de ser mesquinho.

Os olhos dele estavam gélidos.

— Muito gentil da sua parte vir correndo de volta. — Ele chegou mais perto, colocando um braço sobre os ombros dela, de modo que um observador casual veria como amigável, e sibilou com ira. — Nem pense em tentar se meter entre nós de novo.

Blaire se horrorizou, chocada com a audácia dele em dirigir-se a ela daquele jeito, ainda mais neste dia. Ajeitando os ombros, ela deu seu melhor sorriso de escritora.

— Você não devia estar mais preocupado com a sua esposa e como ela está lidando com o assassinato da mãe do que com a relação que eu tenho com ela? — O sorriso de Blaire desapareceu. — Mas não se preocupe. Não vou cometer o mesmo erro duas vezes. — Desta vez, vou garantir que *você* não se meta entre *nós*, pensou ela enquanto ia embora.

Ela estava a caminho do banheiro do primeiro andar para se retocar antes do almoço quando algo do lado de fora chamou sua atenção. Ela se dirigiu à janela e percebeu um homem de uniforme nas sombras, próximo à entrada dos carros. Levou um minuto para identificar o motorista de Georgina. Como era mesmo seu nome? Alguma coisa com R... Randolph, isso. Ele as levava para todo canto quando Georgina ficava encarregada do transporte. Blaire ficou um tanto surpresa por ele ainda estar vivo. Anos atrás ele já lhe parecia um ancião. Ao vê-lo, ela notou que, na época, ele só devia ter uns quarenta e poucos anos. Então ela viu Simon aproximar-se e cumprimentá-lo antes de colocar a mão no bolso do casaco e tirar um envelope. Randolph, olhando em volta, nervoso, pegou o envelope, fez um meneio com a cabeça e entrou no carro.

Simon já estava a caminho da entrada da mansão, então Blaire desviou rapidamente para o lavabo antes que ele pudesse vê-la. Não conseguia imaginar que negócios Simon teria com o motorista de Georgina. Mas ia descobrir.

TRÊS

— O assassino estava no enterro. Quem sabe até na nossa casa. — A voz de Kate fraquejou enquanto ela entregava o celular ao detetive Frank Anderson, da Delegacia do Condado de Baltimore. A presença dele, com uma conduta segura e confiante, deixava-a à vontade. Ela ficou mais uma vez impressionada com o modo como sua aparência e força física a fazia sentir-se segura.

Ele tomou um assento em frente a Kate e Simon na sala de estar e leu a mensagem de texto com o cenho franzido.

— Não vamos tirar conclusões precipitadas. Pode ser uma figura excêntrica que leu a respeito da morte de sua mãe e o velório. A cobertura foi grande.

O queixo de Simon caiu.

— Quem é o doente que faria uma coisa dessas?

— Mas é o meu celular pessoal — contestou Kate. — Como um estranho conseguiria o número?

— Hoje em dia, infelizmente, é fácil conseguir qualquer coisa. Há vários serviços clandestinos que a pessoa pode usar. E havia centenas de pessoas no cemitério. A senhora conhecia todas?

Ela fez que não.

— Discutimos a possibilidade de fazer um velório fechado, mas minha mãe era tão vinculada à comunidade que achamos que ela ia querer uma cerimônia aberta a quem quisesse prestar condolências.

O detetive fazia anotações durante a conversa.

— Normalmente, nossa suposição seria uma figura excêntrica. Mas, já que temos um homicídio sem solução, vamos levar mais a sério. Com a autorização dos senhores, vamos instalar uma escuta consensual Categoria Três. Gostaria de colocar no telefone da casa e nos computadores. Assim, caso a senhora receba mais ameaças, poderemos ver em tempo real e rastrear o IP.

— Claro — disse Kate.

— Tenho um equipamento que pode espelhar seu celular. Faço o procedimento assim que encerrarmos aqui e vejo se consigo rastrear a mensagem e descobrir quem a enviou. Caso cheguem mais, posso fazer tudo menos responder. Se for um tipo excêntrico, é exatamente o que ele quer que a senhora faça. — Ele fez uma expressão de solidariedade com Kate. — Sinto muito que a senhora tenha que lidar com isto diante de todo o resto.

Kate sentiu um leve alívio enquanto o marido conduzia Anderson até a porta. Ela lembrou a última vez em que recebera notícias apavorantes no telefone, a noite terrível em que Harrison encontrara Lily. Ela vira o telefone do pai aparecer na tela e, ao atender, ele parecia fora de si.

— Kate. Ela se foi. Ela se foi, Kate. — ele soluçava na ligação.

— Pai, do que você está falando? — O pânico se espalhara pelo seu corpo.

— Alguém arrombou a casa. Mataram ela. Oh, meu Deus, não pode ser. Não pode ser.

Kate mal conseguia entender o que o pai dizia, de tanto que ele chorava.

— Quem arrombou? Mamãe? Mamãe morreu?

— Sangue. Sangue por todo lugar.

— O que aconteceu? Chamou uma ambulância? — perguntara ela, a voz aguda, a histeria prestes a tomar conta.

— O que eu faço, Katie? O que eu faço?

— Pai, escute. Já ligou para a emergência? — Mas tudo que ela ouvia eram acessos de choro.

Ela correra para o carro e cruzara os 25 quilômetros até a casa dos pais em transe, disparando mensagens para Simon encontrá-la no local o mais rápido possível. A duas quadras, ela percebera as luzes azuis e vermelhas piscando. Quando se aproximava da casa, sua SUV fora parada em uma barreira policial. Ela descera do carro, então, e vira o Porsche de Simon atrás. Socorristas, polícia e investigadores entravam e saíam da casa. Em pânico, Kate abrira caminho pela multidão, mas um policial a deteve com os braços cruzados, as pernas bem abertas e uma cara feia.

— Desculpe, senhora. Temos uma cena de crime.

— Eu sou filha dela — dissera, tentando passar por ele, quando Simon chegara ao seu lado. — Por favor.

O policial negara com a cabeça e estendera a mão à frente.

— Alguém virá falar com a senhora. Sinto muito, mas tenho que pedir que se afaste.

E então eles ficaram apenas olhando e esperando, juntos, horrorizados, enquanto investigadores iam e vinham carregando câmeras, sacos e caixas, desenrolando a fita amarela de cena do crime e recusando-se sequer a olhar na direção deles. Não demorou muito até chegarem as equipes de tevê, as câmeras focadas nos jornalistas esbaforidos, de microfones na mão, perscrutando cada detalhe repugnante possível. Kate quisera levar as mãos aos ouvidos quando ouvira eles dizerem que o crânio da vítima havia sido esmagado.

Ela finalmente vira o pai sendo retirado da casa. Sem pensar, correra na direção dele. Antes de dar mais que alguns passos, mãos fortes a seguraram e não a deixaram seguir adiante.

— Me solte — gritara, fazendo força contra o policial que a segurava. As lágrimas escorreram pelo seu rosto e, quando a viatura partira, ela berrara: — Aonde vão levar ele? Me solte, droga. Onde está a minha mãe? Eu preciso ver minha mãe.

O policial afrouxara a mão, mas não a expressão.

— Sinto muito, senhora. Não posso deixar que entre.

— Meu pai tinha que ficar com ela — gritara. Simon aparecera ao seu lado e ela inspirara fundo, tentando acalmar-se. Mesmo que ainda estivesse furiosa com ele, a presença do marido era reconfortante.

— Para onde o levaram? O doutor Michaels é o pai da minha esposa... Para onde o levaram? — perguntara Simon, colocando um braço sobre Kate para protegê-la.

— À delegacia, para interrogatório.

— Interrogatório? — questionara Kate.

Uma mulher de farda aproximara-se.

— A senhora é filha de Kate Michaels?

— Sim. Doutora Kate English.

— Sinto informar que sua mãe faleceu. Sinto muito pela sua perda. — O policial fizera uma pausa. — Precisamos que vá à delegacia para responder a algumas perguntas.

Sinto muito pela sua perda? Que formal. Fútil, aliás. Era assim que as famílias dos pacientes a viam quando ela vinha dar más notícias? Ela seguira o policial, mas só conseguia pensar na mãe morta sendo fotografada e examinada por investigadores, estudada por peritos médicos e, por fim, sendo levada ao necrotério para a autópsia. Ela havia acompanhado um bom número de autópsias na faculdade. Não eram nada bonitas.

— Já comeu alguma coisa? — perguntou Simon, dando um susto ao entrar na sala e despertá-la de suas memórias.

— Estou sem fome.

— Que tal uma sopa? Seu pai disse que Fleur preparou um caldo de galinha.

Kate o ignorou e ele deu um suspiro alto, sentando-se na poltrona ao lado de um buquê enviado por seus colegas do hospital. Simon segurava a ponta de uma folha enquanto lia o cartão.

— Muito gentil da parte deles — disse. — Você devia comer. Pelo menos, beliscar alguma coisa.

— Simon, por favor. Pare, pode ser?

Ela não queria que ele viesse de marido carinhoso depois da tensão dos últimos meses. Quando as discussões e as mágoas chegaram a ponto de Kate não conseguir mais se concentrar no trabalho nem em mais nada, ela recorrera a Lily. Há poucas semanas elas haviam se sentado em frente à lareira na saleta aconchegante dos pais, aquecidas pelas chamas, Kate ainda nos trajes hospitalares e Lily, refinada em suas calças de lã branca e suéter de caxemira. Lily olhara Kate nos olhos, a expressão séria.

— O que foi, querida? Você parecia muito chateada ao telefone.

— É o Simon. Ele... — Ela parara, sem saber por onde começar. — Mamãe, lembra da Sabrina?

Lily franzira o cenho, com um olhar inquisitivo para Kate.

— Você lembra. O pai dela era aquele que assumiu quase tudo depois que o pai de Simon morreu. Que virou uma espécie de mentor do Simon? Sabrina foi daminha no nosso casamento.

— Ah, sim. Lembrei. Era uma criança.

— Sim, na época ela tinha 12 anos. — Kate inclinara-se para a frente. — Você lembra que, na manhã do casamento, enquanto todo mundo se arrumava, Sabrina tomou chá de sumiço? Eu fui atrás dela. Estava no quarto de hóspedes, sentada na ponta da cama, chorando. Eu ia entrar, mas vi que o pai dela estava junto, então fiquei parada sem que eles me vissem. Ela estava muito chateada porque Simon ia se casar. Dizia ao pai que sempre achou que ele ia esperar ela crescer e casar-se com ela. Era de dar pena.

Os olhos de Lily se arregalaram, mas seu rosto permanecera tranquilo.

— Eu havia esquecido, mas isso tem séculos. Ela era pequena e tinha uma quedinha por ele.

O rosto de Kate enrubescera.

— Mas nada mudou. Eu tentei ser compreensiva, carinhosa, achei até que podia ser amiga, quem sabe uma confidente. — Kate suspirou. — Ela repelia todo meu esforço. Claro que ela nunca foi grosseira na frente de Simon, mas, quando estávamos a sós, deixava bem claro que não queria nada comigo. Agora, desde que o pai dela morreu, Sabrina está mais carente do que nunca. Liga o tempo todo, quer cada vez mais tempo com Simon.

— Kate, qual é o problema real? Desde que Simon não dê incentivo, você não tem motivos para se incomodar. E a pobrezinha ficou órfã tão cedo.

— Mas é exatamente isto. Ele *está* dando incentivo. Sempre que ela liga com algum problema ou qualquer coisa que precisa de solução, ele sai correndo. E ela telefona cada vez mais. Ele está sempre lá. Mais do que seria normal. — A voz de Kate se elevou. — Ele diz que não é nada, que eu sou exagerada, mas não é verdade. Ela trabalha com ele, e estão sempre próximos. Eles vão a jantares juntos, ela vem cavalgar aqui em casa, me ignora totalmente e fica babando por ele. Chegou ao ponto em que não aguento mais. Pedi para ele sair de casa.

— Kate, ouça bem o que está dizendo. Você não pode desmanchar sua família por conta de uma coisa dessas.

— Bom, eu é que não vou mais tolerar essa situação. Ele não devia ter contratado Sabrina, mas o pai dela, no leito de morte, pediu a Simon que cuidasse da filha. E, assim que o pai morreu, ela pediu um emprego ao Simon.

— Parece que Simon não teve muita escolha. As coisas vão se ajeitar. Pode ser o processo de luto dela.

— Mãe, sinceramente, eu estou cansada de me fazer de esposa solidária e sofrida. É ridículo me tratarem assim e meu marido dizer que sou injusta.

Lily levantou-se e começou a caminhar de um lado e para o outro. Ela foi até Kate e colocou as mãos sobre os ombros da filha, os olhos fixos nela.

— Vou conversar com o Simon. Quero entender o que está acontecendo.

— Mãe, não. Por favor, não faça isso. — A última coisa que ela queria era sua mãe botando o marido contra a parede. Desse jeito, as coisas iam ficar piores do que já estavam. Só que ela não ouvira mais nada da mãe sobre o assunto. Se Lily havia falado com ele, nem ela nem Simon haviam comentado.

Ela olhava para Simon inclinando-se para a frente na cadeira, os cotovelos sobre os joelhos.

— Por favor, não me mande embora — disse. — Eu sei que nós tivemos problemas, mas é hora de nos unirmos, de um apoiar o outro.

— Apoiar? Faz muito tempo que você não está ao meu lado. Eu nem devia ter aceitado que você voltasse para casa.

— Não é justo. — Simon fechou a cara. — Você precisa de mim aqui, e eu *quero* ficar com você e com Annabelle. Eu me sentiria muito melhor se estivesse aqui cuidando de vocês duas.

Ela sentiu um calafrio e fechou mais seu casaco de lã. Ela lembrou-se: havia um assassino à espreita. A última frase do texto se repetia na sua mente. *Quando eu acabar, você vai desejar ter sido a sepultada de hoje.* A insinuação de que havia mais por vir. Aquela pessoa assassinara sua mãe para puni-la? Ela pensou no luto dos pais dos pacientes que ela não conseguira salvar e tentou identificar qualquer um que pudesse tê-la culpado. Ou culpado seu pai. Ele era médico há mais de quarenta anos e tivera bastante tempo para fazer inimigos.

— Kate. — A voz de Simon venceu os devaneios dela. — Eu não vou deixar você sozinha. Não quando estão ameaçando você.

Ela ergueu o olhar bem devagar. Não conseguia raciocinar. Mas a ideia de ficar sozinha naquela casa gigante era, de fato, assustadora. Ela fez que sim.

— Você pode continuar na suíte de hóspedes azul, por enquanto.

— Acho que eu deveria voltar para o nosso quarto.

Kate sentiu o calor subir pelo pescoço e preencher seu rosto. Ele estava usando a morte da mãe dela como um modo de insinuar-se de volta?

— De jeito nenhum.

— Tudo bem. Certo. Mas eu não entendo por que não podemos deixar isso para trás.

— Porque nada foi resolvido. Não tenho como confiar em você. — Ela o fitou como se seus olhos pudessem perfurá-lo. — De repente, Blaire estava certa a seu respeito.

Ele deu um giro, um olhar sinistro no rosto.

— Ela não precisava ter aparecido hoje.

— Ela tinha todo direito — respondeu Kate, nervosa. — Ela era minha melhor amiga.

— Já esqueceu que ela tentou acabar conosco?

— E você está terminando o serviço.

Ele franziu os lábios e ficou em silêncio por alguns instantes. Quando falou, havia um tom duro na sua voz.

— Quantas vezes eu tenho que lhe dizer que não está acontecendo absolutamente nada? Nada.

Ela estava exaurida demais para discutir.

— Vou subir para colocar a Annabelle na cama.

Quando Kate entrou no quarto da filha, a menina estava no chão montando um quebra-cabeça, e Hilda estava na poltrona ao lado. O que ela faria sem Hilda? Ela era magnífica com Annabelle: amorosa, paciente, tão dedicada à criança que Kate precisava lhe lembrar que não era por morar com eles que ela precisava estar sempre trabalhando. Hilda fora babá dos três filhos de Selby. Quando Annabelle nascera, Selby sugerira que a amiga a contratasse, já que o seu mais novo iria entrar na primeira série e não precisaria mais de babá em tempo integral. Kate ficara aliviada e grata por ter uma pessoa conhecida e de confiança cuidando da filha. Era como se eles conhecessem Hilda desde sempre. O irmão dela, Randolph, era motorista de Georgina havia anos, um funcionário confiável e seguro. Tudo se combinara com perfeição.

Kate ajoelhou-se ao lado da filha.

— Você está indo muito bem.

Annabelle olhou para a mãe com seu rosto de querubim, os cachos loiros se balançando.

— Vem, mamãe. Faz você — disse a menina, entregando-lhe uma peça do quebra-cabeça.

— Hmm. Deixe-me ver. Será que é aqui? — perguntou Kate, e começou a colocar no lugar errado.

— Não, não — ela bufou, e segurou a peça para colocar no lugar correto.

— Está quase na hora de dormir, querida. Quer escolher um livro para a mamãe ler com você? — Ela virou-se para Hilda. — Por que você não vai para a cama? Eu fico com ela.

— Obrigada, Kate. — Hilda passou a mão no cabelo de Annabelle. — Ela se comportou muito bem hoje, não foi, querida? Que dia bem longo.

— Foi mesmo. — Kate sorriu para ela. — O dia também foi longo para você. Vá descansar.

Annabelle tirou *A teia de Charlotte* da prateleira e levou até a mãe. Ela sentou-se na cama enquanto Annabelle remexia-se debaixo das cobertas. Kate adorava o ritual noturno com a filha, mas desde a morte de Lily as noites andavam diferentes. Ela queria amarrar o corpo da menina ao seu e protegê-la das tragédias do mundo real.

Assim que Annabelle caiu no sono, Kate, delicadamente, puxou o braço que ficara debaixo da filha e saiu na ponta dos pés. Ela espiou o caminho até o último quarto de hóspedes, no fundo, o quarto em que Simon iria dormir. A porta estava aberta e o quarto estava escuro, mas ela conseguia perceber uma luz brilhando sob a porta do banheiro e ouvir água correndo.

Ela olhou para o outro lado e voltou seus pensamentos para Jake. Os pais dele não haviam vindo à recepção, por isso ela não tivera chance de conversar. O que, provavelmente, fora melhor, dado que ela era uma lembrança dolorosa. Os dois haviam crescido no mesmo bairro e se conheciam praticamente a vida inteira, mas foi quando foram para o ensino médio que se apaixonaram. Kate ainda se lembrava do último ano, de Jake sorrindo para ela nas arquibancadas da quadra de lacrosse. Independentemente do frio que fizesse naquelas partidas, de fevereiro ou março, ela se sentia aquecida. E ele nunca perdia uma prova de atletismo dela, com sua voz grave gritando em incentivo. Os dois inscreveram-se para Yale e parecia certo de que passariam o resto da vida juntos — até a noite em que tudo mudou. Ao longo dos anos ela revivera na mente aquela noite da festa, várias e várias vezes, imaginando outro desenlace. Se eles tivessem ido embora dez minutos antes, se eles não tivessem bebido. Mas é óbvio que ela não tinha como mudar a realidade. Em questão de poucas horas, ela o perdeu. Quando ela foi à casa dele, alguns dias depois do enterro, as persianas estavam fechadas. Havia jornais de dias empilhando-se na porta e a caixa de correio transbordava. Seus pais e as duas irmãs acabaram se mudando.

Ela seguiu pelo corredor até o quarto. Queria se preparar para dormir, embora soubesse que o sono não seria tranquilo. Foi a passos delicados até o quarto, abriu seu vestido preto do velório e deixou-o cair no chão, sabendo que nunca mais conseguiria vesti-lo. Quando acendeu a luz do banheiro e se olhou no espelho, viu que o cabelo estava despenteado e os olhos, vermelhos e inchados. Aproximando-se para analisar mais de perto, ela captou algo escuro com o canto do olho e congelou. O suor irrompeu por todo seu corpo e ela começou a tremer, descontrolada, recuando horrorizada. Sentiu que ia vomitar.

— Simon! Simon! — gritou. — Venha aqui. Rápido!

Em um instante ele estava ao lado dela, que continuava fitando os três camundongos mortos, enfileirados na pia, os globos oculares dos três arrancados. Só depois ela percebeu o bilhete.

Três ratinhos ceguinhos
Três ratinhos ceguinhos
Como eles correm
Como eles correm!
Correram atrás da vida perfeitinha
Perderam os olhos com uma faquinha
Você já viu algo mais bonitinho?
Que três ratinhos mortinhos?

QUATRO

Blaire havia encenado o reencontro com Kate várias vezes na sua mente ao longo dos anos — o que ela diria, como Kate imploraria para ser sua amiga de novo e a expressão de arrasada com que a ex-amiga ficaria quando Blaire lhe dissesse que era tarde demais. Seria a vez de Kate sentir a dor da traição, tal como ela havia sentido quando Kate a expulsara do casamento depois da discussão terrível que haviam tido aquela manhã. E quando ela promoveu Selby de reles madrinha a dama de honra, o cargo de Blaire. A verdade era que, em todos estes anos, Kate nunca saíra da sua cabeça. Ela sabia de notícias por outras amigas e tinha vislumbres de sua vida nas fotos do Facebook. Mas já que Blaire se achava a parte prejudicada, não havia como ela voltar de joelhos — ou assim pensava. O assassinato de Lily havia mudado tudo. Ela soube no instante em que Kate ligou. Blaire viera prestar condolências a Lily. E, estando lá, ela sabia que tinha que fazer o que fosse possível para ajudá-los a achar o assassino.

Depois de ter voltado, ela viu que não só estivera certa quanto a Simon, mas que havia algo de muito errado entre ele e Kate. Blaire sempre fora uma estudiosa das pessoas; essa era uma das coisas que contribuíra para seu sucesso como escritora. O que impulsiona a narrativa são coisinhas minúsculas: os olhares trocados entre duas pessoas, o modo como formam uma frase, um sentimento não correspondido. Do ponto onde ela ficara sentada durante o velório, Blaire teve uma visão clara dos dois e notara o sobressalto de Kate, como se houvesse se queimado, quando a mão de Simon tocou a dela. A amiga puxou a mão de volta e a colocou sobre o colo. Depois, claro, a morena de minissaia.

Ela estava na janela admirando o Inner Harbour, em Baltimore, os raios de sol de dezembro refletindo na água e criando um quebra-cabeça geométrico deslumbrante. Quando ela telefonou para reservar o hotel Four Seasons, avisaram-na que estavam lotados por conta do fim de ano. Mas assim que ela perguntou sobre a suíte presidencial e disse seu nome, a voz desanimada do outro lado da linha animou-se, pedindo desculpas e fazendo a reserva. Sua trajetória era longa desde aquela garotinha que não se encaixava em lugar algum.

Blaire ainda tinha contato com algumas amigas do tempo de colégio em Maryland. No início fora difícil — todas se conheciam desde o jardim de infância, e ela entrara em cena na oitava série. Seu pai dizia que era para ela ficar feliz por ter sido aceita em uma escola tão maravilhosa, que um mundo novo se abriria para a filha. Enid, a nova esposa dele, afirmava que a menina estava padecendo em uma escola pública, que ela teria mais oportunidades se fosse para uma das melhores particulares do país. Do jeito que eles falavam, era como se estivessem fazendo o melhor por Blaire. Mas ela sabia a verdade: Enid queria ela longe dali e estava cansava de discutir com a enteada por cada detalhe que aparecia. Foi assim que ela se viu a caminho de Maryland, onde não conhecia absolutamente ninguém e ficava a dez horas de distância de sua casa em New Hampshire. Para piorar a situação, o colégio Mayfield insistiu que ela repetisse a oitava série, já que ela perdera muitas aulas no ano anterior devido a uma mononucleose. Aquilo era ridículo.

Assim que chegou, porém, Blaire teve que admitir que as instalações da escola eram lindas. Uma grama tão verde que não parecia de verdade. Os prédios no estilo georgiano pontilhavam o terreno, o que fornecia uma sensação de campus universitário. Havia uma piscina enorme, estábulos, academia de última geração e dormitórios de luxo. Ela havia subido na vida, com certeza. Além disso, sua casa não era mais sua. O toque de Enid estava por todo canto, com seus artesanatos ridículos dominando a cozinha e a sala de estar.

No primeiro dia dela em Mayfield, a diretora a levou para dar uma volta no campus. Com idade imprecisa, a mulher deixava o cabelo preso em um coque firme, mas tinha um rosto terno e a voz suave. De repente, Blaire se viu desejando que pudesse ficar com ela.

A diretora abriu a porta da sala de aula e, quando a professora as convidou a entrar, o recinto ficou em silêncio e todas as meninas se viraram, os olhares fixos em Blaire. Estavam todas de uniforme: camisas brancas de botão, saias plissadas, meias brancas, mocassins brilhando e casacos de lã azuis. Quando se olhava cada uma mais de perto, via-se diferenças sutis: brincos de pingente em ouro ou prata, colares reluzentes, braceletes finos de ouro. Blaire fechou os dedos dentro das mãos para esconder o esmalte rosa. A diretora já havia lhe informado que só toleravam o transparente, mas disse que naquele dia ia fazer vista grossa.

Enquanto ela estudava as garotas, seu olhar deteve-se pela primeira vez em Kate. O cabelo loiro e brilhante amarrado em um rabo de cavalo. Um brilho transparente nos lábios que faziam arco. Olhos azuis da cor do Caribe — ou pelo menos eram assim que ficavam nas fotos. Naquele momento ela viu que a estranha era o tipo de menina de quem todo mundo gostava.

— Bem-vinda, Blaire. — Apontando para a menina bonita, a professora continuou: — Pode sentar-se ao lado de Kate Michaels. — Kate sorriu para Blaire e deu um tapinha na mesa vazia ao seu lado.

Mais tarde, no almoço, Kate apresentou Blaire a seu círculo de amigas. Todas seguiram a deixa de Kate e foram simpáticas, receptivas. Selby foi agradável, mas a primeira coisa que disse quando se apresentou foi:

— Eu sou a Selby, a melhor amiga da Kate.

Blaire sorriu para ela. Não por muito tempo, pensou. E não fora. As duas logo tornaram-se inseparáveis.

Já com as outras meninas, o começo foi um pouco mais difícil. No início ela foi ingênua em acreditar que o dinheiro era um nivelador social. O pai dela havia ganhado muito com os pneus vendidos em uma concessionária que fundara há 20 anos. Em New Hampshire, eles eram uma das famílias mais ricas da cidade, patrocinavam equipes de beisebol júnior e o programa de refeições para crianças humildes. Só que aqui, em Baltimore, ela não era mais um peixe grande. Ela não levou muito tempo para entender que havia diferença entre dinheiro antigo e dinheiro novo, entre *pedigree* e ascensão. Mas Blaire aprendia rápido e, em poucos anos, ninguém chegaria a supor que ela não havia nascido naquele mundo.

Apesar do motivo triste para seu retorno, ela não tinha como negar a ótima sensação, maravilhosa, aliás, em ver todas olhando para ela de outro jeito. Ela não era mais a desconhecida que saiu de um buraco e que não sabia o que era um cotilhão. Graças à série literária da detetive Megan Mahooney que criara com Daniel, Blaire era mais famosa do que podia imaginar.

Ela sempre tivera o sonho de se tornar escritora, por isso se formara em Letras na Universidade Columbia, e todo verão fazia estágio em editoras. Quando se formou, foi contratada como assistente de marketing de uma das grandes do setor — a mesma que publicava Daniel Barrington. Com nove *best-sellers* no currículo, ele era não só famoso, mas idolatrado. Daniel havia escrito doze thrillers com serial killers. Blaire lera todos eles e assistira a suas entrevistas na televisão. Quando foi promovida a sua assistente, ela ficara deliciada em perceber como ele era simpático e modesto apesar do sucesso. Teve a chance de conhecê-lo melhor quando sua chefe entrou de licença-maternidade e ela assumiu o seu lugar em dois de eventos de uma turnê.

Blaire aproveitou a oportunidade e se certificou de que estava impecável na segunda noite em Boston. Depois dos autógrafos, eles foram comer alguma coisa em um local próximo. Quando ela pediu o hambúrguer com provolone, ele sorriu e lhe disse que também era assim que gostava do seu. Nas duas horas seguintes, a conversa foi pura tranquilidade. Eles descobriram que ambos eram fãs de Poe e de Bram Stoker, e Blaire apenas concordou quando ele disse que seu filme predileto era *O Destino Bate à Sua Porta*. Eles falaram sobre a faculdade, e acabaram em um debate sobre as tragédias de Ésquilo e Eurípedes e as poesias de John Milton e Edmund Spenser. Perto do fim da noite, Blaire fez uma referência a *Dom Quixote* e Daniel deixou a cabeça pender para o lado e sorriu. Eles eram perfeitos um para o outro. Em questão de um ano, um dos solteiros mais cobiçados do mundo literário havia se tornado seu marido. Ela não precisara de um casamento suntuoso como o de Kate. Daniel e ela oficializaram tudo na prefeitura entre duas paradas de sua turnê.

Foi sugestão de Blaire colaborarem com a série Megan Mahooney. E a editora dele adorou a ideia. O primeiro livro entrou na lista do *The New York Times* uma semana após do lançamento, e lá permaneceu por um ano. Depois de quatro obras juntos, eles assinaram contrato para uma série de TV baseada na série literária, e Blaire, finalmente, sentiu que havia chegado lá.

Durante os anos que ficou em Mayfield, era como se ela nunca estivesse na mesma categoria social ou financeira das amigas. Fora difícil sentir que estava sempre um passo atrás. Quando seu primeiro milhão se transformou mais de dez milhões, e ela começou a ganhar perfis em jornais e revistas do país, Blaire finalmente sentiu que podia se defender por conta própria.

Dirigindo-se até a mesa comprida da sala de jantar, ela se sentou e conferiu seu e-mail. Deletou as propagandas de liquidação da Barney's e da Neiman's, anotando mentalmente que precisava descadastrar-se destas porcarias que lotavam sua caixa de entrada. Abriu uma mensagem de sua relações públicas sobre dois eventos onde ela e Daniel haviam sido convidados a palestrar. Encaminhou o e-mail para ele com um ponto de interrogação.

A seguir, ela pesquisou "Lily Michaels" na internet, coisa que não tivera coragem de fazer desde que ouvira a notícia. Muitos resultados apareceram. Ela clicou no link do *Baltimore Sun* para ver o retrato de uma Lily bela e sorridente ao lado da manchete "Herdeira de Baltimore morta em casa". Passou os olhos pelo artigo, que incluía uma declaração da polícia dizendo que estavam lidando com uma ampla lista de suspeitos. Com base na pesquisa que ela havia feito para seus livros, Blaire sabia que o marido era sempre o primeiro suspeito. A polícia ia devassar cada detalhe da vida de Harrison e, se encontrassem um traço de pista de que ele tivesse motivo para matar Lily, iam agarrar-se a este fato com a ferocidade de um cão selvagem. Para Blaire, o casal sempre pareceu feliz. Mas muita coisa poderia mudar em 15 anos.

Rolando mais a tela, ela chegou ao obituário. Era uma matéria comprida. Destacada, tal como Lily fora. Citava seu trabalho beneficente, sua fundação e todas as benesses que ela fizera pela comunidade. Blaire sentiu uma punhalada no coração quando leu que Lily deixara uma filha e uma neta. Lembrou-se do seu último ano de faculdade. Kate estava namorando Simon havia alguns meses e, de uma hora para outra, a amiga passou a ter menos tempo para ela. Foi em uma sexta-feira à noite que Blaire recebeu uma ligação de Harrison perguntando se ela sabia como falar com Kate, que não estava em seu apartamento nem atendia o celular.

— Está tudo bem? — perguntou.

— Lily sofreu um pequeno acidente de carro — respondeu Harrison.

— Oh, não! O que houve?

— Alguém bateu na traseira do carro. Ela ficou com torcicolo e quebrou o punho. Amanhã estarei de plantão e queria que Kate viesse aqui para ajudar no fim de semana.

— Ela provavelmente já saiu. Me disse que ia esquiar com Simon em Stowe.

Ouviu-se uma bufada forte na linha.

— Entendi.

— E se eu for? — sugeriu, por impulso. — Posso pegar o trem mais cedo na Penn Station e chegar por volta das 9 horas.

— Blaire, sua oferta é extremamente gentil. Obrigado.

Ela ouviu o alívio na voz dele. Assim, cuidou de Lily, e acabou sendo um dos fins de semana mais agradáveis da sua vida. Lily e Blaire, só as duas, conversando, assistindo a filmes antigos e jogando Scrabble.

Em um determinado momento, a mãe de sua melhor amiga a abraçou forte e deu um sorriso largo, os olhos franzidos. Depois, acariciou a bochecha de Blaire e disse:

— Blaire, querida, não tenho como ser mais grata. Que sorte a minha ter não só uma, mas duas filhas.

Sim, Kate havia perdido a mãe, e era terrível, pensou. Mas ela também havia perdido a sua — não uma, mas duas vezes.

CINCO

Na manhã seguinte, Kate sentiu um calafrio e seus dentes rangeram quando ela saiu da cama e olhou para a porta do banheiro. Não conseguia entrar. Não enquanto o cheiro pútrido dos camundongos ainda se prendia a ela. E aqueles olhos horrendos... Toda vez que lembrava, via aquelas órbitas vazias olhando para ela. Ela pedira à governanta, Fleur, para levar todos seus pertences a um dos banheiros de hóspede. A polícia havia levado todo o resto — os bichos mortos e o bilhete — e vasculhado o quarto atrás de pistas. Se não tinham certeza de que ela estava em perigo depois da mensagem pelo celular, os ratos mortos haviam convencido. Era aparente a preocupação no rosto do detetive Anderson quando ele parou na frente da pia. O detetive advertiu Simon e ela para manterem os detalhes em segredo.

Primeiro a mensagem pelo celular, agora isto. Quem estaria a observando, aguardando para lhe fazer mal? A melodia monótona da rima não parava de aparecer em sua cabeça, repetidamente, tanto que ela sentia vontade de gritar. Será que o assassino tinha um terceiro alvo em mente? E se tivesse, quem seria? Simon? Seu pai? Ela tremeu só de pensar em Annabelle. E que vida encantada era esta da qual ela estaria correndo atrás? Ela dera duro para entrar na faculdade de medicina e passar no exame de qualificação. Depois, fizera quase cinco anos de residência e mais dois em uma especialização em cardiologia. Kate comprometera sua vida para salvar as dos outros. Sua mãe havia sido uma filantropa generosa, defensora das mulheres, admirada pela comunidade... Mas não, como ficava claro, para quem estava enviando estes bilhetes.

Por precaução, Simon contratou seguranças privados de uma empresa de Washington, D.C., para a qual ele fizera alguns trabalhos. Ligou para seu contato e, pouco tempo depois, quatro guardas estavam em sua casa: dois fora e dois dentro — um na sala de leitura, monitorando toda a propriedade por um computador que recebia o sinal das câmeras externas, e o outro fazendo rondas no primeiro andar de hora em hora. A polícia ofereceu-se para deixar uma viatura em frente à casa, mas Simon convenceu Kate de que eles estariam mais seguros com a empresa que ele conhecia, que estaria a postos 24 horas por dia. Anderson avisara a eles que o tamanho e amplitude do terreno representariam um desafio, principalmente, com a grande extensão de mata adjacente. E a empresa garantira que estava apta ao serviço.

Kate caminhou nervosa pelo corredor até o banheiro de hóspedes, o robe amarrado firme ao corpo. Ela ficou apavorada ao pensar que o assassino conseguira entrar no banheiro sem ser percebido, em questão de poucas horas. Claro que a casa estivera cheia de gente durante a recepção, mas saber disso não ajudava em nada. A polícia e a equipe de segurança haviam feito varreduras na mansão, mas tinha a sensação de que eles haviam deixado passar alguma coisa, de que o autor do recado mórbido com os ratos ainda estava no seu lar, à espreita, atrás de uma porta fechada, escutando tudo.

Ela passara a manhã na cama e tinha poucos minutos para se vestir e dirigir-se à leitura do testamento de sua mãe, marcada para as 10 horas no escritório de Gordon. Eles haviam pensado em cancelar o compromisso após as ameaças, mas decidiram que era melhor resolver aquilo de uma vez. Quando ela chegou à cozinha, já com o vestido cinza justo que havia escolhido, Simon lia o jornal. Seu pai estava na mesa jogando cartas com Annabelle. Ele não voltara para casa desde aquela noite trágica, preferindo ficar no apartamento à beira-mar no centro de Baltimore que Lily e ele haviam comprado no ano anterior como retiro de fim de semana. Annabelle ergueu os olhos das cartas e pulou da cadeira.

— Mamãe!

Kate pegou a filha nos braços e sentiu o cheiro adocicado do seu xampu de morango.

— Bom dia, minha flor. Quem está ganhando?

— Eu! — gritou, antes de correr de volta à mesa.

Kate seguiu a filha para inclinar-se e dar um beijo no rosto do pai, notando mais uma vez o tom cinzento de sua pele e os olhos embotados.

— Bom dia — disse Simon, fechando o jornal e deixando-o na mesa à frente antes de se levantar. — Como está se sentindo?

— Não muito bem.

— Café?

— Sim, obrigada.

Ele serviu uma xícara e passou para ela. Quando Kate a segurou, porém, seus dedos tremeram tanto que ela deixou que caísse no chão. Kate olhou a bagunça a seus pés e irrompeu em lágrimas. Ao ver a exaltação da mãe, Annabelle também começou a chorar.

— Ah, docinho. Está tudo bem. A mamãe está bem — disse Kate, abraçando a filha até ela se acalmar.

— Kate, você precisa comer alguma coisa — disse o marido, abaixando-se para limpar o café e recolher os cacos de porcelana.

Ela limpou o rosto com as costas da mão.

— Não consigo.

Simon levantou-se com os cacos na mão e olhou para Harrison, mas nenhum dos dois quis discutir com ela.

— Pode perguntar à Hilda se ela está pronta? Lembre ela de trazer coisas para ocupar Annabelle enquanto estivermos no Gordon.

— Tem certeza de que quer levar Annabelle? Ela não ficaria melhor aqui? — perguntou Simon, com delicadeza. Seu olhar era de súplica. Ela se perguntava se o marido queria ser visto mais uma vez como o protetor, o homem que ela gostaria de ter ao lado. Ficou comovida com a prestatividade. Até lembrava o jeito como as coisas eram.

Embora soubesse que Simon devia estar certo, que Annabelle ficaria até mais segura em casa, com toda a estrutura que ele havia contratado, por enquanto, Kate precisava da filha por perto. Ela se afastou para Annabelle não ouvir.

— A avó dela acabou de morrer — cochichou, embora as palavras soassem como se aquilo não pudesse ser verdade. — Annabelle está triste, mesmo que não entenda direito. Ela vê que a polícia está aqui, fora os seguranças. Sei que ela é só uma criança, mas ela sente que tem algo errado. Quero ela comigo.

— Eu não tinha visto dessa maneira — respondeu Simon. — Vou avisar Hilda que estamos prontos.

Entraram no carro e Kate percebeu que havia trocado de bolsa. Virou-se para Simon.

— Espere. Preciso pegar minha EpiPen caso nós resolvamos comer alguma coisa. — Sua alergia a amendoim exigia que ela andasse sempre com a injeção de epinefrina.

Durante o trajeto, Annabelle virou uma tagarela no banco de trás. Quando chegaram ao estacionamento subterrâneo, a menina fez "oooh" e sorriu com o escuro repentino. Kate virou-se e sorriu com a alegria inocente da filha.

Kate havia engravidado sem querer no primeiro ano como médica. Por terem carreiras muito atribuladas, Simon e ela estavam em dúvida quanto a uma gravidez, pois achavam injusto colocar uma criança no mundo e não dar a devida atenção. Quando descobriram que ela estava grávida, contudo, os dois ficaram eufóricos. Ela lembrava de deitar-se na maca para fazer o ultrassom, Simon em uma cadeira a seu lado, enquanto o médico passava o gel na barriga dela e movimentava a sonda sobre seu abdômen.

— Ouçam o batimento — disse o doutor. Eles se olharam, maravilhados. Assim que Annabelle nasceu, eles não conseguiam mais compor uma imagem da vida deles sem ela.

Neste momento, Kate olhava para o perfil de Simon enquanto ele estacionava e, apesar de tudo que havia acontecido entre os dois, sentia uma ânsia repentina de estender a mão e tocá-lo. Ela o amava ou, pelo menos, havia amado até os últimos meses. Ela o conhecera em uma disciplina de filosofia no último ano da faculdade, quando ainda sofria com o luto. Kate passara o primeiro semestre após a morte de Jake perdida em uma névoa, e Simon fora um amigo fiel que a ajudara a enfrentar o momento de dor. Então, um dia, a relação se tornou maior do que amizade pura.

Simon era muito diferente de Jake. O primeiro era um galã moreno cuja pinta de estrela de cinema lhe garantiria a garota que quisesse, enquanto o outro combinava a autoconfiança tranquila e a inteligência refinada. Ele nunca fora de atrair atenção, enquanto era impossível não notar Simon. Kate, inicialmente, rebaixara Simon à categoria de menininho bonito, mas acabou vendo que havia ali mais do que apenas aparência. Ele havia deixado a turma de filosofia divertida. Sua perspicácia inspirava as discussões, com o tom correto de irreverência para o debate se intensificar, e, quando ele a convidou para fazer parte de seu grupo de estudos, ela se viu ansiosa para encontrá-lo. Sua opinião foi mudando conforme o semestre avançava.

Ela se surpreendeu quando aceitou o pedido de casamento dele após a formatura, sendo que o sim saiu antes que ela se desse conta. Vai ser bom, pensou. Ele a fez esquecer o que ela não poderia ter. Juntos eles forjariam uma vida boa, diferenças que seriam complementares. Não era melhor do que ficar com uma pessoa muito parecida? Isto sim seria chato. De início, os pais dela acharam que o noivado tinha sido muito rápido, pois eles namoravam há menos de um ano e, como ressaltaram, ela ainda teria pela frente quatro anos de medicina na Universidade Johns Hopkins. No fim, eles deram apoio, provavelmente, porque estavam contentes em vê-la feliz de novo.

Houve algumas vezes, antes de Annabelle, em que Kate se perguntou se havia tomado a decisão correta. No dia do casamento, as palavras furiosas de Blaire haviam ecoado na sua mente e ela se perguntou se não estaria mesmo casando-se com Simon para esquecer. Mas Jake se fora. Ela se permitiu um breve instante para desejar que fosse ele quem a aguardava no altar, e então o tirou da cabeça. Afinal, ela amava Simon.

O som de uma buzina fez ela erguer o olhar enquanto os cinco cruzavam a Rua Pratt para chegar ao prédio do escritório de Barton e Rothman, um marco histórico em aço e vidro de Baltimore, que lembrava uma pirâmide construída com Lego. Barton e Rothman remontavam aos tempos em que o tataravô de Kate, Evans, fundara a imobiliária que se tornara um império, e o tataravô de Gordon havia investido e gerenciado o dinheiro de Evans. Desde aquele dia, as dinastias deles estavam entrelaçadas e o dinheiro de sua família estava nas mãos aptas da família deles. Gordon, sócio, era um investidor astuto e sagaz, mas, infelizmente, não conseguira herdar o charme nem o carisma de seus antepassados.

Ela tremeu quando o vento ficou mais forte, puxando Annabelle mais para perto do seu corpo e ajustando a touca de lã da filha. As calçadas estavam lotadas de gente — funcionários de escritórios, os homens de terno e sobretudos pesados, as mulheres de parkas estilosas com capuz. Havia turistas de casacos grossos passeando pelo porto, onde as decorações de Natal brilhavam em cada vitrine. Kate se viu mais uma vez procurando rostos, em busca de qualquer um que parecesse suspeito, alguém que pudesse estar observando-a. Os músculos de seu rosto estavam tensos, seu corpo inteiro em alerta.

Assim que entraram no prédio, Annabelle correu até os elevadores.

— Posso apertar o botão? — perguntou, saltando sem parar.

— É claro — respondeu Kate.

No vigésimo quarto andar, as portas do elevador abriram-se na recepção da Barton e Rothman. Sylvia, que estava na empresa desde a primeira visita de Kate, levantou-se da cadeira atrás da mesa para cumprimentá-los.

— Doutor Michaels, Kate, Simon — disse. — Gordon os aguarda.

— Obrigado — disse Harrison.

Kate parou um instante.

— Sylvia, você teria uma sala de reuniões ou outro lugar onde minha filha e a babá possam esperar durante a conversa?

— É claro. Deixa comigo. Vocês sabem o caminho até a sala do Gordon — disse, e conduziu Hilda e Annabelle pelo corredor na direção contrária.

Gordon estava na porta de sua sala.

— Bom dia. Entrem — disse, apertando a mão de Harrison, dando um breve aceno a Simon e depois dirigindo-se a Kate. Sua mão estava inchada e úmida ao envolver a dela, mas, quando Kate tentou retrair-se, os dedos dele fecharam-se ainda mais e ele aproximou-se para um abraço. Ela respirou fundo, tomou distância e sentou-se em uma das três poltronas de couro em frente à mesa.

— Querem café ou chá? — perguntou Gordon, sem tirar os olhos dela.

Harrison soltou um pigarro.

— Não, obrigado. Vamos resolver isso de uma vez.

Gordon voltou até sua cadeira, curvou-se de leve e mexeu no último botão do colete antes de se sentar. Simon sempre dissera que Gordon era pomposo demais, mas Kate sabia que o marido também tinha respeito pelo brilhantismo do outro na gerência financeira.

— Hoje temos uma obrigação muito triste — disse Gordon, e Kate deu um suspiro, torcendo que ele andasse logo. Ele sempre soava como alguém que havia caído das páginas de *A casa soturna*.

— Como você sabe, Harrison, o testamento de sua esposa deixa bastante claro que metade do patrimônio será de sua filha, sendo parte dela uma aplicação para sua neta.

— Sim, claro. Eu estava aqui com Lily quando ela propôs esta cláusula.

Kate olhou para o pai.

— Não acho certo — contrapôs ela. — Deveria ser só a aplicação para Annabelle. O resto deveria ser seu. — Kate achava que não precisava do dinheiro. Seu marido e ela tinham boa renda, além do fundo que ficara para ela própria. Fora isso, seus pais haviam lhes dado um cheque generoso para comprar o terreno e construir sua casa.

— Não, Kate. É o que sua mãe queria. Foi a mesma coisa com o espólio dos pais dela. Não me importo com o dinheiro. Só queria que ela ainda estivesse aqui... — A voz dele ficou embargada.

— Ainda assim... — começou a dizer, mas Simon a interrompeu:

— Concordo com seu pai. Se é o que ela queria, temos que respeitar.

Uma expressão cruzou o rosto de Harrison, e Kate achou ter visto algum incômodo nos olhos dele. A intromissão de Simon também a irritou. Ele não estava em posição de dizer nada.

— Nisto tenho que concordar com Simon — disse Gordon, e Kate pendeu a cabeça, sabendo o quanto ele odiava concordar com

Simon no que quer que fosse. — O espólio é considerável. Trinta milhões para Harrison e trinta milhões para você, Kate, sendo que dez deles ficarão aplicados para Annabelle. — Kate sabia que o número seria considerável, mas ainda assim ficou surpresa. A nova herança se somaria aos milhões que sua avó lhe deixara ao morrer. Boa parte do dinheiro tinha sido usado para criar a Fundação Coração das Crianças, que dava atendimento cardiológico gratuito aos pequenos sem plano de saúde. A fundação cuidava de todos os gastos médicos das crianças, assim como providenciava alojamento para os pais enquanto os filhos estivessem no hospital. Kate e Harrison, também cirurgião cardiotorácico pediátrico, tratavam pacientes do país inteiro, e a função permitia que eles dedicassem boa parte de sua clínica a trabalhos *pro bono*.

Kate inclinou-se para a frente.

— Quero deixar parte deste dinheiro na conta da fundação — disse. — Pode marcar uma reunião com Charles Hammersmith, da instituição, e nosso advogado para discutir.

— É claro. Já vou fazer isso — respondeu Gordon.

Simon deu um pigarro.

— Talvez devêssemos esperar um pouco e pensar quanto deveria ir para a fundação antes de nos reunirmos com eles.

Gordon passou os olhos de Kate a Simon e depois voltou a ela, aguardando uma posição.

— Pode marcar a reunião, Gordon? — Ela virou-se para Simon e lhe dirigiu um sorriso firme. — Temos tempo para discutir depois.

Gordon entrelaçou as mãos e curvou-se para a frente.

— Não sei como falar isso... — Ele fez uma pausa dramática e todos ficaram encarando-o, com expectativa.

— O que é? — perguntou Harrison.

— Recebi um telefonema de Lily. — Ele fez outra pausa. — Um dia antes de ela... uhmm... enfim, ela me pediu para manter segredo, mas agora que se foi... Bom, Lily queria vir aqui e fazer alterações no testamento.

— O quê? — falaram Kate e Harrison, simultaneamente.

Gordon assentiu, sério.

— Posso supor que nenhum de vocês sabia disto?

Kate olhou para o pai. Ele estava pálido.

— Não, nada. Tem certeza de que ela queria se reunir com você para este fim?

— Certeza absoluta. Ela especificou que queria um tabelião presente. Tive que informar à polícia, é claro. Queria que vocês soubessem.

Harrison levantou-se e se aproximou da cadeira de Gordon.

— Minha esposa disse exatamente o quê?

As bochechas de Gordon tornaram-se vermelha de repente.

— Eu já lhes disse. Que queria mudar o testamento. A última coisa que ela falou antes de desligar foi: "Gostaria que mantivesse esta conversa entre nós."

Kate olhou para o pai de novo, tentando avaliar sua reação. A expressão dele era inescrutável.

— Tem algo mais ou podemos ir? — perguntou o viúvo, a voz tensa.

— Só mais algumas coisas para assinar — respondeu Gordon.

Depois de finalizar as tarefas legais, a reunião encerrou-se. Gordon deu a volta na sua mesa, mais uma vez tomando as mãos de Kate nas suas.

— Se houver alguma coisa, qualquer coisa, que eu possa fazer por vocês, por favor, me ligue. — Ele soltou as mãos dela e puxou-a para si para um abraço apertado. Sempre houvera essa falta de jeito com Gordon, desde a época em que os dois eram crianças.

Ele tivera poucos amigos quando pequeno, o que continuou durante a adolescência. Kate não tinha certeza se ele já tivera uma namorada, com certeza não quando eram jovens. Ele sempre fora estranho, evitando o jeans e preferindo calças xadrez ou de golfe, assim como camisas engomadas e gravatas-borboleta quando não usava o uniforme escolar. Embora nunca se sentisse totalmente à vontade perto dele, Kate nunca deixou de defendê-lo quando outros o importunavam. Por mais que nunca houvesse pensado nele como um amigo, a relação de longa data entre seus pais fez com eles convivessem muito na infância.

Uma vez, na tradicional festa de fim de ano dos Barton, quando Gordon havia acabado de completar 14 anos e Kate tinha quase 13, ele a colocou contra a parede.

No momento em que a festa estava chegando ao fim, ele disse:

— Aqui está chato. Venha. Vou te mostrar uma coisa legal.

— Acho que não. Outra hora, quem sabe.

Conforme ela saía, ele chegou mais perto.

— Vem. Você vai gostar. Juro.

— Vou gostar do quê?

— Minha nova obra de arte. Estou trabalhando nisso há meses. Vem comigo. — Ele tentou pegar uma das mãos dela, mas Kate entrelaçou suas duas mãos enquanto ele mostrava o caminho.

Kate o seguiu até uma ala da mansão onde ela nunca havia estado. Depois de um corredor comprido, ele parou em frente a uma porta fechada e virou-se para ela.

— Mamãe me deu este quarto no Natal — contou. — Para eu fazer minhas artes.

Ele tirou uma chave do bolso e a inseriu na fechadura. Ela passou a língua pelo lábio superior e sentiu a transpiração salgada. A porta se abriu e Gordon apertou o interruptor. Uma luz suave tomou o recinto e acalentou o espaço exíguo, tornando-o aconchegante. As paredes eram pintadas de vermelho escuro e cobertas de fotografias grandes em preto e branco, todas de velhos sobrados do centro.

— Você que tirou? — perguntou ela, chegando perto de uma das imagens em moldura.

— Sim, faz um tempo. Mas quero mostrar para você no que estou trabalhando.

Ele apertou um botão na parede e depois foi para trás de uma mesa de metal onde havia um computador e um projetor. Kate virou-se para olhar quando a tela de projeção desceu.

— Vou diminuir a luz — disse, virando-se para o projetor.

Imagens em preto e branco de casas surgiram na tela conforme o filme passava, e então a câmera focou uma casa só, aproximando-se lentamente até ela conseguir observar os moradores. Uma mulher loira e magra estava no sofá, assistindo televisão, enquanto dois jovens estavam no chão brincando com algum jogo. A câmera recuou e outra casa entrou em foco. Depois, a lente mais uma vez se aproximou para ver de perto as duas mulheres sentadas à mesa de cozinha enquanto outra estava em frente à pia, lavando pratos. O filme prosseguiu de casa em casa, registrando as atividades dos moradores. Quando acabou, Gordon desligou o projetor e acendeu as luzes.

Kate ficou pasma.

— Então, o que achou? Trabalho nisso há meses. Estou chamando de "Contemporaneidade mundana" — afirmou. Ele estava radiante.

— Gordon, você está espionando as pessoas!

— Não é espionar. É o que qualquer pessoa ia ver se passasse por ali e olhasse para dentro da casa.

— Não, não é. Isso é ser bisbilhoteiro.

A expressão no rosto dele se desfez.

— Achei que justamente você fosse gostar.

— Você é um ótimo fotógrafo, mas acho que da próxima vez deveria buscar outro assunto. Vamos voltar.

Eles saíram do quarto em silêncio. Por mais louco que parecesse, ela sentiu pena dele. Sua empolgação com o projeto parecia genuína e não lhe faltava talento. Mas também parecia que ele não tinha noção de como aquilo violava os direitos dos outros, o que a deixou incomodada. Aquilo ainda a incomodava, mas ele nunca demonstrara indiscrição com suas transações comerciais e, depois daquele dia, nunca passara dos limites com ela. Foi por isso que ela mantivera a tradição da família de ter um Barton para lidar com o dinheiro. Kate tentou tirar aquilo da cabeça e a única pessoa a quem confiou o incidente foi Blaire.

Simon levou uma das mãos às costas dela conforme todos deixavam a sala de Gordon.

— Acabamos por aqui, Sylvia — falou Kate.

— Annabelle e Hilda estão no fim do corredor. Eu levo vocês até lá — disse, os três seguindo-a logo atrás.

Kate abriu a porta e, quando entrou, seu coração parou. A sala estava vazia. Havia uma caixa de lápis de cor sobre a mesa e um desenho apenas meio colorido caído no chão.

O coração dela começou a dar pulos e achou que fosse desmaiar.

— Onde ela está? — Mal conseguia emitir as palavras. — Onde está minha filha?

— Eu, eu... — gaguejou Sylvia.

Kate sentiu a sala girar e, depois, a mão de seu pai segurando seu braço.

— Querida, elas devem ter ido ao banheiro.

Sem pensar, Kate correu da sala, desceu o corredor e abriu a porta do banheiro feminino.

— Annabelle? Hilda? — berrou, a voz chegando ao nível de histeria. Sem resposta. De repente, um som de descarga e uma baia se abrindo. Uma jovem de terno saiu, a aparência confusa.

Onde elas estavam? Correndo de volta ao saguão, ela viu Gordon, que estava com os demais.

— Kate... — Gordon começou a falar. Antes que ele pudesse terminar, o elevador emitiu um som e as portas se abriram.

— Mamãe, olha o que a senhorita Hilda me deu.

Kate se virou e viu Annabelle, sorrindo e segurando uma maçã e uma caixinha de suco.

A mãe correu até ela, abaixou-se e a puxou do chão, enfiando o rosto no ombro da filha e sacudindo-se de alívio.

— Mamãe, vai derramar meu suco — repreendeu Annabelle.

— Desculpe, docinho — respondeu, afastando os cachos do rosto da menina.

— Papai, olha o que eu tenho — pediu Annabelle, e Simon a tirou dos braços de Kate. Ela deu gritinhos de alegria enquanto ele a rodopiava.

Kate virou-se para Hilda.

— Você me matou de susto. Por que saiu desse jeito? — O tom dela era cortante.

Hilda encolheu-se como se tivesse levado um golpe.

— Desculpe, Kate. Ela estava com fome e lembrei que havia uma loja no térreo. Você sabe que eu nunca deixaria algo acontecer com ela. Eu fiquei atenta, com olhos de águia. — Ela parecia prestes a chorar.

Kate estava furiosa. Hilda havia sido avisada que era muito importante que todos ficassem de guarda. Seu rosto ainda estava quente, mas ela controlou o que disse. Sabia muito bem que disparar palavras raivosas em uma situação tensa só aumentava a tensão. Tranquilidade era elemento essencial na sala de cirurgia. Eles já estavam sob estresse suficiente, mas ela teria uma conversa com Hilda mais tarde.

— Estamos todos com os nervos à flor da pele. Está tudo bem. Vamos — disse Simon, dando um olhar tranquilizador para Kate.

Quando chegaram ao estacionamento, Kate cochichou com Simon e depois puxou seu pai de lado.

— O que foi aquilo? Por que a mamãe ia mudar o testamento?

Ele balançou a cabeça negativamente.

— Eu não sei, mas não me preocuparia. Devia ter algo a ver com a fundação.

Não fez sentido para ela.

— Mas por que ela ia pedir ao Gordon para manter em segredo?

Ela viu um relance de raiva nos olhos do pai.

— Eu já disse que não sei, Kate.

— Mamãe, tô cansada — lamuriou-se Annabelle.

— Estou indo — respondeu Kate, as revelações sobre Lily ainda incomodando seus pensamentos.

Eles andaram até onde Simon, Hilda e Annabelle os esperavam. Harrison curvou-se para dar um beijo no rosto da neta.

— Inté-inté, seu jacaré.

— Tchau-tchau, seu bacalhau.

Kate colocou a mão sobre o braço do pai.

— Queria que ficasse conosco. Não gosto de você sozinho naquele apartamento.

— Eu vou ficar bem. Preciso estar rodeado pelas coisas dela. — Ele ficou um instante em silêncio, depois falou: — Amanhã eu volto ao consultório.

Kate começou a trabalhar na clínica de seu pai depois que terminou a residência e a especialização em cardiologia. No momento, porém, não havia como ela se concentrar em pacientes.

Ela ficou surpresa.

— Mas já? Tem certeza? — Ela não sabia ao certo quando ia voltar, mas não achava que seria logo. Não havia como ela ficar longe de Annabelle com o assassino à solta.

— O que mais eu vou fazer, Kate? Eu preciso me manter ocupado, senão enlouqueço. E meus pacientes precisam de mim.

— Entendo. Mas eu não consigo. Preciso de mais tempo. Pedi que Cathy reagendasse meus pacientes para as próximas semanas.

— Tudo bem. Pare o tempo que precisar. Herb e Claire se ofereceram para assumir suas cirurgias até você se sentir pronta para voltar.

— Agradeça a eles, por favor — disse, dando um beijo no pai e dirigindo-se ao carro.

Enquanto Simon guiava para a saída do estacionamento, Kate ouviu a voz delicada de Hilda lendo para Annabelle no banco de trás. Depois de alguns quilômetros, passando o Oriole Park, em Camden Yards, a filha já havia dormido. Os três adultos ficaram em silêncio até em casa, cada um perdido em seus pensamentos. Kate estava contente que Blaire iria visitá-la à tarde. Precisava conversar com alguém. Tinha que haver alguma conexão ou pista em que ela não estava prestando atenção, algo que ela não conseguia enxergar.

SEIS

A primeira coisa que Blaire viu quando chegou à entrada da mansão de Kate foram dois homens de sobretudo escuro na frente da porta. Assim que ela estacionou e desceu do conversível, um deles veio até o carro.

— A senhora está sendo esperada?

Ele parecia jovem. Jovem demais para saber que uma mulher da sua idade odiava ser chamada de *senhora*.

— Sim. Sou amiga de Kate. Blaire Barrington.

Ele levantou um dedo e abriu uma caderneta.

— O nome da senhora está aqui, mas preciso conferir sua identidade, por favor.

Era óbvio que ele não lia os livros dela. Na verdade, apesar da fama, pouca gente a conhecia de rosto. Ocasionalmente, sobretudo em restaurantes, alguém pedia um autógrafo. Na maior parte do tempo, porém, ela vivia no anonimato. As sessões de autógrafos eram outra coisa. Daniel e ela estavam acostumadas a filas longas e multidões, que deixavam os dois exauridos e com mãos doloridas ao final. Para Blaire, era a glória.

Ela pegou sua carteira de motorista e entregou ao segurança, observou ele tirar uma foto com o celular e depois fazer sinal para ela seguir adiante. A porta foi aberta antes de ela bater. Kate estava no batente, de aparência pálida e abatida.

— Qual é a dos homens de preto?

Kate começou a falar alguma coisa, mas depois fez um não com a cabeça.

— O Simon que contratou. Só por garantia...

Depois de fechar a porta e passar o ferrolho, ela levou a amiga até a cozinha. Virando-se, disse:

— Selby também veio. Chegou antes para ver como eu estava.

Blaire suspirou por dentro. A última pessoa que ela estava a fim de aguentar era Selby. Elas mal haviam se reconhecido no velório; Selby ficara sentada com seu marido, Carter, e não com as mulheres. Dessa vez ela não teria outra opção fora conversar com a outra.

Quando elas entraram na cozinha, Blaire olhou em volta para apreciar o entorno. Era uma cozinha fabulosa, algo que se esperaria de uma *villa* magnânima na Toscana. O piso impressionante de terracota parecia tão autêntico que ela se perguntou se cada azulejo teria vindo da Itália. Um teto de catedral com uma claraboia, com suas travas de madeira tosca, lançava um brilho dourado sobre os balcões de madeira encerada e armários do piso até o teto. O aposento tinha a mesma sensação de refino e relíquia do resto da mansão, mas com o toque extra de Europa antiga.

Selby estava sentada na mesa que parecia uma laje grossa de madeira esculpida de um tronco só, áspera nas beiradas e elegantemente simples. Annabelle estava no seu colo lendo. Selby ergueu o olhar e fez uma expressão azeda.

— Ah. Olá, Blaire. — Selby a examinou com o mesmo desdém que sempre teve, mas Blaire não dava mais bola. Ela sabia que estava bem. Se não era mais tão magra quanto no colégio, suas horas de academia e dieta meticulosa garantiam que ainda ficasse bem no jeans. E o cabelo, indomável em tempos passados, era liso e brilhoso, graças ao milagre moderno da queratina. Os olhos de Selby fixaram-se no anel de diamantes, oito quilates, na sua mão esquerda.

Blaire, gélida, devolveu na mesma moeda, reconhecendo relutantemente que os anos haviam tratado Selby bem. No mínimo, ela era mais atraente do que no colégio, com as ondas suaves no rosto emolduradas por madeixas sutis que amaciavam sua expressão. Todas as joias de Selby eram requintadas: brincos de pérolas gordas, pulseira de ouro e anel de safira e diamante em cada mão, que Blaire sabia que eram heranças. Carter os havia mostrado a Blaire há um milhão de anos — antes de ele ceder à insistência dos pais para que encontrasse uma pretendente "apropriada" para constituir família.

— Olá, Selby. Como vai? — disse Blaire, virando-se para o outro lado e tirando um unicórnio de pelúcia roxo da sua bolsa de lona. Ela o mostrou para a menina. — Annabelle, eu sou uma amiga antiga da mamãe e me chamo Blaire. Achei que você ia gostar de conhecer o Sunny.

Annabelle saiu voando do colo de Selby, de braços abertos, e abraçou o animal de pelúcia até colar no peito.

— Posso ficar com ele?

— É claro. Encontrei especialmente para você.

Com um sorriso largo, a criança apertou o bicho ainda mais. Blaire ficou contente em ver que era um sucesso.

— E os modos, Annabelle? — repreendeu-a carinhosamente Kate — Agradeça.

Annabelle ficou olhando Blaire séria por um instante, depois balbuciou um "obrigada" envergonhado.

— Por nada, Annabelle. A tia adora dar presentes.

Selby pareceu incomodada.

— Não sabia que você já tinha virado "titia", Blaire.

Selby não podia deixar a mesquinhez de lado por um dia, Blaire pensou. Sem querer embarcar na discussão, ela virou-se para Kate.

— Você não se importa se ela me chamar assim, não é?

Kate pegou a mão dela e apertou forte.

— É claro que não. Nós éramos como irmãs... *somos* como irmãs — corrigiu-se.

— Lembra quando nós fingíamos que éramos irmãs na faculdade quando saíamos para a farra? — perguntou Blaire. — E os nomes falsos. Anastasia e...

— Cordelia! — Kate encerrou a frase, rindo.

Selby revirou os olhos.

— Sim, era hilário.

Blaire recordou daqueles anos. Apesar das cores totalmente diferentes, as pessoas acreditavam. Elas haviam passado tanto tempo juntas que começaram a ter a mesma voz. Uma pegou a cadência e o ritmo da fala da outra. Até as risadas eram parecidas.

Antes de conhecer Kate, Blaire sempre se perguntara como seria crescer em uma família normal, ter uma mãe que lhe fazia café da manhã, que se certificava de que você tivesse um almoço sadio para o colégio, que esperava você em casa para ajudar com os deveres ou só para perguntar como foi seu dia. Blaire tinha apenas oito anos quando sua mãe saiu de casa, e logo se tornou o centro do universo do seu pai. Quando estava na quinta série, ela já havia aprendido a cozinhar melhor do que a mãe e adorava preparar refeições *gourmet* para o pai. Passado um tempo, Blaire chegou a gostar de cuidar dela e dele — ela se sentia adulta e no controle da situação. Quando Enid Turner entrou em cena, porém, tudo mudou.

Enid era representante de vendas na empresa do pai de Blaire e, de repente, começou a vir à casa deles para jantar toda semana. Seis meses depois, o pai sentou-se com a filha com um sorriso bobo no rosto e perguntou:

— O que você acharia de ter uma nova mãe?

Ela levou só um instante para entender.

— Se estiver falando da Enid, não, obrigada.

Ele colocou a mão dela entre as dele.

— Você sabe que eu me afeiçoei muito a ela.

— Parece.

Ele seguiu em frente, um sorriso bobo no rosto.

— Bom, eu a pedi em casamento.

Blaire havia saltado do sofá e parado na frente dele, lágrimas de fúria borrando sua vista.

— Não pode ser!

— Achei que você fosse ficar feliz. Você vai ter uma mãe.

— Feliz? Por que eu ia ficar feliz? Ela nunca vai ser minha mãe!

A mãe de Blaire, Shaina, era linda e glamurosa, uma mulher de cabelos ruivos longos e olhos cintilantes. Às vezes as duas brincavam de se fantasiar. A mãe fingia que era uma grande estrela e Blaire, sua assistente. Shaina prometera que um dia elas iriam juntas para Hollywood e, mesmo que tivesse ido sozinha, Blaire acreditava que a mãe voltaria para buscá-la assim que estivesse acomodada.

Ela passava todos os dias esperando uma carta ou um cartão-postal. Procurava o rosto da mãe em cartazes de cinema e programas de TV. O pai só lhe dizia para esquecer Shaina, que ela fora embora de vez. Mas Blaire não conseguia acreditar que a mãe a deixara para sempre. Talvez ela só estivesse esperando a fama chegar, e aí voltaria para buscá-la. Depois de um ano sem notícias, a menina começou a ficar preocupada. Devia ter acontecido alguma coisa. Ela implorou ao pai para levá-la à Califórnia para procurar por Shaina, mas ele se negou e ficou com uma expressão triste. Ele lhe disse que sua mãe estava viva.

— Você sabe onde ela está? — Ela olhou para o pai, pasma.

— O que sei é que ela desconta o cheque da pensão todo mês.

Blaire era muito nova para se perguntar por que ele continuava pagando as contas dela depois do divórcio. Em vez disso, ela o culpava, dizia para si que ele estava mentindo e que não deixava que elas se vissem. Que logo sua mãe viria buscá-la ou, se Hollywood não fosse o que ela achava, talvez ela voltasse para casa.

Então, quando seu pai decidiu que ia se casar com Enid, Blaire correu para o quarto e trancou a porta. Ela disse que não comeria, dormiria ou conversaria com ele até que mudasse de ideia. Não havia condição de a insípida Enid Turner mudar-se para a casa dela e lhe dar ordens. Não havia como ela roubar seu pai. Como ele poderia sequer olhar para Enid depois de ter sido casado com a mãe dela? Shaina era enérgica e vibrante. Enid era banal e sem graça. Mesmo assim, um mês depois, eles se casaram na igreja metodista, tendo Blaire de testemunha contra sua vontade.

Em seguida eles transformaram a sala de jogos, onde os amigos de Blaire vinham assistir à TV ou jogar dardos, em uma sala de artesanato. A própria madrasta pintou a sala de cor-de-rosa e depois pendurou suas "artes", uma coleção de quadros de raças caninas estilo "aprendendo a pintar" em todas as paredes, enquanto os jogos e brinquedos de Blaire foram para o porão.

Na primeira noite após a conversão da sala, assim que Enid e seu pai caíram no sono, Blaire entrou no local. Com uma caneta permanente, ela desenhou óculos no cocker spaniel, bigode no golden retriever e um charuto na boca do labrador. Logo ela estava se dobrando de tanto rir, só que em silêncio, o corpo se sacudindo enquanto ela prendia a gargalhada.

Na manhã seguinte, os gritos de Enid trouxeram Blaire à sala. Os olhos dela estavam vermelhos e inchados.

— Por que você fez isso? — perguntou Enid, a expressão de mágoa.

Blaire arregalou os olhos, com inocência.

— Não fui eu. De repente você é sonâmbula.

— É claro que não. Eu sei que foi você. Você já deixou bem claro que não me quer aqui.

Blaire levantou o queixo desafiadoramente.

— Aposto que foi você só para botar a culpa em mim.

— Ouça aqui, Blaire. Você pode enganar seu pai, mas não a mim. Você não tem que gostar de mim, mas eu não tolero desrespeito nem mentira. Entendeu?

Blaire não respondeu e as duas ficaram se olhando. Enid, por fim, falou:

— Saia daqui.

Depois daquilo, toda vez que acontecia alguma coisa, Enid culpava Blaire. A dedicação que o pai tinha com a filha transferiu-se para a nova esposa; ele não havia feito nada para defender Blaire, e não tardou para ela começar a odiar sua casa e fazer de tudo para evitar o convívio. Eles mandarem-na embora e aquilo acabou sendo uma benção — morar com Enid por mais de um ano fora suficiente. Depois da oitava série, ela foi passar o verão em casa, mas, no segundo ano de Mayfield, Lily a convidou para passar o verão com eles na casa de praia em Bethany, Delaware. Ela tinha certeza de que seu pai não ia deixar, mas a mãe da amiga deu apenas um telefonema e tudo ficou combinado.

Blaire apaixonou-se pela casa de praia assim que a viu; tinha telhas de cedro, deques e alpendres brancos que se destacavam na madeira preta, assim como o acabamento em branco das portas e janelas com ripas compridas. Era muito diferente da casa colonial sem graça onde ela crescera, com os quartos retangulares sem graça e a mobília combinando. A casa de praia era cheia de quartos modernos com paredes brancas e janelas imensas que davam para o mar. Sofás e cadeiras em tons florais suaves ficavam estrategicamente posicionados para que se aproveitasse a vista. Mas o mais inebriante era o som das ondas batendo e a brisa com cheiro de mar que entrava pelas janelas abertas. Ela nunca vira uma casa tão incrível.

A amiga havia pegado ela pela mão e a levado ao andar de cima. Eram cinco quartos. O de Kate, um grande ao lado do principal, era pintado de verde-marinho claro. As portas de correr levavam a uma pequena varanda que dava para a praia. Todos os tecidos eram brancos — o dossel sobre a cama, as cortinas, as almofadas das poltronas — com exceção do edredom, que era de rosa forte com bordados de sereias. As paredes eram ornadas com desenhos de sereias e estatuetas de sereias forravam as prateleiras. O nome de Kate estava escrito acima da cama em pedrinhas do mar azuis. Ela tinha tudo: pai e mãe que lhe davam o que ela quisesse, incluindo esta casa de praia. De repente, Blaire ficou sem respirar. A solidão e o vazio de sua vida apertaram-na como um torno.

— Seu quarto é demais — foi tudo que ela conseguiu dizer.

Kate deu de ombros.

— É legal. Quer dizer, eu estou meio velha para sereias. Eu peço para minha mãe me dar um edredom novo, mas ela sempre se esquece.

Blaire estava pasma. Kate tinha tudo nas mãos e reclamava de uma colcha? Antes que ela pudesse dizer alguma coisa, a outra pegou uma das suas mãos.

— Você ainda não viu o seu. — Os olhos de Kate brilharam de empolgação.

— Meu?

— Venha.

Ela puxou Blaire até o quarto em frente ao dela e apontou o nome em cima da cama: "Blaire", em pedrinhas do mar azuis.

Ela emudecera. Não sabia o que pensar nem o que sentir. Nunca acontecera de alguém fazer algo tão generoso e delicado para ela.

— Você gostou? Minha mãe veio aqui na semana passada e preparou tudo.

Ela correu até a janela, puxou a cortina e foi tragada por uma onda de decepção. É óbvio que ela não teria vista para o oceano — seu quarto ficava em frente ao de Kate, de modo que dava para o outro lado da casa. Ela escondeu a frustração e deu um sorriso forçado para Kate.

— Eu amei.

— Que bom. Mas é óbvio que vamos dormir no mesmo quarto, para passar a noite conversando.

E ela tinha razão. As duas se revezaram nos quartos, deitadas no escuro, revelando todos os seus segredos. Blaire nem precisava de um quarto para si, mas Lily, inteligente que era, sabia que ela ter um quarto faria toda diferença. A amiga da filha passou todos os verões seguintes com eles na praia — até o do casamento de Kate e Simon. Ela parou para pensar se eles ainda tinham a casa de praia e se Kate seguia a tradição com Annabelle.

Selby levantou-se e deu um beijo na bochecha de Kate.

— Acho que já vou. Não se esqueça: se precisar, estou aqui. — Selby pegou sua bolsa. Blaire reconheceu a estampa floral da Fendi, e pensou que as flores alegres não combinavam em nada com a personalidade de Selby.

— Eu vou com você até a porta — disse Kate. Ela olhou para Blaire. — Se importa de ficar um segundo com Annabelle?

— Adoraria — respondeu, e então virou-se para Annabelle. — Quer que eu termine a história?

A menininha fez que sim e lhe entregou *A árvore generosa*.

— É um dos meus preferidos — contou Blaire. Elas sentaram-se à mesa e a mais velha começou a ler. Annabelle colocara um braço por cima de Sunny, o unicórnio. Era uma criança adorável, com olhos castanhos grandes e um belo sorriso. Ela tinha algo de doce que fazia Blaire lembrar de Lily. Que pena que a avó não a veria crescer.

— Leia, tia Blaire!

— Desculpe, meu doce.

Selby voltou correndo para a cozinha, o rosto franzido.

— Eu não sei o que está acontecendo, mas tem algo errado.

— Do que você está falando? — perguntou Blaire, enquanto reacomodava Annabelle no colo.

— A polícia chegou com um pacote — contou Selby. — Estão com Kate e Simon. — Ela cruzou os braços. — Eu ficaria mais, mas tenho uma massagem agendada.

— Não vá perder, hein!

Selby a encarou.

— Talvez eu devesse cancelar. Eu sou a melhor amiga de Kate. Ela precisa de mim.

Por que Selby não dava um tempo? Elas não estavam mais no colegial. Blaire sentiu-se irritada, mas respirou fundo, decidida a não dizer algo que fosse se arrepender. Ela delicadamente tocou uma madeixa do cabelo de Annabelle, mas continuou encarando Selby.

— Estou aqui. Vá para o seu compromisso. Kate vai ficar bem. — falou, a voz neutra.

O rosto de Selby ficou vermelho.

— Por que você voltou? Já não causou problema suficiente?

Aquilo era sério? A mãe da amiga das duas acabara de ser assassinada e ela queria remoer o passado? Blaire deixou a raiva aflorar. Desceu Annabelle do colo, levantou-se e foi para perto de Selby, cochichando para a criança não a escutar.

— Qual é o seu problema? Lily morreu e Kate precisa de todo apoio possível. Isso não é hora de insegurança mesquinha.

Claramente desorientada, Selby abriu a boca, mas nada saiu.

— Acho que é hora de você ir embora. Vá soltar essa tensão.

Encarando-a, Selby pegou sua bolsa e saiu batendo os pés.

SETE

Kate bateu na porta do escritório do marido, que estava entreaberta.

— Simon, o detetive quer falar conosco.

O marido tirou os olhos do computador e passou a mão pelo cabelo enquanto ela entrava com o detetive.

— O que foi? Prenderam alguém?

— Não, senhor — respondeu Anderson, às costas de Kate. — Mas foi entregue uma caixa.

— De onde? — O tom de voz de Simon denotava impaciência. — O que tem dentro?

O detetive entrou no estúdio enquanto Kate fitava o pacote com pavor no rosto. Ela levou a mão à barriga ao sentir o estômago revirar. Queria correr do recinto antes que eles abrissem.

— Por favor — disse Simon. — Sente-se.

— Eu já vi o que tem dentro. Mas quero que vocês dois olhem. — Anderson soltou a caixa sobre a mesa e Kate notou que a fita adesiva havia sido cortada.

— Sim, claro — disse o marido, levantando-se da sua cadeira.

— Apenas olhem, por favor, sem tocar.

Ao retirar a tampa, Kate soltou um suspiro, dando um passo para trás por repulsa, a mão sobre a boca. Três passarinhos pretos enfileirados, perfurados por um espeto de metal, todos com cortes nas gargantas.

— Quem é o doente que está fazendo isso? — bradou Simon, empurrando a caixa para o detetive Anderson.

— Estes pássaros provavelmente foram comprados em uma loja de animais, assim como os ratos — disse. — São periquitos, mas foram pintados de preto com spray.

Kate sentiu o sangue pulsar no pescoço e encolheu-se. Seu corpo inteiro tremeu quando o terror se transformou em raiva, explodindo dentro de si. Ela olhou para Anderson.

— Por que o senhor não nos avisou? Porque queria nos chocar? Queria ver nossa reação? — Outra coisa lhe ocorreu. — O senhor acha que estamos escondendo algo?

Não havia arrependimento nos olhos de Anderson, apenas desconfiança.

— É o procedimento padrão — disse, sem mudar o tom. — Vocês têm *alguma* ideia de quem poderia fazer algo assim?

— É claro que não.

Ele recolocou a tampa da caixa, tirou um envelope plástico de sua pasta e entregou a Kate.

— Isto estava em cima dos pássaros. — Dentro havia uma folha de papel branco comum, com a mesma letra digital do outro bilhete.

Canta, canta a musiquinha
A melodia de doer
Três pássaros pretinhos
Tinham que morrer

Quando abre a caixinha
Os pássaros não cantam mais
Que presente bonitinho
Não ouvirás jamais

— Essas rimas mórbidas — sussurrou Kate. Ela entregou o bilhete ao marido, enquanto as palavras reverberavam na sua mente, como uma cantiga de ninar. Uma leve tontura fez Kate se apoiar na mesa à frente.

O detetive pegou o bilhete de volta e o guardou na pasta.

— É óbvio que o assassino quer provocá-los. Segundo minha experiência com estes casos, eu diria que é provável ser alguém que vocês conhecem, embora, possivelmente, não seja alguém que conhecem bem. Alguém periférico à vida do casal.

— Por que o senhor acha isto? — perguntou ela.

— Sabemos que não foi um assalto. Não foi levado nada de valor. O pai da senhora confirmou que o único objeto faltante era o bracelete que sua mãe sempre usava. Se alguém houvesse arrombado a casa para assaltar, teria levado muito mais.

— Então o senhor acha que alguém a usou como alvo para...

Antes que ele pudesse responder, Simon a interrompeu:

— Em que pé está a investigação? Algum suspeito?

— No momento, estamos de olho em todos.

Simon deu um suspiro alto.

— Eu gostaria de algo mais concreto. Para começar, uma pequena lista de suspeitos. Os álibis das pessoas. Esse tipo de coisa. — Kate, Harrison e ele, assim como os funcionários da casa, haviam dado álibis detalhados à polícia nos dias imediatamente após o assassinato.

— Senhor English. Não é nosso hábito compartilhar detalhes da nossa investigação, pois pode comprometer nosso trabalho. Eu garanto que somos bastante minuciosos.

Um silêncio pairou no recinto, até o detetive retomar a palavra.

— Mais uma vez, se há algo a mais que possam me dizer, esta é a hora.

Kate voltou-se a Simon em busca de segurança, mas o rosto dele, branco e abatido, só lhe mostrava que estava tão em pânico quanto ela.

— Conseguiu rastrear a mensagem que minha esposa recebeu?

— Não, teria que ser em tempo real. Se enviarem outra, conseguiremos. Também entrei em contato com a unidade de comportamento criminoso do FBI. Vou preencher a papelada para ver se eles conseguem algo. A espera pode ser longa, mas veremos.

Eles foram juntos até a porta da frente. O detetive Anderson franziu os lábios de novo, balançando a cabeça.

— Sei que estão assustados. Estamos fazendo todo o possível para proteger vocês todos, mas, por favor, fiquem atentos. Têm certeza de que não lembram de algo fora do comum que tenha acontecido recentemente? Telefonemas que se desligam assim que vocês atendem? Estranhos que vieram pedir informações ou que pediram algo absolutamente insignificante? Algo de estranho no hospital, doutora English, ou no seu escritório, senhor English?

Kate parou um minuto para pensar e não lembrou de nada. Ela fez que não.

— Também não consigo pensar em nada — afirmou Simon.

— Bom, surgindo alguma lembrança, por favor, entrem em contato. Qualquer coisa. Prefiro ter informações irrelevantes a perder algo de crucial.

— É claro — Kate e Simon responderam em uníssono. Exausta, ela encostou-se nele.

Antes que Anderson saísse, Blaire entrou no corredor com Annabelle aos prantos.

— Desculpem interromper, mas Annabelle quer a mãe.

Quando Kate a pegou, Anderson estendeu a mão a Blaire.

— Sou o detetive Anderson. E a senhora seria?

— Esta é uma das minhas amigas mais antigas, Blaire Barrington — respondeu Kate. — Ela veio de Nova York para o funeral.

— Se importaria em responder algumas perguntas para mim?

— De modo algum.

— Podem usar meu escritório. — falou Simon.

Blaire acompanhou Anderson até o recinto.

— Estou muito assustada — sussurrou Kate para Simon. — Quem faria uma coisa dessas?

Antes que ele pudesse responder, seu celular tocou. Ele ergueu um dedo e conferiu a tela.

— Desculpe, tenho que atender.

Kate sentiu suas costas se retesarem com a dispensa sem cerimônia. Ela ficou observando com raiva nos olhos ele caminhar pelo corredor. Respirou fundo e levou Annabelle de volta à cozinha, onde Hilda lhe preparava um lanche.

— Se importaria em levar Annabelle para o quarto de brinquedos?

— Eu quero você, mamãe.

— Eu já vou, meu doce. Só preciso conversar um minuto com a tia Blaire. O que acha de uma barra de chocolate? Um mimo para uma menina comportada. — Kate estremeceu assim que as palavras deixaram sua boca, mas, às vezes, suborno era o único recurso que restava.

Annabelle continuou com uma cara mal-humorada, mas assentiu e pegou uma das mãos de Hilda.

Dez minutos depois, Blaire estava de volta.

— O que Anderson queria saber?

— Ele estava só conferindo meu paradeiro na noite em que Lily foi assassinada. Eu lhe dei o telefone do meu porteiro e os nomes dos meus vizinhos. Ele também perguntou se Simon e você são felizes.

Kate ergueu as sobrancelhas. Ela ficou na dúvida se Blaire falara a Anderson o que achava de Simon.

— Eu contei que não temos contato há algum tempo e que não sabia. Imagino que ele queira ver tudo de todos os ângulos. Mas o que aconteceu antes? Quando eu entrei no saguão, parecia que você tinha visto um fantasma.

Kate se jogou em uma poltrona, arrasada com a tensão.

— Selby já foi embora, é?

— Foi. Ela não queria se atrasar para a massagem. Está tudo bem? — A preocupação na voz de Blaire era evidente.

Kate parou um minuto para pensar. Ela podia contar a Blaire tudo que estava acontecendo? Houve época em que nem teria hesitado. Quando elas eram jovens, Kate não escondia nada da amiga. Antes de Blaire, o confidente de Kate era seu diário. Na infância, mau humor e problemas não eram vistos com bons olhos na sua casa. Assim, sempre que Kate se aborrecia, quem a reconfortava era Lily — pelo menos, ao modo de Lily. Depois de um abraço e palavras de carinho, ela sempre conseguia lembrar a Kate como ela tinha sorte, que ela deveria agradecer por tudo que tinha, que reclamar ou se entristecer com problemas tão pequenos era sinal de ingratidão. Quando Blaire apareceu, as coisas mudaram. A nova amiga contou a Kate de sua mãe ausente, do pai indiferente, da madrasta odiada. Ela dividiu suas inseguranças, seus nervosismos e aos poucos, bem aos poucos, Kate também se abriu. Ela sentiu-se como um pássaro saindo da gaiola, contente por finalmente ter alguém que lhe dizia que não havia problema em se sentir triste ou brava ou o que mais quisesse sentir. Confiar nela, botar tudo para fora, era um alívio. Levou apenas alguns segundos para ignorar a ordem de Anderson de manter a situação em sigilo.

— Não foi um fantasma — disse, enfim —, mas foi tão apavorante quanto. Uma mensagem do assassino.

Os olhos de Blaire arregalaram-se de surpresa.

— O assassino de Lily entrou em contato?

A partir dali tudo saiu de uma vez só. A mensagem de ameaça na noite do funeral, os ratos na pia do banheiro.

— E agora mesmo ele mandou três passarinhos pretos em um espeto, junto com uma cantiga de ninar que lembra "Sing a Song of Sixpence".

Blaire estudou-a por um instante, sem piscar.

— Que coisa absolutamente horrível! Eles acham que quer dizer o quê?

— Eles não têm ideia.

— Bom, e qual é o plano?

— Clonaram meu celular e os computadores para ver se conseguem rastrear a mensagem. Interrogaram todos nós, recolheram os arquivos da fundação no escritório da minha mãe e em casa. Conversaram com a equipe do hospital e do trabalho de Simon. Só faltava uma coisa na casa: o bracelete de diamante. Lembra, o que ela usava o tempo todo? — Kate coçou os olhos, começando a sentir a exaustão. — Havia uma vidraça quebrada perto da porta da frente, mas é algo que pode ter sido feito depois para parecer um assalto que deu errado. No momento, o detetive Anderson acha que é alguém que conhecemos. Ou no mínimo alguém que a mamãe conhecia.

A pele de porcelana de Blaire estava ainda mais pálida que o normal.

— Infelizmente, acho que seu detetive está certo — disse. — Ele atualizou vocês quanto aos suspeitos?

Kate fez que não.

— Ele não dá detalhes, mas nos garantiu que está sendo *minucioso*.

— Bom, ele parece mesmo. Quando me interrogou há pouco, ele disse que ia falar não só com o porteiro, mas também com um vizinho que me viu. Acho que ele é de cumprir o que diz. Vamos repassar nós mesmas. Você estava em casa quando seu pai ligou, certo? Onde ele estava?

— Ele havia passado em casa mais cedo naquele dia e voltado ao hospital.

— Certo. E o Simon?

— Estava no trabalho. Era tarde, mas isso não é fora do comum.

— Tinha alguém com ele?

Kate manteve a voz neutra.

— Outra arquiteta. Sabrina Mitchell. — Ela não queria tratar da questão Sabrina naquele momento.

— E se fizermos uma lista? Pense em todo mundo que conhece. Pode ser qualquer pessoa. Um colega, um cliente, um funcionário, a família inteira.

De repente, a ideia do psicopata ser alguém próximo foi um fardo pesado demais para Kate. Ela fechou os olhos e ficou parada, torcendo que pudesse sumir com o embrulho no seu estômago. Sentiu uma mão em um dos joelhos e, quando abriu os olhos, Blaire estava ajoelhada ao lado dela.

— Vou ligar para o Daniel e avisar que vou ficar aqui, que quero estar ao seu lado.

— Não, não. Não posso permitir. Ele está com saudade de você. Além disso, é quase Natal. Já basta você estar aqui para o velório. Você ter vindo foi tudo para mim.

— Eu quero ficar do seu lado. Nós perdemos tantos anos. — Blaire estendeu a mão para Kate.

— Mas você não precisa voltar para continuar trabalhando?

— Estamos em dezembro. O mercado editorial está hibernando no momento e Daniel consegue se virar sem mim. Ele está na última parada da nossa turnê, depois temos só um evento na agenda até janeiro. Eu escrevo séries de detetive. Quem sabe eu finalmente possa botar toda minha pesquisa a serviço de algo útil. Não quero ir a lugar algum até acharmos esse canalha.

Kate sentiu o corpo inteiro relaxar de alívio. Apesar do que havia dito, queria muito que Blaire ficasse.

— Tem certeza? Eu adoraria, mas...

— Tenho. Nem tente se livrar de mim. — Blaire sorriu para ela e levantou-se. — Agora eu vou. Descanse. Me ligue se precisar de alguma coisa. Não importa o horário. Estou aqui para você.

Kate pegou a mão dela e a segurou enquanto iam juntas até a porta.

— Obrigada — disse ela, puxando Blaire para um abraço. Depois assistiu à velha amiga descer os degraus até seu carro esportivo.

Kate arqueou as costas, tentando aliviar a dor que sentia. Ela precisava correr, precisava de um alívio na tensão acumulada que ameaçava consumi-la. Foi ao quarto, trocou de roupa e pegou os tênis de corrida no armário. Então mandou uma mensagem aos seguranças posicionados no lado de fora, que a informaram que Alan seria sua companhia durante o exercício. Ela nem se preocupou se ele conseguiria manter o ritmo. Simon havia lhe garantido que todos os guardas eram ex-soldados ou altamente treinados em artes marciais e armamento.

Quando ela desceu as escadas, Alan a aguardava próximo à porta da frente. Mesmo que ainda fosse 16h30, o sol já sumia e a atmosfera era gelada. Kate colocou seus fones de ouvido, mas Alan chegou mais perto para adverti-la.

— Desculpe, senhora. Prefiro que não use. Preciso ter certeza de que a senhora vai me ouvir caso eu precise alertá-la.

Ela soltou um gemido. Como que ela ia correr sem música?

— Vou deixar só um. — Ele ia retrucar, mas Kate partiu com "Sweet Child o' Mine" tocando na orelha esquerda. Ela sentiu a tensão abandonando o corpo quase de imediato, conforme o passo aumentava e ela ganhava velocidade. Kate não pensava em nada além de seus pés batendo na calçada enquanto o clima gelado queimava suas bochechas. Queria correr até esquecer de tudo, queria ser tão rápida que pudesse deixar todos os terrores e mágoas para trás. O ribombar no seu peito era tão forte que parecia que ela ia se partir em duas. Sabia que estava rápida demais. Era bom se permitir uma fuga como aquela, mas ela tinha que ter calma. Diminuiu o passo aos poucos e colocou a mão no peito.

Ela desceu a rua e foi até o pequeno lago que tinha uma trilha pavimentada em volta. Havia outros corredores por lá, e Kate se virou para olhar para trás e ter certeza de que Alan acompanhava seu ritmo. Ele acenou para ela. Antes de olhar para a frente de novo, ela notou um corredor vindo de trás, todo vestido de preto. Era veloz. Ela sabia que Alan estava acompanhando-a, mas o que aconteceria se este homem chegasse até ela antes? Forçando o corpo, Kate aumentou o ritmo, sincronizando a respiração com os passos. Lançou outro olhar a Alan e viu o borrão negro mais próximo do que antes. Fazia muito tempo que ela não treinava *sprints*, mas, de repente, era o que ela estava fazendo, desviando dos pedestres e corredores no sentido contrário. Enquanto seus pés martelavam o asfalto, ela sentia o ritmo sair do controle assim que chegou a uma esquina. Parou e deu meia volta, o homem correndo na direção dela, olhando bem na sua direção. O estranho estava entre Alan e ela — ele também tinha acelerado. Tinha corrido mais rápido do que Kate.

Será que era um conhecido? Ele parecia familiar. Talvez ela o houvesse visto em uma corrida. Ou talvez o conhecesse de outro lugar. Ou podia ser o assassino...

Ao erguer as mãos para afastá-lo, ela ficou tonta. Quando Alan a alcançasse, seria tarde demais. Um grito estava subindo pela sua garganta quando o homem passou do seu lado. Ela foi tomada por um alívio tão forte que seus joelhos cederam e ela descansou as mãos nas coxas, sugando pulmões inteiros de ar.

Kate tinha que voltar para casa. Estava exposta demais.

Alan correu até ela, a expressão preocupada.

— Vamos voltar. Consegue se manter ao meu lado? — Ela detestava se sentir tão fraca.

— É claro — respondeu, sem mudar a expressão.

Quando chegaram à casa, ela correu para o andar de cima, ligou o chuveiro e esperou aquecer. Jogou o celular no balcão da pia e, no mesmo instante, ele se acendeu e o som de uma mensagem soou.

Número Privado. O tremor no peito foi instantâneo. Ela respirou fundo, pegou o telefone e leu.

Gostou dos meus presentinhos? Ratinhos morrem. Passarinhos morrem. Kate morre?

— Pare com isso! — berrou com o celular, as lágrimas brotando nos olhos. Correu até o quarto, pegou o telefone fixo e ligou para o detetive Anderson. Ele atendeu ao primeiro toque.

— Já sei — falou, sem preâmbulo. — Identificamos o endereço IP e estamos a caminho.

— O senhor sabe de onde veio? — perguntou Kate, ofegante.

— Do Starbucks na York Road. Ligo assim que souber mais.

Pelo menos ela sabia que o assassino estava a quilômetros, longe da sua região. E iam encontrá-lo. Ela se encheu de alívio. Iam finalmente pegar o lunático e ela ia respirar de novo. Enquanto tomava banho, Kate garantiu a si mesma que tudo ficaria bem. Anderson iria descobrir quem estava por trás daquilo e colocaria o cafajeste atrás das grades. Ela estava secando o cabelo quando o telefone tocou. Anderson.

— Pegaram?

Ele deu um pigarro.

— Quando chegamos lá, a pessoa já tinha desligado o celular e ido embora. Sabemos que usaram um aplicativo de mensagens que envia apenas por Wi-Fi. Conseguimos rastrear o endereço IP daquele Starbucks. Mas, se o telefone se desliga, não temos como acompanhar.

— Interrogaram alguém? Talvez a pessoa ainda estivesse lá.

— Interrogamos. Estava bem movimentado, mas ninguém notou nada fora do comum. Sinto muito. Vamos repassar as imagens das câmeras para ver se há algo suspeito. Tem câmeras por todo o local. Mas, se foi do banheiro, não teremos tanta sorte.

A decepção de Kate pesava sobre seu corpo. Ela desligou o telefone, abatida. Quem estava fazendo aquilo era esperto. Talvez esperto demais para ser capturado.

OITO

Blaire imaginava que esta noite teria sido importante para Kate: o jantar beneficente anual da Fundação Coração das Crianças. Originalmente, ele aconteceria na sua própria mansão, mas Kate não estava em condições de preparar o que quer que fosse nem de ir a lugar algum. Quando Selby entrou em cena e ofereceu-se para realizar o evento na sua casa, Kate pediu a amiga para ir em seu lugar. Blaire tinha certeza de que Selby não havia aceitado aquilo de bom grado, mas ela concordara sem hesitar.

Ela contornou a rotunda do casarão de Selby e Carter em Greenspring Valley, sobre o qual ela havia lido na *Horse and Rider*. Eles haviam comprado a mansão de 75 anos logo depois do casamento, e passaram cinco anos fazendo uma restauração meticulosa, projeto no qual despejaram centenas de milhares de dólares. Ela parou perto do chafariz no meio da rotunda e um manobrista abriu a porta de seu carro, estendendo a mão para ajudá-la a sair. Abraçada a seu xale, ela subiu apressada a escadaria longa até as portas duplas negras, que facilmente chegavam a três metros de altura. Ao entrar, ela admirou a elegância e a sofisticação do recinto, com seu papel de parede de seda pastel e candelabros cintilantes. Ela tinha que admitir que o gosto de Selby era impecável.

Blaire entregou o xale a um mordomo uniformizado. Enquanto passava por uma sala de jantar imensa, com uma mesa comprida de mogno banhada por candelabros de prata e cheia de travessas em cima, ela viu Selby vindo na sua direção, com Carter a tiracolo. Ela o vira na recepção após o enterro de Lily e ficou se perguntando como aquele obeso de meia idade podia ser o mesmo boa pinta com quem ela quase havia se casado.

Selby fez um meneio conforme eles se aproximavam.

— Olá, Blaire. Bem-vinda ao nosso lar. Que gentil da sua parte assumir o lugar de Kate. — Ela encolheu os ombros. — Eu faria com prazer, mas imagino que seu nome provavelmente renderá mais, agora que você é tão famosa.

— Bom, estou certa de que Kate já ficou muito grata por você ter aberto seu lar. Talvez ela não quisesse impor também um discurso. Você lembra como ficava nervosa quando tinha que fazer uma apresentação no colégio. Teve aquela vez que...

— Sim, então — interrompeu-a. — Não precisamos entrar neste assunto. Eu fico bem à vontade sob os holofotes. — Sua voz saiu afiada.

Carter aparentemente nem notou a tensão entre as duas. Ele tomou a frente e deu um beijo no rosto de Blaire.

— Oi, que bom ver você. — Seus olhos fizeram uma varredura completa, apreciando seu corpo. — Você está maravilhosa.

Blaire ficou encantada com o olhar de admiração. O vestido impetuoso de seda vermelha que ela comprara naquele mesmo dia na Octavia Boutique abraçava com perfeição seu porte alto e esguio. Não tinha alças, e seus cabelos pretos e compridos roçavam os ombros nus.

— Obrigada.

Ela lhe dirigiu um sorriso confiante, decidida a mostrar que ele não causava mais efeito algum sobre ela. Fazia anos que ela não o via, mas a lembrança da humilhação voltou com a força de um trem desgovernado. Ela respirou fundo, tirou o passado da mente e recompôs-se.

— Todos vão ficar muito animados em recebê-la. Uma celebridade. Que empolgante! Minha mãe é uma de suas maiores fãs — Carter babava. — Ela está louca para vê-la.

As sobrancelhas de Blaire saltaram. É mesmo? Anos atrás, tudo que a mãe dele mais queria era que ela sumisse da vida do filhinho querido. Mas hoje estava *louca* para vê-la?

— E eu li todos seus livros — continuou.

— Carter — interrompeu-o Selby. — Temos outros convidados chegando.

Ele soltou a mão de Blaire aos poucos, e Selby agarrou uma das mãos do marido.

— Se nos dá licença, acho que você consegue se achar.

Blaire avistou Gordon e foi na sua direção, aliviada em ver alguém conhecido. Mesmo de smoking, ele conseguia deixar uma gravata-borboleta ainda mais brega — provavelmente porque era azul clara e a estampa era de touros e ursos. Seria algum gracejo com o mercado acionário? Não à toa ele continuava solteiro.

— Olá, você — ela o cumprimentou.

— Blaire.

— Divertindo-se?

— Esses eventos não são minha praia. Só vim apoiar Kate e a fundação. Mas é perfeitamente compreensível ela não ter vindo — respondeu, dando de ombros.

— Pode deixar que vou dizer que você pensou nela — disse. — E veja só, Gordon. Eu queria mesmo conversar sobre investimentos. Queria diversificar mais a minha carteira e ando um tanto insatisfeita com meu gerente financeiro.

O rosto dele se avivou. Agora ela tinha toda a atenção.

— É mesmo? Posso conferir seu portfólio com prazer. Creio que você vai ver que nossa firma sabe encontrar o equilíbrio perfeito entre risco e segurança...

Blá, blá, blá. De repente ela só estava ansiosa para que ele encerrasse logo. Gordon enfim terminou e ela apenas assentiu.

— Que ótimo. Posso passar na terça-feira à noite? Por volta das 20 horas?

Ele franziu o cenho?

— À noite? Eu não costumo ficar no escritório até essa hora. Não pode ser durante o dia?

Ela encenou uma cara de arrependida.

— Desculpe, mas no horário comercial eu tenho entrevistas e coisas de divulgação quase todo dia. Acho que eu sou mimada, mas o meu gerente sempre se adequou à minha agenda. Uma das poucas coisas que eu gosto nele.

Ele ergueu a mão.

— Não é que eu me importe, mas é que tem uma complicação com o sistema de alarme da firma a essa hora.

— Quem sabe se eu for na sua casa, então? Afinal, somos velhos amigos. — O ombro dele deu um salto e ela ficou se perguntando se era um tique ou só reação à sugestão.

— Sim, bem, acho que pode ser. — Ele pareceu relutante, e ela ficou pensando se ele queria esconder alguma coisa ou se não estava acostumado a receber gente.

— Maravilha. — Ela lhe entregou um cartão de visitas. — Pode me mandar o endereço por e-mail e nos veremos lá.

Ela sorriu. Na lista de suspeitos de Blaire, graças à sua fixação bizarra em Kate, Gordon era o número dois — logo depois de Simon, com seu álibi furado.

Passando os olhos pela sala, ela notou a mulher que havia visto no velório, dessa vez de papo com outro homem. Com um vestido preto de costas nuas que delineava o porte esguio, ela estava deslumbrante e à vontade. Blaire se perguntou quem a havia convidado. Assim que o homem saiu de perto, foi até a mulher e, com o melhor sorriso que tinha, estendeu uma das mãos.

— Olá, meu nome é Blaire Barrington.

A mulher a analisou por um instante, antes de responder com frieza:

— Muito prazer, Sabrina Mitchell. — Se havia reconhecido o nome de Blaire, escondeu bem.

Blaire deixou a cabeça pender para o lado.

— Você é amiga da Kate?

Mexendo o cabelo, Sabrina devolveu o olhar da outra.

— Não, na verdade sou uma antiga amiga da família do Simon. Esperava encontrá-lo aqui hoje à noite, mas ele acabou de informar que Kate não conseguiu se organizar para vir. Também pensei em cair fora, mas já havia comprado um vestido novo, então...

Blaire ficou olhando para ela, estupefata.

— A mãe dela foi assassinada há poucos dias. Não creio que uma pessoa consiga "se organizar" depois de uma coisa dessas. — A audácia daquela garota.

Sabrina deu de ombros.

— Bom, o evento é beneficente e as pessoas compraram ingressos achando que iam ouvir ela falar.

— Na verdade, eu vim no lugar dela.

A mulher a olhou com atenção.

— E quem é você mesmo?

— Sou uma das amigas mais antigas de Kate. — Blaire queria dar um tapa na infeliz.

— É mesmo? Nunca a vi em nenhuma festa.

— Eu moro em Nova York. Sou escritora.

— Alguma coisa de que eu tenha ouvido falar? — perguntou com cara de enfado.

— A série de Megan Mahooney. Que chegou agora à TV.

Sabrina ficou encarando-a por um instante demorado.

— Ah, sim, eu já *ouvi* falar. — Ela deu de ombros. — Eu não assisto muita televisão. Acho um desperdício de tempo. E eu leio, sobretudo, ficção literária.

Ela era osso duro de roer. Blaire ergueu uma sobrancelha.

— Eu também adoro ficção literária. Quais são seus autores preferidos?

— Ah, não sei, são tantos.

— Por exemplo?

— Hã, Virginia Woolf, para começar.

— Ah, é? Qual seu livro preferido dela? Eu gosto de *Mrs. Calloway* — disse Blaire.

— Sim, eu também. Bom, se me dá licença. — Ela saiu andando antes que Blaire pudesse estourar de rir. Que fraude. Oras, Mrs. "Calloway". Blaire teria que ficar de olho na menina.

Ela decidiu encontrar uma mesa para repassar as anotações do discurso, mas, antes que pudesse se mexer, Carter a encostou contra a parede. Blaire absorveu os olhos azuis desbotados, o rosto inchado e os botões esticados da camisa. Difícil acreditar que ela já tivera intenção de casar-se com ele. Ainda mais difícil crer que Carter conseguira fazer ela se sentir diminuída, menor que ele, quando terminaram.

— Eu estava torcendo que pudéssemos encontrar um tempo para colocar a conversa em dia — disse ele. — Faz tanto tempo, mas você está igualzinha.

Você, nem um pouco, ela teve vontade de responder. Quando ele sorriu, os olhos praticamente desapareceram no rosto rechonchudo.

— Que gentil da sua parte falar assim. Selby e você transformaram esta casa em um palácio.

— Obrigado. É nosso lar. — Ele sorriu, pôs a mão sobre o braço dela e continuou: — Vou ter que admitir que estou um tanto pasmo. Eu adorei sua entrevista na *Ellen*. Quem diria que você ia aparecer na *People* e dar entrevistas na TV?

Eu diria, ela quis responder. Mas disse apenas:

— Obrigada. É o meu emprego.

— Eu acho que é mais que um emprego. Você é uma estrela. Minha pequena Blaire, a famosa.

Pequena Blaire? Dele? Bem que ele queria. Não havia nem como compará-lo a Daniel, e ela desejava que ele visse isso.

— Meu marido é a verdadeira estrela. — Ela puxou o celular e encontrou uma foto deles em Florença, e mostrou a Carter. Os dois na Ponte Vecchio, Daniel com seus cabelos escuros e fartos, os olhos azuis matadores e Blaire sorrindo, aconchegada nele.

— Ele parece um ator cinema — disse. — Vocês dois parecem artistas. — A última frase era evidentemente feita para fazer a conversa retornar a ela, mas Blaire não ia ceder tão fácil.

— E ele é tão talentoso quanto é bonito. Parece que cada um ganhou o que merecia. — Ela ficou se perguntando se ele amava mesmo Selby ou se fora um casamento de conveniência.

— Vocês têm filhos? — perguntou ele.

Blaire forçou um sorriso.

— Ainda não.

Pelo canto do olho, ela percebeu Selby a encarando. Com um sorriso caloroso para Carter, ela inclinou-se para a frente e pegou uma das suas mãos.

— Acho que é hora de eu dar as boas-vindas. Podemos ir?

— Hã, sim — respondeu, apertando a mão dela ainda mais forte com a sua e levando-a à frente da sala, onde haviam armado um palco com um púlpito.

— Sua atenção, por favor.

As vozes foram sumindo aos poucos.

— Tenho o prazer de apresentar Blaire Barrington, escritora *best-seller* internacional e grande amiga. — A voz dele ficou mais soturna. — Como sabem, a doutora English passou por uma situação de perda na família e não poderá comparecer. A senhora Barrington gentilmente aceitou o convite para falar em seu lugar.

Blaire agradeceu a Carter e assumiu o microfone.

— É uma honra estar aqui hoje. Kate me pediu para transmitir a todos o apreço imenso pelo apoio. — Blaire repassou os agradecimentos que Kate havia lhe entregue e encerrou seu discurso com histórias que engrandeciam a amiga e seu trabalho em prol de crianças enfermas. Vinte minutos depois, ela pegou uma cadeira ao lado de Elise, uma colega da época de Mayfield que agora estava com as quatro filhas no colégio. Sorrindo para ela, Blaire percebeu como Elise ainda podia apostar no visual patricinha, dado seu charme e aparência juvenis.

— Está aproveitando? — perguntou Blaire.

— Sim, uma bela festa. Que pena que Kate não pôde vir. Tem planos de dar um lance em alguma coisa?

— Ainda não sei. Vou ver o que me chama a atenção quando o leilão começar. E você? — respondeu, pegando seu folheto e o analisando.

— Talvez o cruzeiro no Alaska. Whit e eu adoraríamos dar uma fugidinha.

Assim que o leilão começou, os lances começaram a ficar sérios, com viagens, quadros e outros itens de preço elevado chegando ao dobro ou triplo do valor. Por fim, o maior item da noite: uma viagem para jogar golfe em St. Andrews, na Escócia.

Blaire recostou-se e assistiu com animação à disputa entre Selby e um cavalheiro de mais idade. Ela aumentou o lance em 500 dólares. Parecia que ele ia desistir, mas subiu a placa mais uma vez e gritou:

— Dezesseis mil.

Selby não teve a elegância de parar. Sua mão se levantou e ela berrou:

— Dezessete!

O homem ergueu uma sobrancelha e sacudiu a cabeça, resignado.

Chegava o momento de Blaire. Ela piscou para Elise e ergueu sua plaquinha.

— Vinte mil.

Houve um balbucio coletivo de surpresa. O recinto ficou em silêncio.

Os lábios de Selby formaram uma linha e ela jogou o braço para o alto de novo.

— Vinte e um.

Blaire podia passar o dia inteiro naquele jogo.

— Vinte e cinco.

Selby fez não com a cabeça e deu um olhar assassino a Blaire.

— Trinta!

Blaire se levantou. Era hora de encerrar.

— Cinquenta mil dólares.

Uma onda de choque percorreu a sala. Carter colocou a mão no braço da esposa e sussurrou alguma coisa para ela. Ela se desvencilhou da mão e devolveu sua plaquinha de lances à mesa.

O leiloeiro passou os olhos por Selby e Blaire, soltou um pigarro e então disse:

— Cinquenta mil, dou-lhe uma... dou-lhe duas... vendido.

Ah, como é bom. Blaire relembrou os tempos no colégio em que elas voltavam do recesso de primavera e uma contava à outra onde tinha ido — Gstaad, Tóquio, St. Barts. O pai de Blaire teria levado a filha à Flórida ou a outro lugar sem graça enquanto as amigas percorriam o mundo de jatinho.

Elise levou a mão ao braço de Blaire e riu.

— Você vai pagar muito mais que cinquenta mil por essa artimanha.

— Nem me preocupo — respondeu. Independentemente do que ela fizesse, Selby implicaria com ela, então por que não se divertir?

— Daniel por acaso joga golfe?

Blaire ergueu uma sobrancelha e deu um sorriso de canto.

— Quem sabe ele aprende.

Carter anunciou que o leilão silencioso seria encerrado em meia hora, então todos começaram a rodar de novo. Blaire levantou-se, querendo conferir um par de brincos de pérola e uma litografia enquadrada em que havia deixado seu lance. Passou os olhos pelo salão e viu Selby sussurrando algo com Carter. Parecia irritada. Que bom, pensou. Enquanto circulava, repentinamente se perguntou se o assassino poderia estar ali, e um calafrio subiu por sua espinha. Blaire sabia tanto quanto qualquer policial que há psicopatas que têm prazer em observar as vítimas. Se o assassino houvesse vindo de fato, ele devia ter ido embora ao ver que Kate não estava. Ela pediria à amiga que solicitasse a Selby a lista de quem não fizera lances no leilão silencioso ou quem saíra antes de recolher seus ganhos. Talvez ele ainda estivesse no evento. Podia ser qualquer um. Pensar que um assassino frio podia estar a centímetros de distância fez ela estremecer de novo.

NOVE

Kate acordou encharcada de suor. A sensação de temor já familiar derramou-se sobre ela assim que abriu os olhos, e foi um esforço hercúleo levantar-se e sair da cama. Um acesso de náusea fez ela afundar de novo. Kate respirou fundo várias vezes, tentando se acalmar. Ela se arrastou até o banheiro de hóspedes e ligou o chuveiro enquanto escovava os dentes. Mal havia dormido, a mente fixa em ouvir um *ping* do celular e mais uma mensagem de texto com outra ameaça. Simon tentara convencê-la a deixar o celular no andar de baixo, mas ela o queria por perto caso tivesse que ligar para a emergência. E se alguém cortasse os fios do telefone fixo? A última rima desvirtuada ainda ressoava na sua mente e ela lutava para encontrar uma pista nas palavras. Não fazia sentido algum. Podia ser alguém atrás de vingança. A polícia estava repassando as fichas de pacientes que a Fundação Coração das Crianças não conseguira ajudar, mas até este momento, não lhe disseram nenhum nome.

Depois de uma chuveirada rápida, Kate voltou a seu quarto e botou uma blusa branca de algodão e calça jeans. Blaire estava a caminho e Kate esperava que o dia trouxesse algum avanço. Ela descia a escada quando a amiga chegou. Levou-a direto à sala de estar.

— Conseguiu dormir um pouco? — perguntou Blaire.

Kate fez que não.

— Não paro de pensar naquelas mensagens, tão horríveis... nos animais. — Ela baixou a voz quando Fleur, uma mulher esbelta com cabelos grisalhos prematuros, entrou com uma cafeteira francesa aquecida e duas xícaras. Eles haviam avisado aos funcionários para ficarem em alerta, mas ela não queria que Fleur ouvisse os detalhes sórdidos.

— Obrigada, Fleur. — Kate serviu uma xícara e passou para Blaire.

— Obrigada. — Ela tomou um gole. — Pelo menos, a polícia está monitorando a situação.

— Não sei o quanto ajuda. Esta pessoa é maligna. É como aqueles perseguidores que se vê na TV. Parece que eu vou ficar louca — respondeu Kate, suspirando.

Blaire apertou a mão da amiga.

— Sinto muito.

— Vamos falar de outra coisa. — Kate cruzou uma perna sobre a outra. — Como foi ontem à noite?

— Um sucesso. Mas todos sentiram sua falta.

— Tenho certeza de que se animaram por você ter ido.

— Todo mundo foi ótimo, no geral. Mas conheci uma pessoa que me deixou meio ressabiada — disse. — Qual é a daquela Sabrina, a que trabalha com Simon?

— Por que a pergunta?

Blaire arqueou a sobrancelha.

— Não gostei do jeito como ela ficava olhando para o Simon no velório. Quando eu me apresentei ontem, ela fez um comentário muito indevido, que você tinha largado mão de seus compromissos ou algo assim.

— Está brincando? — Kate franziu o cenho.

Blaire fez que não.

— E quando eu disse que você acabara de perder a mãe, ela meio que desprezou, como se não fosse grande coisa. Disse que havia ido para ver Simon, mas ele teve que ficar para ajudá-la ou algo assim.

Kate sentiu o calor subir ao rosto. Por que Sabrina havia ido ao evento?

— Ela tem sido um problema. Para ser honesta, Simon e eu estávamos separados antes de minha mãe ser assassinada. Ele tinha acabado de sair de casa.

Blaire franziu o cenho.

— Sinto muito. Eu não fazia ideia. O que houve?

— Temos brigado por causa de Sabrina. Ele jura que não tem nada entre eles, mas ela é muito... atrevida. Eles têm um histórico juntos. Ele acha que tem uma dívida com ela porque o pai dela cuidou de Simon depois da morte do pai. — Kate suspirou. — Simon insiste que eu estou fazendo tempestade em um copo d'água.

Blaire pousou uma das mãos sobre o braço de Kate.

— Bom, fique atenta.

— É o que estou fazendo. — Kate ficou aliviada em saber que Blaire estava não só cuidando dela, mas validando suas impressões sobre Sabrina. Fez ela lembrar de como a amizade entre elas tinha sido forte, como eram totalmente conectadas.

— Tirando ela, muitos pediram para que eu a felicitasse por todo trabalho que tem feito. Você tem muitos fãs.

Kate tentou tirar Sabrina da mente.

— Que bom ouvir isso. Bem, obrigada de novo por ir no meu lugar. Eu não teria como encarar tanta gente. Eu ia me sentir muito exposta.

— Ah, Kate. Eles vão pegar essa pessoa. E, até lá, você está segura aqui.

— E se eu não estiver? E se eu for a próxima? Annabelle vai ficar sem mãe... ou pior: se forem atrás dela? Eu não posso perder minha filha. Talvez seja tudo em torno de mim: vão tomar minha mãe, depois minha criança. — De repente ela não conseguia respirar.

Blaire ergueu uma mão.

— Você não pode ficar pensando nos "se".

— Eu sei, eu sei, mas não consigo evitar. Tem alguém lá fora. Me aguardando. A pessoa já matou minha mãe.

— Olhe para mim. Venha cá. Olho no olho. — Kate segurou os dois antebraços de Kate.

Kate se obrigou a inspirar e expirar e fixou o olhar em Blaire.

— Como é que nós fazíamos?

— Um, dois, três, quatro. Chega, chega desse papo.

— Cinco, seis, sete, oito. Ninguém, ninguém vai ser afoito. — concluiu Blaire.

— Obrigada. — Era o método que a amiga havia inventado para auxiliar Kate quando eram adolescentes.

— Nós vamos resolver tudo — afirmou Blaire, entrelaçando as mãos às da amiga.

De repente, elas ouviram uma movimentação no corredor e vozes se elevando.

Elas se olharam, em pânico, e puseram-se de pé ao mesmo tempo, indo para o corredor, onde quase tiveram uma colisão com Simon.

— Prenderam alguém dentro do nosso terreno. Entrou pelo bosque!

— Ligou para a polícia? — perguntou Kate, o coração acelerado.

Simon fez que sim.

— A equipe de segurança já ligou. Disseram para esperarmos aqui.

Era possível que tudo fosse acabar agora, Kate pensou, sentindo um acesso de alívio.

Blaire olhava para ela preocupada.

— Kate, você está branca como papel. Venha, sente-se. — Ela a guiou até uma cadeira perto da escada.

A porta da frente finalmente se abriu e Brian, o segurança-chefe, arrastou alguém para dentro da casa.

— Você cometeu um engano — berrava o rapaz, tentando se desvencilhar. Mas Brian o segurava com força e o guarda atrás dele tinha uma pistola apontada para as costas do capturado.

Kate e Simon chegaram um pouco mais perto.

— É o Mack! É um dos nossos cavalariços — disse Kate, sentindo-se como se todo ar houvesse esvaziado do seu corpo.

— Desculpe, doutora English. — Os olhos de Mack percorreram o recinto. — Eu não fazia ideia de que vocês estavam com seguranças. Eu entrei pelo bosque, como sempre faço. — Mack cuidava dos cavalos há mais de um ano. Era filho de amigos cuja casa dava fundos para o mesmo bosque. Ele estivera de férias na semana anterior.

— Soltem ele — ordenou Simon. Brian largou o garoto e Mack tropeçou casa adentro. — Peço desculpas, Mack. Venha ao meu escritório que vou inteirá-lo do que está acontecendo.

— Nossa, que susto — disse Blaire, erguendo as sobrancelhas.

Kate concordou. Ela devia saber que era bom demais para ser verdade.

— Você vai ficar bem? Tenho uma ligação com minha editora hoje à tarde. Ela entrará de férias na semana que vem e temos que resolver algumas pendências. Eu volto à noite.

Kate fez um meneio distraído.

— Eu te ligo depois.

Ela ficou vagando pela casa depois que Blaire saiu. Estava mais retraída, fechada na própria mente. Sabia que isto se devia, em parte, ao Valium que seu médico havia prescrito. Mas precisava de algo que pudesse acalmá-la naquele momento.

Até quando ela seria prisioneira do próprio lar? Kate olhou pela janela. Hoje o tempo estava bom; até o momento, o inverno havia sido moderado. Ela se levantou.

— Vou me trocar e sair para uma caminhada — disse a Simon.

— Vou ficar no escritório. Tenho que fazer uma ligação.

— No sábado?

— Só conferir um serviço.

Era aceitável, Kate pensou. Ela vestiu as botas de trilha e passou pelo quarto de Annabelle antes de descer a escada. Alguns dias antes, Kate solicitara um guarda para vigiar Annabelle, e ficou contente ao ver Alan em posição de sentido à porta do quarto da menina. Ela se preocupava com o isolamento da filha, mas, enquanto houvesse alguém a perseguindo, Kate a queria em casa — mesmo que estivesse evidente que não existia um local seguro de verdade.

O sol no seu rosto provocou uma sensação maravilhosa. Ela inspirava profundamente conforme caminhava pelo campo atrás da casa. Ficou grata por Brian estar de vigia naquele dia, pois ele sempre mantinha um silêncio discreto. Era quase como se ela estivesse sozinha, o canto dos pássaros e o triturar dos galhos sob suas botas sendo os únicos sons. Ela andou por mais de uma hora, parando, em um momento, para olhar um tordo empoleirado em um galho. A natureza sempre fora sua força restauradora.

Ao aproximar-se da casa, viu Simon vindo na sua direção.

— Gostou da caminhada?

— Gostei. Acho que estava precisando.

Simon sorriu para ela.

— Está tão bom aqui fora. Por que não vamos cavalgar? O exercício faria bem para os animais. O que me diz?

Kate não passara nos estábulos desde o assassinato de Lily. Cavalgar era um de seus passatempos prediletos, e quando era pequena as duas cavalgavam juntas duas vezes por semana. Talvez lhe fizesse bem voltar a montar. Ela preferia não ter Simon como companhia, mas estava muito cansada para discutir.

— Tudo bem. Vou trocar as botas.

— Não se preocupe. Você se vira assim. Vamos bem tranquilos — respondeu, apontando para os pés dela.

Eles desceram a colina até os estábulos e selaram Napoleão e Rembrandt. O vento começou a aumentar conforme eles guiavam os cavalos à grande arena, montados. Trotaram por algum tempo.

— Vamos na trilha? — perguntou Simon.

— Não sei. Brian consegue nos seguir?

— Vamos ficar dentro do terreno — insistiu. — Só um tempo. Hoje está lindo. É difícil um dia assim em dezembro.

Ela deu um suspiro.

— Ok.

Eles partiram pela trilha que fazia a volta nos 14 hectares do terreno. O sol úmido do inverno aparecia entre os galhos sem folha enquanto cavalgavam.

Eles seguiram em silêncio e tensão por mais ou menos vinte minutos, até chegarem a uma clareira. O vento varria o descampado, fazendo uma sacola plástica parecer uma pipa fantasma. De onde teria vindo?, Kate se perguntou. Foi a sacola que chamou atenção de Napoleão. Assustado, bufou, empinou e saiu em disparada, fazendo Kate cair para trás. Seu pé esquerdo ficou preso no estribo enquanto o animal seguia em velocidade. A cabeça dela batia no chão conforme ela era arrastada, a areia e as pedras rasgando suas costas e seu couro cabeludo. Sua perna estava torcida, dobrada em um ângulo estranho. Ela chorava por conta da dor agonizante e cuspia a areia que enchia sua boca.

— Opa! Opa! — gritava, apavorada com a ideia de que podia quebrar o pescoço.

Sua visão estava nublada pela areia e pelas lágrimas. Exausto e finalmente tranquilo, Napoleão foi diminuindo até parar, dando tempo a Simon de alcançá-los, soltar o pé de Kate do estribo e acalmar o cavalo bufante. Ele se ajoelhou ao lado dela.

— Kate! Kate! Você está bem?

A dor estava por todo seu corpo.

— Tudo dói. Meu tornozelo está latejando — falou, em meio às lágrimas, tentando se sentar. — Talvez só esteja machucado. — Ela estava furiosa consigo por não ter colocado as botas.

— Não se sente. Vou voltar até os estábulos e trazer o quadriciclo para buscá-la.

— Não. — Ela sentou-se reta. — Só está dolorido. Eu consigo voltar cavalgando.

— E se você tiver quebrado alguma coisa? Não vai querer que piore. Vai ser difícil para você subir no cavalo.

Ela deu um suspiro. Talvez ele tivesse razão. Mas Kate não queria que ele a deixasse sozinha no meio do bosque.

— Ligue para Mack e peça para trazer.

Ele colocou uma das mãos no bolso e tirou-a vazia. Depois bateu nos bolsos do colete.

— Não estou com o celular.

— Como assim? Você nunca larga ele.

— Acho que eu deixei no celeiro. — Ele curvou-se e colocou suas mãos sobre os ombros dela. — Não se mexa. Eu já volto com Mack e o quadriciclo. — Ele subiu no seu cavalo e partiu.

Kate ergueu-se assim mesmo, estremecendo ao colocar o peso sobre o pé. Ela puxou a calça. O tornozelo estava inchando. Devia ter torcido. Assustar o cavalo teria sido parte do plano dele? Ela deu um salto quando ouviu o barulho de um galho caindo.

— Quem está aí? — sua voz fraquejou quando ela gritou, mas ninguém respondeu.

O sol estava se pondo e ela se sentiu refrescada. Por que Simon estava demorando tanto? Ela foi mancando até Napoleão e acariciou sua crina. De repente, ela devia tentar cavalgar de volta; não gostava de ficar sozinha na mata. Ia tentar montar quando Simon e Mack voltaram com o quadriciclo.

— Deixe-me ajudá-la — disse ele, ao tentar lhe dar a mão.

Ela afastou a mão dele.

— Aposto que você quer me ajudar. A ir mais rápido para debaixo da terra.

— Como é que é? Por que você falou uma coisa dessas?

Ela o dispensou com um gesto.

— Só me leve para casa.

DEZ

Blaire gostava de brincar de detetive. Talvez porque, lá no fundo, acreditasse que sabia tanto de crimes quanto qualquer policial de verdade. Era impossível que ela não tivesse aprendido alguma coisa após ter passado horas na academia de polícia, feito rondas em viaturas e entrevistado detetives. Mas o que estava em jogo ali era muito mais que a trama do próximo livro de Megan Mahooney.

Ela ficara impressionada com a conduta do detetive Anderson quando ele a interrogou sobre seu paradeiro na noite do assassinato de Lily. Ela havia contado a verdade: estava em Nova York. Daniel havia ido a Chicago, convidado para uma palestra na Universidade Northwestern, e permaneceu no fim de semana para ver os pais. O porteiro do seu prédio podia confirmar seu depoimento. Ele a vira entrar e sair várias vezes naquele dia, fora os dois vizinhos do seu andar. Na ocasião, ela tentou descobrir se o álibi de Gordon era genuíno, mas Anderson não lhe passara informações. Blaire queria saber mais. Talvez ele estivesse maquiando as contas e Lily houvesse notado. A amiga de Kate não conseguia imaginá-lo assassinando alguém, mas, como aprendera nas suas pesquisas, às vezes, a pessoa de aparência mais regular e dócil era a que tinha mais potencial para violência. Além disso, ele era evidentemente obcecado por Kate.

Ela era esperada às 20 horas na casa de Gordon, em Federal Hill. No caminho, parou para comer alguma coisa em um pequeno restaurante. Pediu uma água tônica com limão enquanto analisava o cardápio. Quando ergueu o olhar, surpreendeu-se ao ver Simon entrar com Sabrina. O que estava rolando? Eles pareciam muito íntimos. Blaire o observou puxar a cadeira para Sabrina, depois sentar-se em frente a ela. Os dois estavam próximos, conversando e rindo. Não era à toa que Kate estava cismada com a garota. E ele ainda era o canalha e farsante de sempre. Como é que ele podia sair por aí com a mulher que causava tantos problemas no seu casamento, quando um assassino estava à solta e sua esposa estava apavorada? Ela puxou o celular, colocou no modo silencioso e tirou fotos dos dois.

— Com licença, a senhora já quer fazer o pedido?

Ela deu um sorriso firme ao garçom, tirou uma nota de vinte da carteira e lhe entregou.

— Aconteceu um imprevisto. Acho que isso paga minha bebida, não?

Antes que ele pudesse responder, ela saiu pela porta lateral e entrou no carro, aliviada por ter conseguido ir embora sem que Simon a visse. Preferia que ele não soubesse que ela o havia flagrado com Sabrina.

Vinte minutos depois, ela entrou na rua da casa de Gordon. A residência de tijolo à vista ficava na ponta de uma fileira de construções charmosas do bairro histórico cheio de lojinhas e tabernas pitorescas, sem falar no famoso Cross Street Market. A vista de Federal Hill para o Inner Harbour era magnífica.

Blaire apertou a campainha e ouviu o som do lado de dentro. Ela ficou no alpendre, tremendo de frio, esperando Gordon abrir a porta. Após ele atender e ela entrar, Blaire ficou surpresa; em vez de sufocante e sem graça, o ambiente era ousado e estiloso. A parede interna de tijolos dava uma sensação de modernidade à sala de estar e a mobília branca elegante era a cereja do bolo. Uma poltrona de couro vermelho era o objeto mais evidente da sala, e combinava com as linhas do tapete geométrico sobre o piso reluzente de madeira de lei. Gordon tinha bom gosto para decoração, mesmo que não tivesse para vestuário: a gravata-borboleta da noite tinha sapinhos verdes que combinavam com seu casaco de lã.

— Boa noite, Blaire, quer beber algo?

— Por enquanto, não, obrigada. — Ela sorriu enquanto tirava o casaco. — Mas gostaria de usar o toalete.

— Claro. Por aqui.

Ela o seguiu por um corredor, passando por uma saleta com um sofá peluciado e uma televisão gigante, antes de chegar ao escritório. Depois de usar o banheiro, ela deu uma espiada rápida enquanto voltava. Um monitor vistoso de computador era a única coisa sobre uma mesa de madeira incólume. Não havia papel nem objetos pessoais maculando a superfície.

Quando ela voltou ao recinto, ele estava sentado no sofá.

— Acho que vou aceitar um drinque — disse. — Mas só se você me acompanhar.

— Claro. Do que gostaria?

— Tem conhaque?

— Puro?

Ela fez que sim.

Ele voltou com dois copos cheios até a metade.

— Saúde — disse ela, erguendo o copo.

Blaire deu um gole pequeno e assistiu a ele tomar metade do seu rapidamente. Interessante.

— Gordon — começou a falar, reclinando-se. — Eu estava pensando... ah, deixa para lá.

Ele franziu o cenho.

— O quê?

Ela fez um gesto com a mão.

— Não é nada. Só uma coisa que eu notei no velório com Kate e queria a sua opinião.

Ao som daquele nome, os olhos dele se iluminaram e ela conseguiu ver que ele ainda era apaixonado pela amiga. Blaire nunca esqueceu o que Kate havia lhe contado havia anos sobre Gordon e seu projeto de espionar e gravar as pessoas. Ele era estranho e sempre fora obcecado por Kate. Um dos motivos para ela ter ido ali esta noite era conseguir mais informações sobre as finanças de Simon, mas ela ainda não descartava Gordon como suspeito. Se havia algo a descobrir, seria aqui, nesta casa, e era exatamente por isso que ela havia marcado a reunião para longe do escritório.

— Diga.

— A situação entre Simon e ela parece tensa, e aquela arquiteta nova, Sabrina, está sempre por perto. — Ela colocou uma das mãos sobre um braço dele. — Eu sei que você não pode falar dos clientes, e não ia pedir que você traísse a confiança de um deles. Só estava me perguntando, como amiga antiga que sou, se você notou algo estranho?

Ele deu mais um gole no copo e olhou para as mãos, depois voltou-se para Blaire.

— Bom, como amigo, eu nunca achei que Simon fosse a pessoa certa para ela.

Ela chegou mais perto.

— Entre nós, claro… Eu não confio nele. E você?

— Eu não sei o que a Kate viu nele. Acho ele um burguês oportunista. — As bochechas dele ficaram vermelhas.

Blaire assentiu.

— Eu não tenho como concordar mais. Olha, para começar, eu nunca quis que ela se casasse com ele. É por isso que passamos estes anos longe uma da outra.

Ele olhou para ela com interesse renovado.

— Eu não sabia.

— Sinceramente, eu estou preocupada. Se *foi* um assalto, não levaram muita coisa da casa de Lily. Há grande possibilidade de o assassino ter sido alguém que ela conhecesse. — Ela lhe deu um olhar demorado. — E se foi o Simon?

O queixo de Gordon caiu.

— O quê? Por que ele mataria a Lily?

— Ele diz que estava trabalhando até tarde naquela noite. Kate afirma que Sabrina era a única com ele. Ela pode estar o acobertando. E eu acabei de ver os dois em um restaurante, quando estava a caminho daqui, muito íntimos. Mas saí antes que conseguissem me avistar. — Ela fez uma pausa e olhou para ele. — Pode ter alguma coisa acontecendo e Lily descobriu. A polícia está em silêncio quanto aos suspeitos, mas espero que tenham interrogado Sabrina. Conversaram com você? — Ela tentou manter o tom casual.

Ele assentiu.

— Sim, acho que falaram com todos do círculo social de Lily.

— Bom, espero que você tenha um bom álibi. — Ela sorriu para ele.

Ele fechou a cara.

— Eu estava em casa naquela noite e não há motivos para suspeitarem de mim.

— Claro que não — respondeu, dando uma risada. — Voltemos ao Simon. Eu sei que o casal tem um contrato pré-nupcial e que foi Lily quem insistiu que o assinassem. Parece que Kate e ele haviam se separado pouco antes de Lily morrer. Agora ele está de volta à mansão. Muito conveniente, não acha? — Ela teve que trair a confiança de Kate quanto à separação para descobrir mais.

— Disso eu não sabia. — Ele pegou o copo, virou o resto de uma vez só, bateu o copo na mesinha de café, levantou-se e voltou com a garrafa de Blanton, enchendo o copo de novo. Blaire se perguntou se ele sempre bebia tanto neste horário, ou se era o diálogo que estava deixando-o nervoso.

Ele finalmente prosseguiu:

— Aquele farsante. Quem pode dizer do que ele é capaz? Só vou dizer uma coisa: se ele estiver traindo a Kate eu enforco ele. — Enquanto falava, Gordon fechou a mão em punho até as juntas ficarem brancas.

Blaire recuou instintivamente na cadeira.

— Acho que vou comunicar à polícia que vi os dois juntos hoje, mas não quero deixar a Kate ainda mais incomodada.

Havia uma veia pulsando na testa de Gordon e, por um instante, Blaire imaginou se ele teria um AVC. De repente, começou a balbuciar.

— Simon se acha o bonitão com aqueles cachos e a roupa cara. — Ele estreitou o olhar, fixo em Blaire. — Sabia que ele manda fazer todos os ternos sob medida? Ele acha que é alguém da realeza? Se pudesse, ele pegava todo o dinheiro dela. Senti sua falsidade no segundo em que botei o olho nele.

Pelo menos, Simon não usava *gravata-borboleta*, Blaire pensou, incomodada com a arrogância de Gordon, mesmo que lhe desse pistas úteis. Ela respirou fundo, tentando se concentrar.

— Acho que é opção dele fazer o que quiser com o dinheiro. Afinal, o escritório de arquitetura é um sucesso.

— Você acha.

Bingo.

— Os negócios estão mal?

— Não posso discutir outros clientes — respondeu, erguendo as mãos.

Blaire sabia que, infelizmente, ele era obediente às regras. Ainda assim, ela conseguiria arrancar detalhes.

Ela curvou-se para a frente.

— Não vou pedir que você entregue nada específico. Só preciso saber se Simon teria algum motivo para fazer mal a Lily. Ele precisava de dinheiro? E se Kate for a próxima?

Ele franziu o cenho.

— O que eu posso dizer é que um amigo meu que trabalha para um dos maiores clientes de Simon e Carter acabou de me contar que eles trocaram de escritório de arquitetura. Seria um baque financeiro enorme para a empresa. Isso já é de conhecimento geral, então não estou abrindo nada que Simon tenha me contado em segredo. Aliás, ele nem tocou no assunto. — Ele estudou Blaire ao tomar outro gole. — Nem com Kate, até onde eu sei.

Blaire refletiu sobre a informação. Se os negócios de Simon estavam em risco, havia um motivo para ele matar Lily. Mas Kate também tinha dinheiro. Por que precisaria chegar a esse ponto? A não ser que houvesse outra motivação em jogo. Quanto Carter saberia? Talvez fosse a hora de um encontro, em nome dos velhos tempos.

— Mais uma coisa — falou Blaire.

— O quê?

— Na mansão, depois do funeral, eu vi Simon conversando com o motorista de Georgina. Que motivo ele teria para conversar com Randolph?

Gordon ergueu o olhar por um instante, depois voltou-se para ela.

— Bom, a babá deles, Hilda, é irmã de Randolph. Pode ter sido algo a ver com ela.

Blaire supôs que ele estava certo. Podia ser simples assim. Ela abaixou-se para pegar sua pasta.

— Tá bom, chega de fofoca. Trouxe as informações sobre meus investimentos em papel e em um pen drive. Quer dar uma olhadinha antes? — Ela tirou o último relatório de seu consultor financeiro e lhe entregou, contente ao ver os olhos dele se arregalarem com a quantidade de zeros nos extratos.

Enquanto ele lia, ela apertou "enviar" na mensagem que deixara preparada no celular. Era só esperar. Gordon ainda estava entretido com a leitura quando um alarme de carro muito alto fez os dois olharem para as janelas da frente.

— Que diabo é isso? — Ele se levantou e foi até a vidraça. — Só pode ser brincadeira.

Blaire deu um salto.

— O que houve?

— O meu carro! Eu já volto. — Ele saiu correndo pela porta e desceu a escada.

Ela pôs-se em ação imediatamente, indo direto ao escritório dele. Puxou uma cadeira de couro, sentou-se e clicou no mouse. A tela se acendeu, mas o computador era protegido com senha. Ela imaginou que fosse. Começou a abrir as gavetas, mas elas só tinham coisas sem importância: canetas, lápis, clipes, pastas. Blaire levantou-se e foi até a estante grande na parede oposta, vasculhando as prateleiras. Só livros, fotos e objetos de decoração. Ajoelhou-se e abriu as portas do armário debaixo das prateleiras. Fileiras e mais fileiras de acessórios de câmera, com lentes de todos tamanhos e formatos. Em um canto, uma pilha de pastas. Ela pegou todas, levantou-se e soltou-as sobre a mesa, estudando as abas identificadas. Nada que soasse um alerta na cabeça dela. Até que chegou no fundo de uma pilha. A pasta era intitulada "Minha Katie".

Ela deu um suspiro assim que abriu a pasta. Uma sequência de fotos de Kate. Blaire passou por elas o mais rápido possível: sua amiga em uma cafeteria, sozinha; saindo de uma aula de yoga; colocando compras no carro. Havia centenas: todas de Kate, todas sem o conhecimento dela.

Ele ainda era um perseguidor.

Seria também assassino?

Ela pegou o celular para tirar fotos das imagens, mas se perdeu no código. Ouviu a porta da frente fechar. *Abre, droga!* Ela deslizou a tela para a direita e abriu a câmera. Rapidamente apertou o botão e conseguiu algumas imagens.

— Blaire? — ela ouviu Gordon chamar do corredor.

Ela devolveu as pastas ao lugar com pressa e fechou a porta do armário, seu coração parecendo uma britadeira. Deu as costas à estante de livros assim que Gordon chegou na porta.

Ele franziu o cenho.

— O que você está fazendo aqui? — Ele deu alguns passos na direção de Blaire, vasculhou a mesa e depois olhou de novo para ela.

Ela sorriu, tentando deixá-lo à vontade.

— Estava admirando sua mesa. É tão refinada. Onde você comprou?

Ele a encarou, suas pupilas estreitando-se até virarem pontinhos. Blaire permaneceu parada, tentando esconder o nervosismo. Enquanto passava a mão pela madeira escura, ainda a estudando, ele disse:

— Mandei fazer sob medida.

— Olha, ficou linda. Queria muito o nome do seu designer. — A frase soou rasa até para os ouvidos da própria Blaire. — O que aconteceu com seu carro?

Um músculo no queixo dele se contraiu.

— Parece que um delinquente jogou tinta no meu Jaguar. A polícia está vindo, então acho que vamos ter que reagendar.

— Sem problema. Confirmo com você na semana que vem — respondeu, ansiosa para fugir de Gordon. Queria ir embora dali naquele exato momento. O suor pontilhava seu lábio superior. Ela pegou a bolsa e correu para a porta. E se ele *realmente* fosse perigoso?

ONZE

O tornozelo de Kate ainda estava inchado apesar de muito gelo e ibuprofeno, e seu braço tinha manchas pretas e azuis. A cabeça latejava com o corte fundo na nuca, que incrivelmente não havia exigido pontos. Ela tinha certeza de que não havia quebrado o tornozelo, mas, por segurança, seu pai a levou ao hospital para uma consulta e um raio X. Além dos efeitos físicos, ela se sentia abalada. Teria sido mesmo um acidente ou Simon teve parte no episódio com o cavalo? Ela disse a si mesma que estava exagerando na paranoia. Coisas assim aconteciam o tempo todo. Mesmo que ele houvesse soltado aquela sacola de plástico, a sacola poderia ter caído no chão ou até assustado o cavalo dele próprio. Ela precisava se controlar.

— Doutora English?

Kate ergueu o olhar para o detetive Anderson, sentado à sua frente na sala de estar, uma caneta pousada sobre a caderneta de bolso na qual ele aparentava estar sempre rabiscando.

— Desculpe. O que o senhor disse? — Ela estava com dificuldade para se concentrar.

Anderson olhou sério para ela.

— Como ganhou essa mancha roxa? — Ele apontou para o rosto dela.

A mão de Kate subiu por reflexo.

— Caí do meu cavalo ontem. Estou bem.

Ele anotou alguma coisa e depois fez uma pergunta.

— Seu marido está em casa?

— Não. Simon tinha um jantar de negócios e me disse que chegaria em casa mais tarde.

— Queria conversar com a senhora porque surgiram novas informações. — Ele fez uma pausa e Kate esperou ele continuar. — Conte-me: seus pais discutiam muito?

Era a última coisa que ela esperava que ele fosse perguntar.

— Uma vez ou outra, mas eu não diria muito.

— As brigas eram acaloradas? — perguntou, com tom imparcial.

— Não entendo onde o senhor quer chegar. Sim, é claro que eles tinham algumas desavenças, mas coisas pequenas. Não era gritaria, se é disso que está falando. — Ela estava começando a ficar incomodada. Ele havia dito que tinha informações, não mais perguntas.

Ele tirou os olhos do que estava anotando.

— Não estou sugerindo nada, doutora English. Estou apenas conversando.

Não parecia, mas ela respirou fundo e puxou as rédeas da frustração.

— Ok, certo.

— Sabia que sua mãe e seu pai tiveram uma discussão séria alguns dias antes dela falecer?

— Não. — Ela ficou um pouco surpresa, mas não parecia uma notícia devastadora. Pessoas que convivem entre si têm seus conflitos. — O que isso tem a ver com a informação que o senhor queria me trazer?

— A faxineira dos seus pais nos telefonou. Aparentemente, ela estava indecisa quanto a relatar o ocorrido.

— A Molly? — perguntou. Ela estava com eles há vinte anos e era muito leal, até íntima, de Lily. Kate lembrou do dia do funeral, quando a faxineira estava arrasada. Kate atribuíra aquilo às circunstâncias. Mas havia outro motivo para ela ficar tão transtornada?

— Sim, Molly Grassmore. Ela disse que ouviu gritos, muita fúria, portas batendo. Sua mãe estava muito chateada. Chorava.

As mãos de Kate se fecharam tensas ao pensar na mãe chorando. Lily *não era de chorar*. O que diabos teria feito ela chegar a este ponto? E por que seu pai não havia tocado no assunto?

— Tem alguma ideia do motivo da briga? — perguntou o detetive.

Ela sentou-se mais ereta, as costas duras contra a poltrona, e cruzou os braços sobre o peito. Onde ele queria chegar? Havia um lunático atrás dela e ele ia perder tempo com aquilo? Kate teve que se esforçar para manter o tom de voz.

— Meu pai não falou nada sobre brigas. Molly pode ter se enganado. Talvez ela tenha ouvido a televisão e confundiu com a voz deles.

— Ela me pareceu bastante segura, doutora English.

— Sobre o *que* ela disse que eles discutiram?

— Ela não conseguiu escutar direito. Apenas gritos em fúria e lágrimas.

— Por que ela esperou até agora para se apresentar?

— Porque ela não queria fazer nada que pudesse prejudicar seu pai. No fim das contas, porém, ela resolveu que a polícia precisava saber.

— Ela pode estar inventando. — Assim que as palavras deixaram seus lábios, contudo, ela soube que era improvável.

— Por que ela faria algo assim, doutora English?

— Não sei. As pessoas inventam. As pessoas brigam. Por que o senhor não para de me fazer perguntas? — Ela estava começando a duvidar das próprias palavras. Suas costas e seus braços começavam a doer.

O detetive recostou-se na cadeira e respirou fundo. Seu rosto continuou impassível enquanto a observava.

— Dois dias depois da discussão, sua mãe estava morta.

— Não sei o que lhe dizer. As pessoas discutem. Perguntou ao meu pai?

— Sim. Ele não quer nos dizer o motivo da discussão, e esta recusa não o ajuda. — Ele inclinou-se para a frente. — Mais uma coisa. A senhora sabia que sua mãe tinha planos de mexer no testamento?

Ela respirou fundo. Gordon havia dito que informara ao detetive.

— Não. Ouvi pela primeira vez de Gordon Barton quando fomos repassar o testamento.

Anderson ergueu uma sobrancelha.

— A senhora percebe o porquê da minha preocupação. Seus pais discutiram, sua mãe liga para o advogado para mudar o testamento. Mas aí, antes que possa mudar, ela é assassinada.

Ele queria deixá-la abalada? O que havia acontecido com a declaração dele de que não queria compartilhar detalhes da investigação?

— Meu pai estava no hospital quando ela foi assassinada. Tenho certeza de que o senhor já conferiu os horários.

— Sim, conferimos. Contudo, há algumas horas onde não há registro da movimentação dele.

— Ele provavelmente estava em um dos quartos de plantonista ou dormindo. Está tudo fora de contexto. Meu pai nunca me enviaria essas mensagens terríveis nem ia me ameaçar. Não faz sentido.

— Mas a senhora está viva, não está? As mensagens sinistras chegaram à senhora, mas não houve atentado algum contra sua vida. Por quê? — Ele era implacável.

Kate pressionou os lábios e não disse nada.

— Talvez seu pai só quisesse dar a aparência de que a senhora é o próximo alvo para desviar nossa atenção. Talvez a senhora não seja o alvo.

— Eu me recuso a dar atenção a essas besteiras. Meu pai amava minha mãe — disse, os olhos cintilando enquanto o fitava.

A ÚLTIMA TESTEMUNHA   115

Anderson fechou sua caderneta e devolveu a caneta ao bolso interno da jaqueta. Kate achou ter visto um arremedo de pena em seus olhos quando ele se levantou da cadeira, mas sumiu tão rápido que ela ficou em dúvida se havia imaginado.

Ele estendeu a mão e ela relutantemente a aceitou.

— Sinto muitíssimo — disse, e eles apertaram as mãos. — Sei que deve ser difícil para a senhora. Só estou atrás de respostas e vou aonde as perguntas me levam. Espero que entenda.

— Meu pai é inocente.

Ele deixou a cabeça pender para o lado.

— Peço apenas que tenha cautela.

Ela não mentira ao afirmar que seu pai nunca teria assassinado sua mãe, mas também não conseguia imaginá-lo gritando com ela. E por que sua mãe ia querer alterar o testamento? Ela foi tomada de culpa por conta da deslealdade no pensamento. Não. Ele não seria capaz. E ela tinha certeza de que ele não ia provocá-la nem tentar levá-la à loucura.

Ela ia conversar com Molly e resolver essa questão de uma vez. Kate procurou o número de telefone da faxineira em seus contatos e deu "send" para ligar. Após vários toques, uma voz masculina atendeu.

— Alô?

— Alô. Aqui é Kate English, filha da senhora Michaels. Eu poderia falar com Molly Grassmore?

— Sinto muito. Ela não está. Quer deixar um recado?

— Quando ela volta?

— Ela não está no país. Viajou ontem. Vai ficar um ou dois meses fora.

Kate segurou o telefone com mais força.

— Com quem eu estou falando, por favor?

— Sou sobrinho dela. Estou cuidando da casa.

— Entendi. Obrigada.

Ela desligou, o cérebro acelerado. Os pais dela pagavam bem seus funcionários, mas desde quando Molly tinha dinheiro para sair do país por um ou dois meses? Será que o pai havia mandado a faxineira viajar para garantir seu silêncio? Ou quem sabe Molly havia matado Lily e fora à polícia para colocar Harrison como suspeito. Era muito conveniente ela não estar por perto para um interrogatório. Mas por que Molly teria matado a mãe dela?

O que Kate queria fazer de verdade, naquele momento, era correr, mas não poderia, já que estava com o tornozelo machucado. Em vez disso, ela foi até a despensa e pegou um estoque de chocolate Hersheys Kisses, desembalou um deles e o soltou na boca. Ela sempre garantia que sua família tivesse refeições saudáveis e orgânicas. Corria todos os dias. Era o seu jeito de manter-se centrada e com a mente desanuviada. Kate havia parado de beber álcool por outros motivos, mas aquilo contribuía com sua saúde. Só que chocolate... chocolate era seu ponto fraco, principalmente quando estava estressada.

Ela pensou no que o detetive Anderson afirmara. Tinha que haver uma explicação razoável. O pai dela sempre venerara a mãe. Ela desembalou mais um bombom e pensou na época em que Lily e Harrison levaram Kate e Blaire adolescentes à casa da praia. Eles passaram todo aquele dia com o sol de junho nadando, lendo e descansando. À noite, todos foram a um lindo restaurante com janelas que davam para a baía da pequena ilha-barreira. As duas estavam de jeans branco e regatas, a de Blaire rosa choque e a de Kate turquesa, para combinar com os olhos. Kate sorriu ao lembrar das duas passando rímel e brilho labial. E então Lily apareceu, deslumbrante em seu vestido básico branco e brincos de ouro simples, seus cabelos loiros puxados para cima com alguns fios soltos roçando o pescoço. Kate se sentiu uma adulta quando elas caminharam na direção da mesa e viram as cabeças girando. Até o garçom, que tinha seus 18 ou 19 anos, pareceu se demorar enquanto anotava o pedido e voltava com frequência para conferir se estava tudo certo, mesmo depois de a refeição chegar. Logo ficou claro, contudo, que o objeto de sua admiração era Lily. Harrison deu uma leve gargalhada depois que o garçom saiu da mesa e virou-se para Lily, sorrindo.

— Você é uma feiticeira, meu amor. Tenho muita sorte por ser eu quem vai com você para casa.

Mais tarde, enquanto as duas jovens estavam deitadas lado a lado na cama *queen size*, Blaire dissera a Kate:

— O garçom estava babando na sua mãe. Foi meio estranho.

Kate chutou o cobertor e deixou em volta das pernas. Ela sabia o que a amiga estava pensando, que Lily era velha demais, *mãe* demais para que um jovem viesse flertar com ela. Ele devia ficar vidrado nelas, não em Lily. Mas acontecia o tempo todo. Tanto homens quanto mulheres se atraíam por sua mãe. Kate não sabia nem se ela percebia o efeito que causava. Fazia parte do seu jeito. A menina não conseguia contar o número de vezes em que o pai dissera a sorte que tinha em ser casado com ela. Podia ser tudo falso. E daí que eles tiveram uma discussão? Matá-la? Nunca.

Como forma de distração, ela abriu o e-mail de trabalho e conferiu se havia algo da fundação que exigisse atenção imediata. Embora o conselho houvesse lhe dado tempo para lidar com a perda, sempre havia pedidos chegando pelo site. Ela suspirou de cansaço quando viu que havia mais de quarenta e-mails novos. Clicou em cada um deles, salvou alguns em uma pasta, encaminhou outros. Sua mão congelou quando ela ouviu o *ping* de um novo e-mail. Era do Número Privado; o assunto dizia "Especial para Você". Antes que pudesse pensar, ela clicou.

Não havia texto, apenas um arquivo de áudio. Seu coração bateu mais rápido quando o som de um piano desafinado começou a sair pelas caixas de som e uma versão destoante de "Pop Goes the Weasel" começou a tocar. De início era só a música, mas logo uma voz gutural, distorcida, como se tivesse passado por um manipulador de voz mecânico, começou a entoar:

Volta, volta, volta, na volta da amoreira,
Corre, corre, corre, corre a doutora.
Mata, mata, mata, alguém quer matar ela.
Morta, morta, morta, morreu a doutora.

Kate pegou o celular e tateou-o até destravar; teve que digitar a senha três vezes até acertar. Ligou para o detetive Anderson, ofegante enquanto o telefone chamava e chamava. Sua caixa postal acabou se ativando e ela falou, sufocada:

— Aqui é Kate English. Recebi um e-mail com outra ameaça. Imagino que já saiba. Por favor, retorne assim que possível.

Kate esperava que dessa vez a polícia conseguisse rastrear o e--mail até um endereço físico. Ela ligou para Simon, mas, como foi direto para o correio de voz, apertou o botão de encerrar, frustrada. Por que ninguém a atendia? Em seguida, Kate ligou para Blaire.

— Eu estava para te ligar — disse a amiga.

— Pode vir aqui? — perguntou, as palavras saindo esbaforidas.

— O que houve?

— Outra mensagem.

— Estou a caminho. Chego o mais rápido possível.

Ela respirou fundo algumas vezes, focando-se no fato de que Blaire estaria ali em instantes e que ela tinha seguranças na casa. Infelizmente, a última coisa que a ansiedade fazia era aderir à lógica, mas ela precisava se acalmar. Voltou ao quarto e, quando foi na direção da cama, notou a luz vazando por baixo da porta do banheiro. Ela não o usava desde que os ratos haviam sido deixados lá, então por que a luz estaria acesa? Respirou fundo e obrigou-se a abrir a porta, soltando o ar quando viu que não havia um animal morto à sua espera. Não havia nada fora do normal. Alguém acendera a luz e nada mais. Talvez ela mesmo houvesse feito isso quando subira, distraída com a notícia da briga dos pais.

Ela desligou e foi ver Annabelle, que dormia tranquila em sua cama. Kate foi na ponta dos pés até ela e lhe deu um beijo na cabeça, depois saiu de costas do quarto, ao mesmo tempo, acenando para o segurança responsável.

Ao descer a escada, ela fez um sinal para o homem sentado no corredor da frente. Seria Jeff ou Frank? Ela estava com dificuldade para registrar quem era quem.

— A senhora Barrington já vai chegar.

— Sim, senhora.

— Pode fazer uma ronda em todos os quartos e conferir mais uma vez se todas as janelas estão trancadas?

Ele lhe deu um olhar estranho, depois assentiu.

— Sim, senhora. A casa está segura, mas posso checar de novo.

— Obrigada. Eu vou olhar a cozinha.

Ela descobriu, aliviada, que todas as trancas da cozinha estavam seguras. Qual era a dessas cantigas de ninar, afinal? Teriam um significado mais profundo? Ela pegou seu iPad no balcão, foi no Google e digitou "Pop Goes the Weasel significado". Clicou de link em link. Uma das teorias dizia que a letra falava sobre empenhar um casaco para pagar a conta no bar, outra que se referia a uma roda de fiar. O único denominador comum era que a letra se referia a pessoas pobres. Seria outra alfinetada nela por ser rica?

Sua cabeça latejava. Ela serviu um copo d'água e tomou um Valium que estava no armário alto acima da pia, tentando livrar-se da sensação de que havia alguém observando-a.

DOZE

Blaire estava voltando da casa de Gordon para o Four Seasons quando Kate ligou. Assim que ela chegou na mansão, a amiga estava com uma aparência desvairada, com olheiras enormes.

— Kate, o que houve? Vim o mais rápido que pude.

Blaire notou a mancha escura no rosto da amiga, mas, antes que pudesse perguntar, Kate a pegou pela mão e a puxou na direção da escada.

— É um e-mail no meu computador, lá em cima. Estou esperando o detetive Anderson me ligar. Venha. — Kate segurou-se no corrimão, tremendo conforme se apoiava na perna esquerda.

— O que aconteceu com seu rosto? Por que está mancando? — perguntou Blaire, subindo logo atrás.

Kate parou e se virou para a amiga.

— Ontem caí do meu cavalo.

— O quê? — exclamou Blaire.

— Foi uma burrice. Simon e eu saímos para cavalgar e Napoleão se assustou. — Ela fez um sinal de que não havia sido nada. — Estou bem. Só machuquei o tornozelo.

— Graças a Deus você está bem. Você precisa se cuidar! — Blaire queria dizer que ela era louca de sair cavalgando sozinha com Simon, mas não sabia como Kate reagiria.

Quando elas chegaram ao escritório, Kate desabou na cadeira. Blaire ficou por trás para olhar a tela.

— O que... — Kate perdeu a fala. — Estava bem aqui. Desapareceu!

— Como assim, desapareceu? — perguntou, aproximando-se do computador.

— Não está mais aqui. — A voz dela se elevou, a histeria começando a aparecer. — Como é que pode sumir?

— Eu não sei. Olha na lixeira. Quem sabe você deletou — sugeriu Blaire, a voz tranquila.

Kate começou a olhar os e-mails deletados, frenética.

— Nada. Eu não acredito! Era um arquivo de áudio. Aquela música "Pop Goes the Weasel", mas com uma letra que falava de mim. "*Morta, morta, morta, morreu a doutora*".

— Certo. Respire fundo. — Blaire apertou o ombro de Kate antes dela mesma respirar fundo e soltar o ar devagar, incentivando Kate a imitá-la. — Vamos voltar lá para baixo e tentar anotar tudo que você lembrar.

Kate virou-se e deu uma das mãos para Blaire, apertando-a enquanto se levantava da mesa.

Quando chegaram à cozinha, Blaire percebeu a mão da amiga tremendo ao puxar uma caneta e um bloco da gaveta. Neste instante, o telefone fixo tocou e Kate hesitou antes de atender.

— A-alô? O senhor também viu? Ok, obrigada.

Ao desligar, ela disse:

— O detetive Anderson vai voltar aqui.

— Está tarde. Cadê o Simon?

— Ele tinha um jantar de negócios. Tentei ligar, mas ele não está atendendo.

Jantar de negócios o cacete, Blaire pensou. Mas ela queria que Kate se preocupasse com uma ameaça por vez — ou, quem sabe, que se preocupasse apenas com uma pessoa por vez — enquanto ela entrava mais a fundo na natureza da relação entre Simon e Sabrina.

Elas se sentaram uma de frente para a outra e Blaire pensou em uma maneira de trazer à tona um assunto.

— Veja só, Kate. Você lembra que eu disse que ia começar a fazer minha investigação independente?

Kate fez que sim com a cabeça.

— Bom, eu fui à casa de Gordon hoje à noite com a desculpa de contratar ele.

— Você foi à *casa* dele? — perguntou Kate, as sobrancelhas erguidas. — Eu nunca fui.

— Pois é. Falei que só poderia encontrá-lo à noite. Eu queria dar uma espiada.

— Certo...

— Por sorte, alguém mexeu no carro dele enquanto eu estava lá. Aí, ele me deixou a sós, e foi minha chance de dar uma bisbilhotada.

Kate inclinou-se para a frente com o cenho franzido.

— Você revistou na casa dele?

— Não se preocupe. Gordon nunca vai descobrir. O importante é o que eu descobri.

— O que foi? — perguntou a amiga, sua voz quase um sussurro.

Blaire tocou no ícone de fotos no celular e entregou o aparelho para Kate.

— Isto.

Kate pegou o aparelho e toda a cor do seu rosto se esvaiu.

— O que é isso?

— Fotos suas.

Kate colocou uma das mãos sobre a boca, em choque.

— Ele anda me perseguindo? — Ela passava as imagens sem parar. — Isso foi no verão. Nesta aqui eu estou de blusa sem mangas. E esta foi há poucas semanas. Ele vem fazendo isso há meses...

— Tinha centenas de fotos na casa. Eu só tive tempo de fotografar algumas. Ele tinha tudo que é tipo de equipamento. Câmeras, teleobjetivas... — Blaire queria ter conseguido ver tudo.

Kate devolveu o celular.

— Como é que eu não percebi? Eu sou tão desatenta assim?

— Com aquele equipamento ele podia ficar bem longe. — respondeu, acariciando a mão da amiga.

— Ainda assim, nunca notei alguém me *observando*... Será que foi ele? Será que ele matou minha mãe? — A respiração dela estava entrecortada e suas mãos tremiam.

— Não sei. É óbvio que ele continua obcecado por você, mas não vejo por que ele faria mal a Lily. É possível que ele esteja roubando a fundação?

— Não, ele não tem tanta autonomia. Além disso, ele não precisa. Sua família é muito bem de vida. — Ela estremeceu. — Parece aquele projeto maluco que ele fez há anos. Aquele sobre o qual falei uma vez.

— Acho que é melhor você falar com Anderson sobre isso.

Como se invocado, o detetive entrou na cozinha pela porta de vai e vem. Ele fez um aceno para Blaire e depois virou-se para Kate.

— O e-mail sumiu do nosso computador também, mas nós baixamos o arquivo de áudio antes de desaparecer.

Enquanto mexia em um guardanapo no colo, Kate disse:

— Aquela voz era horrível. E o coro... *morreu a doutora.* — Ela olhou para o detetive. — Como aquilo some?

— Existem serviços que possibilitam enviar e-mails com recurso de autodestruição. Nosso departamento de tecnologia vai entrar em contato com seu provedor para ver se encontra a mensagem no servidor. Foi no endereço da sua fundação, correto?

— Sim, é fácil encontrá-lo na internet. — Ela parou por um instante e então falou de novo: — Detetive, meu pai não entende nada de tecnologia. Espero que você ainda esteja fazendo de tudo para encontrar *outros* suspeitos. — A voz dela tinha um tom ríspido.

Do que ela estava falando? Blaire lhe fez um olhar interrogativo.

Anderson apenas assentiu.

— É claro. Da nossa parte, vamos garantir que tenhamos capturas de tela e gravações.

Blaire nunca havia visto Kate tão assustada, pelo menos, não desde a morte de Jake. Era evidente que ela estava muito abalada.

Blaire tirou os olhos de Kate e voltou-se para o detetive.

— Eu também tenho uma coisa para contar. — Ela não se sentia à vontade sob o escrutínio dele, vendo os olhos do homem estreitarem-se. — Gordon Barton anda tirando fotos de Kate sem o conhecimento dela. Há meses. São centenas de fotos. Vi a pasta na casa dele hoje à noite.

— Como a senhora chegou a elas?

Ela deu de ombros.

— Ele saiu da casa por um instante e dei uma olhada no escritório.

Anderson fechou a cara.

— A senhora não pode ficar bisbilhotando as coisas dos outros. Pode acabar machucada.

Blaire sentiu vontade de dizer: *Se você fizesse seu trabalho direito, eu não precisaria fazer isso.*

Kate mordeu o lábio.

— Esse tipo de coisa tem precedentes.

— Pode ser mais específica?

— Faz muito tempo. Nós éramos adolescentes. Quando eu estava na oitava série, ele me mostrou um projeto de fotografia em que estava trabalhando. Ele usava uma teleobjetiva para tirar fotos dos vizinhos dentro de casa.

— Que tipo de fotos? — perguntou, erguendo as sobrancelhas.

— Não *esse* tipo que está imaginando. Nada sexual ou inadequado. Só... ocorrências cotidianas. Gente cozinhando, assistindo TV. Ele batizou de "Contemporaneidade mundana" ou algo do tipo.

Anderson deu um forte suspiro e fez não com a cabeça.

— Que idade ele tinha?

— Uns quinze.

— Comportamento socialmente anormal como esse geralmente se intensifica. Fiquei muito preocupado em saber que ele anda perseguindo a senhora. — Ele olhou para Blaire. — Terei que pedir que assine uma declaração confirmando o que acabou de me dizer, para conseguirmos um mandado e vasculharmos a casa. Enquanto isso, vou designar um policial para ficar de olho nele e vamos revisar o álibi que ele apresentou.

— Eu vou demiti-lo imediatamente. Não quero Gordon nem a um milímetro perto de mim. Vou pedir para o sócio dele assumir até acharmos outra firma.

— Por enquanto, não, por favor. Não quero que vocês — ele parou e dirigiu o olhar às duas —, que nenhuma de vocês diga uma palavra sobre este assunto a ninguém, principalmente, a ele. Se o senhor Barton *é* o nosso homem, não queremos alertá-lo. Ele pode livrar-se de provas antes que tenhamos a chance de vasculhar sua casa. Vamos conseguir o mandado assim que possível.

— Certo — disse Kate. — Mas assim que o senhor tiver as provas, acabou. Não me interessa há quanto tempo nossas famílias têm relação.

Blaire soltou um pigarro.

— Acho Gordon um verme, mas não sei o que ele ganharia com a morte da Lily. Além disso, se ele é obcecado pela Kate, por que ia querer fazer mal a ela? Parece mais provável que ele focasse em Simon.

Anderson lhe dirigiu um olhar avaliativo.

— A senhora não conhece a lógica doentia que as pessoas têm. Apenas mantenham distância dele.

Blaire queria tocar no assunto Simon, mas sabia que não era hora. Ela escolheu as palavras com cuidado.

— E Sabrina? Ela é amiga antiga da família de Simon, não é, Kate? — Ela olhou para a amiga. — E já deixou bem claro que não gosta de você.

As bochechas de Kate se ruborizaram e Blaire não soube dizer se era de vergonha ou de irritação.

— Eu não sei... Veja... — Os dois esperaram em silêncio para conclusão do pensamento. Kate virou-se para Anderson. — Já lhe contei um pouco sobre ela. Eu não sei por que ela faria algo contra minha mãe. — Ela se remexeu na cadeira antes de falar de novo. — Estou pensando... Houve um acidente de carro no verão do meu primeiro ano de faculdade. Estávamos em uma festa. — Kate deixou a cabeça pender para o lado. — Meu namorado morreu. — Ela olhou para Anderson. — Enfim, sempre achei que os pais dele me culpavam. Eles vieram para o funeral da minha mãe. Fiquei surpresa ao revê-los. Eles moram a algumas horas daqui, na Pensilvânia. O senhor acha que eles poderiam ter alguma relação com isso, que desejariam vingança?

— A senhora disse que isso aconteceu quando estava na faculdade?

— Sim.

— Há quinze anos ou mais?

Kate assentiu.

— É altamente improvável que alguém fosse esperar tanto tempo para executar uma vingança, mas, se puder me passar os nomes, eu confiro. Aviso caso ache que a senhora tenha motivo para se preocupar. — Ela olhou para Kate de novo, a expressão inescrutável. — Agradeço por ter me falado sobre eles, nunca se sabe.

Um calafrio atravessou Blaire.

— Esse é o problema. Estou começando a desconfiar de todo mundo e achar que qualquer um *pode* ser o assassino — disse, claramente irritada e exausta.

Anderson assentiu bem devagar.

— Todos podem ser.

TREZE

Depois que Anderson foi embora, Kate ficou se revirando na cama, e, finalmente, caiu no sono pouco após a meia-noite. Nem o Valium ajudava mais. Então o sonho voltou. Ela estava dirigindo um carro e subia, subia, subia até chegar a uma ponte íngreme quase vertical, sua náusea crescendo junto quanto mais alto o carro avançava. Então ela chegou e o carro ficou empoleirado, pendendo para lá e para cá, até ser lançado para a frente e ela começar a despencar, cada vez mais rápido, em direção ao asfalto.

Houve uma época em que o sonho lhe ocorria quase toda noite, mas não acontecia havia anos. Não depois de toda terapia e de todo trabalho que fizera para lidar com a ansiedade.

Ela ligou para Blaire.

— O sonho voltou.

Ela ouviu um suspiro do outro lado da linha.

— Sinto muito. Mas não é à toa. Quer que eu vá agora em vez de esperar até a hora do jantar?

— Sim, mas é melhor não. Papai vem hoje de manhã e temos que tratar de umas coisas do espólio. — Ela não queria que Blaire ficasse sabendo das suspeitas desvairadas de Anderson.

— Certo. Quem sabe você não tenta meditar? Limpar a mente.

Kate ouviu a voz doce de Annabelle enquanto ela corria pelo corredor até chegar ao seu quarto.

— Mamãe, mamãe — berrou, entrando com tudo no quarto e pulando na cama. Hilda veio logo atrás.

— Ligo depois — disse a Blaire, e desligou. — Está tudo bem, Hilda. Hora dos afagos. Já levo ela para tomar café, só um segundo.

— Ela queria Annabelle toda para si.

Hilda sorriu e assentiu.

— Que bom. Ela adora esse tempo com a mamãe. Eu vou descer e preparar aveia. Você também quer?

— Não, não precisa. Obrigada. — Ela virou-se para Annabelle. — Vem cá, sua macaquinha. — Kate jogou-se na cama e puxou a filha para seus braços. Nos dez minutos seguintes, enquanto elas faziam uma lutinha e riam, ela esqueceu todo perigo e toda incerteza que a cercavam.

Hilda bateu na porta e enfiou a cabeça para dentro.

— Gostaria que eu vestisse Annabelle agora?

— Quero vestir meu maiô — disse Annabelle.

— Está muito frio para nadar, meu amor. Quem sabe uma calça bem gostosa e um blusão?

Hilda foi pegar Annabelle e Kate a entregou com relutância. Depois vestiu um moletom por cima da camiseta e seguiu o aroma irresistível de café até a cozinha, servindo uma xícara assim que Hilda entrou com Annabelle. Harrison chegou segundos depois.

— Vovô! — gritou Annabelle ao vê-lo entrar.

— Bom dia, meu pesseguinho. Como você está?

— Eu ia nadar, mas a mamãe disse que tá muito frio.

— Infelizmente, mamãe está certa. Tenho que conversar um pouquinho com ela. Quem sabe brincamos de Candy Land depois?

Annabelle fez bico, mas logo concordou.

— Tudo bem.

— Ótimo. Agora sente-se e termine seu café — ordenou Kate, depois parou e estudou a filha.

— Onde você pegou esse blusão, Hilda? Eu nunca tinha visto.

Hilda encolheu-se diante da acusação na voz de Kate, e seu cenho se enrugou.

— Na gaveta.

Kate sentiu um calafrio. Era um blusão natalino verde, que tinha "Ratinha do Sorvetinho" bordado em torno de um rato entre dois picolés recheados com sorvete em veludo vermelho. O vermelho nos picolés fazia Kate pensar em sangue, e o rato imediatamente lhe trouxe à mente os do banheiro.

— Tire isso dela! — bradou Kate.

Annabelle começou a chorar.

— Kate, acalme-se. — Harrison ergueu Annabelle do chão e a abraçou. — Querida, a mamãe quer ver seu blusão.

— Eu não quero tirar! Eu gosto!

— Eu já volto. — Kate correu até o escritório de Simon e irrompeu porta adentro. Ele estava digitando no laptop.

— Você comprou um blusão de Natal com um rato para Annabelle?

Ele ergueu o olhar.

— O quê? Não.

— Estava na gaveta dela. Hilda a vestiu assim hoje de manhã. Venha ver.

Ele a acompanhou até a cozinha, mas Annabelle e Hilda não estavam mais.

— Onde está Annabelle? — exigiu saber Kate.

O pai dela aproximou-se e colocou as mãos nos seus braços.

— Hilda a levou para cima para se trocar, como você mandou. — Ele foi até o balcão da cozinha e pegou o blusão. — Tome.

Ela pegou a peça de roupa e a jogou em Simon.

— Veja. Esse sorvete não parece sangue? E os ratos…? Estava no quarto dela! O maníaco esteve no quarto da nossa filha!

Simon olhou para o blusão e depois voltou-se para sua esposa.

— Kate, foi sua mãe que deu para Annabelle. Ela trouxe logo depois do Dia de Ação de Graças e você falou alguma coisa sobre começar o Natal mais cedo este ano, lembra?

Kate foi acometida pela mágoa mais uma vez. Imagens de sua mãe naquele dia, os braços cheios de pacotes, dizendo "Espere só até ver as fofuras que comprei para Annabelle", pipocaram na sua cabeça.

Kate havia lhe dito que o Natal estava a poucas semanas e sugeriu que Lily esperasse para dar os presentes a Annabelle só na época.

Lily jogou as mãos para o alto.

— Estas roupas são *para* o Natal. Além disso, nenhuma criança gosta de ganhar roupas de Natal. Olhe esse vestido! — Ela ostentou um vestido xadrez vermelho e verde. — Ela não vai ficar uma graça?

Ela havia comprado tantas coisas que Kate devia ter esquecido do blusão. Teria que pedir desculpas a Hilda por seu rompante. Respirou fundo e olhou para o marido e o pai. Estava envergonhadíssima por ter reagido daquele modo.

— Me desculpem. Estou uma pilha de nervos. Vocês devem achar que eu estou maluca.

Simon lhe deu um sorriso solidário.

— Claro que não. Estamos todos à flor da pele. Está tudo bem.

A bondade fez Kate simpatizar com ele por um minuto. Mas ela não ia baixar a guarda.

— Se estiver tudo bem por você, vou voltar para o escritório, certo?

Ela fez que sim com a cabeça e se voltou para o pai.

— Bom, agora que isso está resolvido — disse, tentando abrandar a situação. — Por que não vamos para a sala de estar? A lareira está acesa. Quer um café?

— Adoraria.

A sala era ampla, mas, por ter vários espaços íntimos para eles se sentarem, era aconchegante, com tapetes orientais e uma lareira de pedra. Acima da cornija pendia uma paisagem de Turner, obra que estava na família de Kate desde o século XIX.

— Eu sempre gostei desta saleta — disse o pai, caminhando até as janelas que iam do piso ao teto.

Ele se dirigiu ao sofá de almofadas grandes em frente à lareira e sentou-se na ponta oposta de Kate, descansando o braço sobre a parte de trás. Kate olhou para o perfil robusto de seu pai, o nariz reto e altivo. O cabelo preto que nunca perdera o ondulado grosso, mesmo que os fios cinzas houvessem tomado conta nos seus cinquenta e poucos. Ele era um urso. Ela imaginou seus pais dançando juntos como tanto faziam, Lily uma deusa esbelta nos braços musculosos de Harrison. Ele tomou um pouco de café e pousou a xícara na mesa em frente.

— Então. — Ele virou-se para olhar para ela. — Ontem, ao telefone, você pareceu incomodada. Do que queria falar?

Ela juntou forças antes de se abrir.

— Eu *estava* incomodada. Ainda estou. O detetive Anderson veio aqui na noite passada. Ele me contou coisas que não fazem sentido. Sobre você.

As sobrancelhas dele se uniram e o cenho se franziu.

— Que tipo de coisas?

— Mamãe e você tiveram uma discussão grande no dia em que ela morreu?

Ele não disse nada, então Kate o pressionou:

— Uma gritaria, vamos dizer?

— Não é nada com que você tenha que se preocupar.

Ela olhou para ele com o rosto incrédulo.

— Mas eu estou preocupada. Ele disse que Molly foi falar com eles. Que ela ouviu vocês dois discutindo. Um gritando com o outro. É verdade? — Ela observou a expressão dele com toda atenção para ver como reagiria. Por que seu pai estava tão evasivo? Ele estava se comportando de modo estranho, e ela se perguntava se era mais do que o luto.

— Não é da conta de Molly.

— Você a mandou embora?

Os olhos dela se arregalaram de surpresa.

— O quê? Por que você acha isso?

— Liguei para a casa dela e o sobrinho me disse que ela estava fora do país.

— Bom para ela.

— Bom para ela? — Ele estava brincando? — O que está havendo?

— Não há nada. Ela está conosco há séculos. Eu ainda não posso voltar para a casa. Não sei se um dia vou voltar. Mas eu não podia deixá-la sem trabalho. Paguei um ano de salário. Imagino que ela foi fazer aquela viagem à Europa que sempre quis.

Kate não lembrava de ter ouvido Molly falar em ir para a Europa.

— Ficou um pouco suspeito, pai.

— Suspeito? Você não pode estar falando sério! — Ele a fitou em choque.

Ela ergueu as mãos.

— Não. É claro que não acho que você matou a mamãe. Mas quanto à briga, é verdade?

— É. Tivemos uma briga. Feia. — Ele balançou a cabeça. — Faria de tudo para retirar o que eu disse, mas não posso.

Kate olhou nos olhos dele, mas eles não entregaram nada. Ele assumira sua persona de médico. Ela tentou fazer a mesma coisa, mas era emotiva demais.

— Qual foi o motivo?

— É entre sua mãe e eu. Não tem nada a ver com o que está acontecendo.

Kate olhou para ele, sem conseguir acreditar.

— Você não vai me contar?

— É uma questão privada. Já falei.

— Bom, Anderson acha que tem a ver com a vontade dela de mudar o testamento. A briga foi por causa disso? Minha mãe ia te deixar de fora por algum motivo? — Ela respirou fundo, depois prosseguiu: — O casamento de vocês tinha problemas?

Ele chegou mais perto e tentou colocar seu braço sobre ela, que o rejeitou.

— Katie, você entendeu tudo errado. Nós nos amávamos. — Ele levantou as mãos como se quisesse mostrar que não ia mais tocar nela. Deu um suspiro. — Sim, tivemos uma discussão terrível, mas não quero entrar nesse assunto com você. Vai ter que confiar em mim quando eu digo que não precisa dos detalhes. Ela me pediu que mantivesse em segredo e vou manter minha promessa.

— É isso? Você vem aqui, não me diz nada e depois pede para eu confiar em você? Como esse segredo pode ser tão importante a ponto de atrapalhar a investigação da polícia? Mamãe morreu. Tem alguém me ameaçando. Você virou suspeito. Vale a pena esse segredo diante de tudo isso?

— Abaixe a voz! Você vai deixar Annabelle preocupada.

Ela se levantou e tomou distância dele.

— É isso que você disse para a mamãe? Você a calou para sempre?

Ele levantou-se do sofá com o rosto contorcido de dor.

— Kate! Como você me faz uma pergunta dessas? — falou, em voz baixa.

— Por favor, vá embora. Não quero ver você até que possa me contar a verdade.

Ele levantou as mãos de novo e deixou a sala. Kate permaneceu olhando na direção por onde ele acabara de sair.

O que seu pai estava escondendo? Ele deve ter feito alguma coisa que aborreceu sua mãe a ponto de ela ter marcado aquele horário com Gordon. Kate ficou sentada até ouvir o carro dele partir. Quem sabe ela poderia tentar descansar antes do jantar; estava exausta e não conseguia mais pensar direito. Foi para a cozinha e pegou seu celular no balcão. Quando já estava no meio da escada voltando para o quarto, Kate ouviu o aviso da chegada de uma mensagem em seu aparelho. Seu coração parou quando ela viu que era do Número Privado.

Não está na hora de aposentar esse moletom de Yale?
Você está virando uma porca.
Sua mãe ficaria pasma em vê-la neste estado.

Ela agarrou-se no corrimão e olhou para sua roupa. Como ele sabia o que ela estava vestindo? Kate correu para o andar de baixo e berrou com o segurança na porta.

— Mande os guardas vasculharem toda a propriedade! O assassino está aqui.

— Agora mesmo.

Ela correu até a janela na cozinha, olhou para fora, pensando na vastidão de mata aos fundos. Havia alguém escondido de binóculos olhando para ela? Ou o assassino estaria ainda mais perto?

CATORZE

Todos estavam em polvorosa quando Blaire chegou. Kate ligara histérica, berrando alguma coisa sobre o assassino estar observando-a. Simon andava de um lado para o outro, enquanto Kate, pálida e com olhos insanos, parecia em estado de choque. Os seguranças vasculhavam todo o terreno. Anderson era o único calmo.

— Senhor e senhora English, eu sei que é desagradável, mas não sabemos se o assassino esteve aqui de fato.

— É óbvio que esteve! Ele sabia o que eu estava vestindo. A mensagem disse que já estava na hora de aposentar meu moletom de Yale.

Blaire colocou o braço em volta da cintura da amiga e olhou para o detetive.

— É *muito* específico. Como alguém ia saber o que ela estava vestindo se não estivesse de olho?

— Pode ter sido um chute de sorte. No site da clínica está escrito que ela cursou Yale — falou Simon.

— E daí? Isso não quer dizer que só visto isso. Alguém teria que estar me olhando da floresta. É a única explicação — insistiu Kate, dando um olhar fulminante a Simon.

— E se foi Gordon? Ele tem todo equipamento de fotografia — arriscou Blaire.

Anderson fez que não.

— Improvável. Conseguimos o mandado para vasculhar a casa no início da manhã e aparecemos por volta das 8 horas, para grande surpresa do senhor Barton. As únicas coisas que encontramos foram as fotos que a senhora Barrington comentou na outra noite.

Nada que nos fizesse suspeitar que ele tinha alguma relação com o assassino da sua mãe ou com as ameaças atuais contra a senhora. Ele estava em casa durante a revista e não teria como estar nem perto da sua residência.

— O que aquele anormal falou sobre as fotos da minha mulher? — quis saber Simon.

— Ele ficou um tanto abalado, mas afirmou que são para um projeto artístico que está desenvolvendo. Todas foram tiradas em locais públicos. Não há lei que o impeça. Os paparazzi fazem isso o tempo todo.

Simon fez não com a cabeça, desgostoso com a resposta.

Kate levantou-se e começou a andar de um lado para o outro.

— Pode, pelo menos, me dizer de onde veio a mensagem?

Ele fez que não.

— No momento, não. Não foi em uma rede Wi-Fi reconhecida. Usaram VPN.

— O que é isso? — perguntou ela.

— É a sigla de *virtual private network*, ou rede virtual privada, que deixa os dados codificados e o endereço IP do usuário encoberto — explicou Anderson.

— Nunca vamos descobrir quem é essa pessoa — sussurrou Kate.

Anderson levantou-se e caminhou até ela.

— Eu prometo que não vou descansar até que descubramos.

Era assim que se sentiam os pais dos seus pacientes infantis, que tinham que ficar sentados e confiar em Kate, enquanto os filhos trilhavam a fronteira tenebrosa entre a vida e a morte? Era incrível que os pais nunca houvessem lhe dado um tapa na cara quando ela lhes dizia para ficarem calmos, que confiassem nela.

— Alguém mais esteve aqui hoje? Viram seus trajes?

— Não. Bom, meu pai — respondeu, os olhos arregalados.

Anderson ergueu as sobrancelhas.

— Entrarei em contato. — Foi tudo que ele disse ao sair.

Blaire ficou pensando no que teria sido aquela troca de olhares.

Logo depois, um dos seguranças entrou na cozinha.

— Não há ninguém no terreno nem no perímetro do bosque. Temos uma equipe vasculhando o resto da área, mas repassamos todas as imagens das câmeras e não há ninguém.

— Que surpresa — disse Kate. — Vou ver como está Annabelle. — Ela olhou para Blaire. — Pode ficar um tempo comigo?

— É claro.

Blaire seguiu Kate até o quarto de brinquedos, onde Hilda e Annabelle estavam sentadas no sofá, assistindo a um filme. A menina estava tão absorta que não percebeu quando elas entraram.

As duas foram para trás do sofá.

— O que está assistindo, meu amor?

— Nemo — respondeu Annabelle, distraída.

Elas ficaram um instante acompanhando, e Blaire deu um salto quando Annabelle gritou.

— Ele comeu a Coral! — berrou quando as mandíbulas da barracuda começaram a bater. — Oh, não, comeu os bebês dela também. — A criança começou a chorar.

Kate a pegou do sofá e deu um abraço.

— Qual é o seu problema? — rosnou para Hilda. — Como você deixa ela assistir uma coisa dessas?

Os olhos de Hilda arregalaram-se e ela começou a gaguejar.

— E-e-ela já assistiu tantas vezes. Eu não tinha ideia de que ia ficar incomodada dessa vez. Desculpe. Eu nunca teria escolhido se soubesse que ia assustá-la desse jeito. — Kate puxou Annabelle para perto, tentando confortá-la.

— Bom, talvez você devesse ter pensado no efeito que teria, considerando tudo que aconteceu. — Kate saiu rápido do quarto com a filha nos braços.

Blaire deu um olhar tranquilizador a Hilda.

— Hilda, a culpa não é sua. Foi só uma sincronia ruim, nada mais. Kate está muito incomodada com tudo que está acontecendo.

— Eu entendo e estou tentando ser solidária. Mas nos últimos dias é como se nada do que eu faço estivesse certo.

— Seja paciente. Ela não está bem.

Blaire deixou Hilda no quarto de jogos e foi procurar a amiga. Kate estava no quarto da filha, ajudando-a, já calma, a montar um quebra-cabeça.

Kate ergueu o olhar assim que Blaire entrou.

— Aquilo foi de propósito.

— O quê?

Kate suspirou e revirou os olhos, então levantou-se e caminhou até o canto da sala. Blaire foi na direção dela e Kate cochichou:

— O filme. Mostrar um filme em que a mãe morre. Ela quer preparar minha filha para… você sabe…

Blaire estava pasma.

— Kate! Não tem como ver um filme da Disney em que não morra pai ou mãe. Foi só coincidência.

Kate estreitou o olhar.

— Foi? Pode ser que Simon e ela sejam cúmplices. Eu já vi *Procurando Nemo*. Depois que a mãe morre, pai e filho vivem felizes para sempre.

Blaire teria que conversar com Harrison. Kate estava desmoronando de novo. Diante de seus olhos.

Blaire se levantou às 10 horas da manhã seguinte. Ela ficara na casa de Kate até tarde, fazendo o possível para botar juízo na cabeça da amiga. Quando saiu, a outra aceitara esquecer o incidente com o filme e dar mais uma chance a Hilda. Quando, finalmente, chegou à sua suíte, às 2 horas, Blaire caiu na cama, exaurida. Já de pé, vestindo um roupão, ela havia ligado para o serviço de quarto e pedido café da manhã. Entrou na pequena cozinha e preparou um café enquanto aguardava.

Ela abriu seu laptop e conferiu sua caixa de entrada. Franziu o cenho. Havia um e-mail *dela*. Ela apertou o delete. Então viu um de seu relações públicas e clicou.

Acho que você ia gostar de ver. Turnê vai muito bem.

Ele anexara fotos da fala de Daniel na Waterstones da Trafalgar Square. Havia uma parede inteira de exemplares do último livro dos dois, *Não olhe no espelho*. Ela ainda ficava emocionada ao entrar em uma livraria e ver os livros deles em destaque. Ela nunca deixou de valorizar esse tipo de coisa. Blaire escrevia desde suas primeiras lembranças. Contos, poemas, novelas. Independentemente do que se passasse na sua vida em casa, ela conseguia fugir para os mundos que criava. Adorava ser a pessoa que podia controlar tudo, que decidia quem ia viver e quem ia morrer, quem ficava e quem saía. Estava na sétima série quando decidiu que um dia seria escritora e teria livros publicados. Conversara com a bibliotecária do colégio, que a ajudou a participar de um concurso de escrita. Ela leu as instruções no ônibus, voltando para casa, ansiosa para pedir ajuda ao pai e mandar seu texto pelo correio imediatamente.

Blaire nunca esqueceu a cara que ele fez quando ela chegou com o formulário de inscrição. Esperava que ele fosse ficar animado. Ele sempre elogiava os textos dela e se orgulhava de suas ótimas notas. Mas quando ela lhe entregou o conto que queria apresentar, ele a dispensou sem nem se dar ao trabalho de olhar.

— Você está igualzinha à sua mãe — falou como se fosse a pior coisa do mundo. — Está fazendo tudo para se frustrar. Você sabe como é difícil ser publicado? Não crie expectativas. Você é uma menina inteligente. Você vai para a faculdade e conseguirá um bom emprego. Esqueça esse negócio de escritora.

Ela correu para o quarto antes que ele visse as lágrimas escorrendo pelo rosto. Desde que sua mãe havia ido embora, foi a primeira vez em que quase simpatizou com ela. Se seu pai não fosse um destruidor de sonhos, talvez sua mãe houvesse ficado. Mas parece que ele preferia uma burra sem graça como Enid. Blaire, porém, não ia deixar que ele a detivesse. No dia seguinte, ela levou o formulário para o colégio, preencheu com a ajuda da bibliotecária e o enviou. Três meses depois, recebeu a carta que dizia que ela havia ficado em segundo lugar e que seria publicada na revista. Ao mostrar para o seu pai naquela noite, ele deu um olhar apressado e soltou "Que legal, querida", indiferente. Aliás, Enid havia demonstrado mais entusiasmo, mas Blaire não queria aprovação da madrasta. O apoio tímido de seu pai a seus escritos facilitou muito sua vida mais tarde, na hora de dizer adeus, quando eles decidiram mandá-la para Mayfield.

Lily fora a primeira adulta na vida de Blaire que incentivara seus sonhos. Foi ela que, no ensino médio, ajudou a jovem a formular um plano para incrementar suas chances de entrar em Columbia. Lily contratou uma tutora para ajudar tanto Kate quanto Blaire a se prepararem para a prova de admissão. Incentivou Blaire a se envolver no jornal do colégio, a enviar seus contos para revistas e outras publicações, para que ela pudesse ter um portifólio a apresentar. Lily dedicava-se a escolher a dedo as entidades beneficentes e atividades extracurriculares que melhor se adequassem às faculdades dos sonhos das meninas. Quando Blaire estava pronta para se inscrever em Columbia, ela já tinha um currículo impressionante — graças à atenção carinhosa e meticulosa de Lily. Seu coração ardeu ao lembrar o que havia acontecido com ela. Desejou de todo coração que pudesse agradecer de novo por tudo que havia feito. Sentiu uma lágrima escorrer pelo rosto, limpou-a e respirou fundo. Essas lembranças eram muito dolorosas, então ela se distraiu clicando nas fotos do evento, demorando-se em uma de Daniel ao lado de um cartaz com a capa do livro. Parecia que fazia uma eternidade que ela não sentia os braços deles. Franziu o cenho. Ele estava com o blusão cinza velho que ela sempre dizia para ele jogar fora. Francamente, ele precisava ser mais cuidadoso com a aparência.

Ela tentou o celular dele, tamborilando os dedos enquanto o telefone fazia aquele som estranho de ligação internacional. Deu um suspiro quando caiu na caixa de mensagens. O maldito fuso horário impossibilitava o contato. Ela apertou para responder o e-mail e escreveu.

Obrigada pelas fotos. Queria estar aí. Diga ao Daniel para ir à Goodhood e comprar um blusão decente. E para ele me ligar! :) B

Depois de passar os olhos pelo resto da sua caixa de entrada, ela foi à sua página de autora no Facebook e publicou as fotos de Londres. Então lhe ocorreu uma ideia: digitou um nome no espaço de busca. Três Sabrina Mitchells apareceram. Blaire clicou na foto que correspondia a que conhecera no jantar beneficente. Que panaca, ela pensou, mais de três mil amigos e nenhuma configuração de privacidade. Não tinha como ela conhecer tanta gente. Blaire clicou em um dos álbuns da seção de fotos. Havia *muitas*. Sabrina de biquíni branco numa praia tropical, sensual e bronzeada. As próximas eram no casamento de alguém, Sabrina na pista de dança com um vestido preto justo e sem alças, saltos de um quilômetro de altura e o cabelo comprido raspando as costas. Estava fabulosa. Mas as seguintes eram ainda mais interessantes. Imagens de Simon e Sabrina juntos — uma numa obra, com capacetes; outra em um jantar da empresa, os rostos bem próximos e um sorriso imenso no dela. Havia a foto de uma Sabrina muito mais nova, talvez por volta dos quinze anos, cavalgando com Simon e outro homem. Blaire supôs que fosse o pai dela, o homem que fora tão bom com Simon depois que seu pai morrera. Outra deles cavalgando, que Blaire reconheceu ser na propriedade de Kate e Simon. Ela ficou se perguntando se a amiga não estava em casa, ou se havia sido um programa romântico a dois.

Não havia foto de Sabrina com outro homem. Todas as imagens de grupo dela incluíam Simon, embora, para ser justa, a maioria havia sido tirada em ambientes de trabalho. Mas Blaire não tinha interesse em ser justa. Era patente, pela expressão sonhadora de Sabrina em todas as fotografias, que ela estava apaixonada por ele. Era uma infinidade de momentos, como se ela registrasse cada instante da própria vida. E a de Simon. Kate não aparecia em nenhuma. Uma coisa era certa — a única pessoa que essa louca adorava mais que Simon era ela mesma.

Quando Blaire chegou ao fim dos álbuns de Sabrina, ela passou ao perfil de Selby no Facebook. Ela claramente havia feito configurações de segurança, diferente da imbecil Sabrina. Ao longo dos anos, Blaire, ocasionalmente, passara na página de Selby para ver se havia fotos de Kate. Ela clicou na imagem de Carter em uma das fotos da esposa e chegou ao perfil dele, absolutamente sem graça. A maioria de suas postagens eram sobre a sua amada Lamborghini. Havia fotos dele ao lado do carro, sentado atrás do volante, polindo-o com um pano branco. Blaire conferiu mais fotos e viu os filhos em jogos de lacrosse ou — o que mais? — sentados na Lamborghini. Havia pouquíssimas dele com a esposa. Seria por que Selby tinha vergonha de câmeras ou porque a chama se apagara? Ela clicou no botão de Adicionar aos Amigos por impulso. Por que não? Um flertezinho inofensivo não faria mal a ninguém. É o que sua mãe sempre dizia. Shaina teria adorado o Facebook. A filha conseguia imaginá-la naquele momento, procurando todos seus pretendentes das antigas, como ela dizia, refazendo contatos e postando fotos glamurosas de si. Como ela adorava ser fotografada.

Um dos últimos dias antes de sua mãe partir foi um sábado, quando seu pai estava na concessionária. Shaina havia preparado panquecas para o café da manhã — um prazer geralmente reservado para ocasiões especiais. Seus olhos estavam brilhando, seu longo cabelo cor de cobre estava atado no alto da cabeça, e ela corria pela casa empolgada. Depois do café, chamou Blaire no seu quarto.

— Querida, consegue guardar segredo?

Blaire fizera que sim com a cabeça.

— Ontem à noite encontrei um pretendente das antigas no mercadinho.

— O que é pretendente?

Shaina riu.

— Um namorado antigo. A mamãe teve vários. Enfim, ele conhece umas pessoas em Hollywood que têm contatos. Preciso que você tire umas fotos de mim para mandar para ele, tá bom?

— Tudo bem.

Shaina lhe entregou uma câmera.

— Você olha aqui e aperta o botão. — Ela mostrou a Blaire como usar.

— Tudo bem.

A mãe fez uma pose sedutora, um biquinho de lábios vermelhos. Ela se recostou na cama, uma mão na cintura, a outra atrás da cabeça. Quando ela trocava a pose, Blaire clicava.

— Venha aqui, vamos tirar uma juntas — disse Shaina. A jovem virou a câmera e bateu uma foto.

Quando elas terminaram, ela guardou tudo.

— Agora ouça, querida. Nem um pio para o papai, viu? Ele não entende que a mamãe nasceu para coisas grandes. A Califórnia me espera. Prometa: nem um pio.

Confusa e nervosa, Blaire assentiu.

— Tudo bem, mamãe. Mas eu posso ir junto?

Shaina sorriu.

— Com certeza. No início, não, claro. Eu tenho que me instalar. Mas eu volto para te buscar, não se preocupe.

Duas semanas depois, sua mãe havia ido embora, mas deixara a câmera. Sem saber o que havia no filme, seu pai mandou revelar. Quando viu a sequência de fotos, sacudiu a cabeça de repulsa e começou a rasgar todas ao meio. Blaire ficou em silêncio até chegar na imagem em que ela aparecia com a mãe. Ela pôs umas das mãos sobre a dele.

— Pare, papai. Eu quero essa.

Ele fez um olhar de tristeza.

— Claro, querida.

Foi a última foto que ela tirou com a mãe. Hoje ela percebia como sua mãe havia feito uma coisa horrível e egoísta. Mas aquela fotografia fora, por muito tempo, seu bem mais precioso.

QUINZE

No dia seguinte, Kate embolou o moletom de Yale e o jogou no lixo da cozinha. Sabia que vestir aquilo de novo só a faria se lembrar do perigo que corria. Eles ainda não tinham pistas quanto às mensagens e aos e-mails. De repente lhe ocorreu que esta pessoa podia ter feito a mesma coisa com sua mãe antes de matá-la. Ao longo dos anos houve um e outro maluco que despachou mensagens carregadas de fúria, mas as ameaças eram sempre vazias — fora uma ocasião que Lily tentara esconder de todos. Foi no último ano de ensino médio de Kate, na primavera, em uma época em que Blaire estava morando com eles. Kate ouviu a campainha no meio da noite. Foi espiar o quarto da amiga, mas ela dormia profundamente. Kate desceu e viu Lily andando pelo corredor, na ponta dos pés. Seu cabelo estava despenteado e ela parecia exausta.

— Mãe, onde você foi?

— Tive que resolver uma coisa — sussurrou. — Está tudo bem. Volte para a cama.

Um mês depois, chegou uma intimação para o tribunal. Harrison estava em casa por acaso quando a carta registrada chegou, e assinou a entrega.

— O que é isso? — perguntou ele ao entregar a Lily o documento com aspecto oficial.

Kate ficou em silêncio enquanto via o rosto da mãe ficar vermelho.

— Eu ia lhe contar.

— Contar o quê?

— Foi no mês passado. Você estava no hospital. Margo ligou tarde da noite. Disse para eu ir buscá-la.

Ele franziu o cenho.

— Por quê?

A mãe suspirou.

— O marido havia batido nela. Quando ele dormiu, ela me ligou e pediu para buscá-la — ela contava a história com pressa. — Quando eu cheguei lá, ele havia acordado e estava de arma em punho.

— O quê? — O pai de Kate estourou. — Ela devia ter ligado para a polícia, não para você.

Lily fez não com a cabeça.

— Ela ligou outras vezes. Nunca resolveram. Ela só queria sair dali... passar aquela noite em um lugar seguro.

Kate correu até ela.

— Mãe! Ele podia ter matado você!

Ela fez pouco caso dos dois com um aceno.

— Um vizinho ouviu a gritaria e ligou para a emergência. A polícia chegou pouco depois de mim e o prenderam. Por isso eu vou ter que depor.

Foi uma das poucas vezes em que Kate viu seu pai furioso.

— Eu não acredito que você escondeu isso de mim! — berrou. — Você podia ter morrido! O que você tinha na cabeça de sair por aí sozinha no meio da noite?

— Eu estou bem. Deu tudo certo. E ele está na cadeia.

— Não está nada bem — bradou Harrison. — Você sabe tão bem quanto eu que esses homens são um perigo. Você não é invencível, mesmo que se ache. E vai me prometer que nunca mais fará uma coisa dessas.

Lily prometera, mas Kate viu que era conversa fiada. Sua mãe faria qualquer coisa que seu coração a orientasse. Era o seu jeito de ser.

Portanto, não seria exagero pensar que ela estivesse recebendo ameaças horripilantes e decidira guardar para si. Mesmo que Kate soubesse que a polícia havia revirado os e-mails e registros telefônicos da mãe, ela ainda fez uma anotação mental de comentar aquilo com o detetive Anderson. Se era mesmo o caso, quanto tempo levaria até a situação passar de ameaças até algo mais sério?

Ela foi até a estante de livros e tirou um álbum de fotos, coisa que não fazia desde a morte da mãe. Sorriu com um retrato de Lily com sua avó e se lembrou da senhorinha gentil e silenciosa que sempre a fazia sentir-se especial. Todo verão ela passava um fim de semana com a avó na casa de veraneio, na costa do Maine, onde elas passeavam de caiaque e nadavam na água congelante durante o dia, e à noite faziam maratonas de carteado. A mãe de Kate tivera uma relação muito próxima com a própria mãe. Ela lembrava de Harrison contar de uma época, durante o noivado, em que Lily passou meses no Maine cuidando da mãe depois de um ataque cardíaco inesperado aos quarenta e muitos anos, cozinhando para ela e assegurando-se de que ela estava de repouso. Eles chegaram a adiar o casamento por alguns meses para que ela estivesse plenamente recuperada. Harrison dizia que era uma das coisas que ele mais admirava na esposa: a dedicação à família.

Ela devolveu o álbum à prateleira e foi para a cozinha, fazendo uma pausa quando um rapaz da segurança voltou ao seu posto no corredor. Mesmo que ela estivesse contente por Simon ter destacado quatro guarda-costas em torno do terreno, a sensação era de invasão. Eram sentinelas em silêncio, totalmente estranhos. Não havia lugar onde ela poderia ficar sozinha de verdade. Mas o pior era que ela se sentia apavorada com a possibilidade de ficar sozinha. Pegou seu celular e ligou para o pai. Ele atendeu no primeiro toque.

— Eu já ia lhe telefonar — disse.

— Pai, eu sinto muito por ontem, mas precisamos conversar. Quero saber o que está acontecendo. Estou ficando louca. — Ela se sentia mal pelo modo como o havia tratado, por tê-lo expulsado da casa, e queria lhe dar outra chance de contar por que ele e Lily haviam brigado. — Por favor, me diga o que está acontecendo.

Ele levou um minuto para responder, depois começou a falar em um tom sereno.

— Sua mãe mentiu para mim a respeito de algo que aconteceu há muito tempo, e acabara de me contar a verdade. Fiquei chocado e, bem, chateado seria eufemismo. — Ele fez uma pausa, soltou um pigarro e prosseguiu: — Contudo, o que ela me disse não tem absolutamente nada a ver com você, e, por respeito à sua mãe, não vou contar. Espero que você me conheça bem o bastante para respeitar minha decisão.

O queixo de Kate caiu.

— É sério? — Ela se levantou e começou a perambular, agarrando o telefone com mais força. — Você vai *contar* ao detetive Anderson?

— Sim. Vou ligar para ele hoje à tarde.

— Que bom, então. Acho que não temos mais nada para discutir no momento. — E desligou.

Kate ficou um tempo sentada, sozinha, tentando juntar as peças. O que levara sua mãe a ligar para Gordon e querer alterar o testamento? Devia ter algo a ver com a briga. Por que ele disse a ela que a mãe havia mentido? O que ele estava tentando esconder? Nada fazia sentido. Todos estavam escondendo alguma coisa. Ela sentiu o nervosismo aumentar e sua mente imaginar inúmeras situações e explicações. Naquela noite, durante o jantar com Annabelle e Simon, ela mal conseguiu manter o fio de uma conversa. Sua mente estava acelerada e ela não sabia como parar. Um pouco depois das

19h30, ela colocou Annabelle na cama e continuou em polvorosa. Preparou uma xícara de chá e foi para a sala de estar.

E se o pai dela estivesse tendo um caso e sua mãe houvesse descoberto e ameaçado com o divórcio? Ela lembrou do dia em que a mãe insistiu que ela fizesse Simon assinar um contrato pré--nupcial. Sua mãe havia feito questão de lhe dizer que Harrison havia assinado um contrato igual. Caso eles se divorciassem, ele perderia milhões. Ainda assim, seu pai ganhara bastante dinheiro na clínica e ela sabia que ele fora um investidor prudente por anos. Ela afastou a ideia da cabeça. Mas o que eles haviam discutido que a levara a querer alterar o testamento?

Ela sentiu que estava perdendo o controle de sua mente. Kate trabalhara tanto para domá-la, para ter um plano para viver em paz. Sentia saudade da sala de cirurgia. Ali era ela quem mandava. Forte, competente, segura. Sim, às vezes as cirurgias tinham suas surpresas, mas ela nunca entrava em pânico. Era a calma em pessoa, o nervosismo ficava na sala de preparação. Ela se instruíra bastante para o que fazia e tinha um plano para cada contingência. Porém, no mundo real, onde nada era organizado e preparado, a história era outra. Ela não podia desabar de novo.

Simon entrou no quarto e interrompeu seus pensamentos.

— Eu vou dar uma passadinha no escritório para pegar umas plantas. Vou trabalhar de casa até o fim da semana. Com tudo que anda acontecendo, vou me sentir melhor aqui.

Ela olhou para ele desconfiada.

— Está ficando tarde. Você vai sair agora? Não pode esperar até de manhã?

— Já me adianto se eu resolver isso hoje à noite.

Ou ele ia encontrar-se com alguém cujo nome começava com *S*.

— Claro.

Ele fez cara de preocupado.

— Estou tentando apoiar você em tudo. Amanhã tenho uma reunião cedo e preciso dessas plantas de antemão. Senão vou ter que ir ao escritório amanhã de manhã e, quando eu chegar lá, vai ser difícil me livrar. Não demoro.

— Claro.

Depois que ele saiu, ela foi espiar o quarto de Annabelle e ficou alguns minutos observando a filha. Ela adorava vê-la dormir, tão angelical, tão doce. O coração de Kate ardia de pensar que talvez não conseguisse ver sua garotinha crescer. De repente, ela correu até a cama e a tirou de lá. Annabelle começou a se debater.

— Shhh. Está tudo bem. Venha dormir no quarto da mamãe — Kate a acalmou e, em questão de minutos, ela caíra novamente no sono, já na cama com dossel do quarto da mãe. Kate fez um sinal para o segurança no saguão.

— Alan, quero que você proteja meu quarto. Ninguém pode entrar. Entendeu? Nem meu pai, nem meu marido, nem a babá. Ninguém.

Se ele se surpreendeu, sua expressão não demonstrou.

— Claro.

Ela se trancou lá dentro e arrastou uma das poltronas até a porta, por desencargo de consciência. Amanhã ela ia procurar na internet algum alarme. Não queria ser surpreendida por ninguém.

Kate precisava fazer alguma coisa que a acalmasse, mas o quê? Quando ela era pequena, Lily a chamava afetuosamente de preocupadinha. Para uma pessoa cuja mente não funciona do mesmo jeito, é impossível entender como a ansiedade é debilitante. Se ela não estava estressada com os trabalhos de aula ou preocupada com a roupa certa para tal festa, estava cismando com alguma coisa. Uma de suas primeiras memórias era de perguntar à mãe como ela tinha certeza de que o Papai Noel não ia se machucar descendo pela chaminé. E depois que Kate virou adolescente, seus medos começaram a piorar. Ela ficava deitada na cama quando os pais saíam e não conseguia cair no sono até ouvir o silvo do alarme e de ter certeza de que eles haviam chegado seguros em casa. Sua imaginação ia longe, vislumbrando-os mortos em um acidente de carro ou acossados por um bandido. Ela se remexia, tentava de tudo para desanuviar a cabeça das conjunturas terríveis que elaborava. Aí eles chegavam em casa sãos e salvos e ela se sentia tola — até a vez seguinte.

Mesmo que não houvesse acontecido nada de ruim, sua felicidade era temperada pela sensação de que ela estava sempre esperando uma catástrofe. Ela permanecia na cama, acordada, imaginando desastres. Então descobriu que fazer contas de cabeça ajudava-a a dormir, pois a mente ocupada por equações não ficava ruminando cenários improváveis e apavorantes.

Blaire fora a primeira pessoa a quem Kate havia confiado o tamanho de sua ansiedade, em uma noite perto do fim do primeiro ano em Mayfield. Elas estavam dormindo no mesmo quarto, deitadas no escuro, confessando segredos.

— Você tem medo de que aconteça alguma coisa com o seu pai? Ainda mais com ele tão longe? — perguntou Kate.

— Até que não. Que diferença faz eu estar longe?

— É que, hã, sei lá. Às vezes eu não quero ir para o colégio... tenho medo de que aconteça alguma coisa com a minha mãe e eu não esteja.

Ela ouviu Blaire remexer-se perto dela.

— Algo de ruim?

— Arrã. É que, quando estamos juntas, eu me sinto bem e segura. Mas, quando eu estou no colégio, eu penso em tudo que ela faz, que ela está sempre fora de casa. Tipo, meu pai está no trabalho, acho que já me acostumei. Mas minha mãe ajuda um monte de mulheres que são espancadas pelo marido. E se machucarem ela? Você acha que eu sou estranha?

No escuro, Blaire estendeu a mão e pegou a de Kate.

— Claro que não. Eu entendo. Mas não vai acontecer nada com ela. Sua mãe é uma pessoa boa demais para que algo aconteça.

— Como que você sabe?

— Porque eu sei. O mundo precisa de gente igual à sua mãe. Você só precisa deixar essa ideia de lado. — Ela ergueu o olhar. — Vamos ver. De repente nós conseguimos pensar em uma coisa. Você precisa dar um jeito de se distrair.

— E como isso pode me ajudar?

— Vai ajudar você a parar de se focar na preocupação. Você fala e depois de um tempo você começa a acreditar.

Ela ia testar. Elas inventaram a rima dos números e, incrivelmente, deu certo. Quer dizer, quase sempre. Então Kate entrou na equipe de atletismo, envolveu-se em mais atividades extracurriculares e, sem perceber, começou a ficar cansada demais para ter preocupação — ou para ter preocupações demais. Quando acontecia, Blaire estava sempre lá para ser sua ouvinte. Na época em que Kate era caloura no ensino médio, porém, seu terapeuta a diagnosticou com transtorno de ansiedade generalizada e sugeriu que ela usasse um medicamento. Ela notou a diferença de imediato. Não ficava mais obcecada com tudo, nem ficava travada como antes. Pela primeira vez em muito tempo, ela sentiu como se não estivesse andando com uma sombra atrás de si. Depois da morte de Jake, porém, tudo mudou.

Seu medo de perder a mãe finalmente se tornou realidade. Levara muitos anos, mas parte de seu cérebro lhe disse que ela estava certa em passar o tempo todo preocupada. E, claro, o acidente que havia levado Jake era algo que ela não esperava. Ela conseguia ver Annabelle próxima da sua sepultura, triste e confusa, enquanto as pessoas jogavam rosas no seu caixão. Será que seu medo de deixar Annabelle sem mãe também se tornaria realidade?

Ela tinha que agir. Destravou o celular e procurou "acessórios de defesa pessoal". Apareceram várias armas de choque. Eram tantas opções. Ela clicou em uma de cada vez, sentindo-se mais calma ao ler cada descrição. Ia conversar com Alan e perguntar quais eram as melhores. Era o tipo de coisa que ajudaria bem mais que um joguinho matemático bobo.

DEZESSEIS

No dia seguinte, a caminho da casa de Kate, Blaire parou para comprar uma caixa de biscoitos Berger com cobertura de chocolate. Simon a cumprimentou no saguão de entrada assim que os guardas deixaram-na passar. Quando ele viu a caixa, arqueou uma sobrancelha.

— Biscoito? Depois de uma noite que nem essa, não sei se o que ela precisa é de açúcar.

Blaire não estava nem aí para o que ele achava.

— Quem vai decidir é ela.

Simon deixou a cabeça pender para o lado.

— Creio que eu entenda do que é melhor para minha esposa. Ela está perdendo as estribeiras e a última coisa de que precisa é que você encha a cabeça dela de açúcar e pânico enquanto brinca de detetive.

— Eu que encho a cabeça dela? Que ótimo. Se eu entendi direito, ela chutou você da cama pouco antes da Lily morrer. Por isso, talvez, você não seja a melhor pessoa para me dizer do que a Kate precisa.

De jeito nenhum que ela deixaria Simon se colocar entre elas. Blaire passara anos pensando se estava errada ou não em precaver Kate a respeito do casamento com ele. Mas ela sabia, no seu íntimo, que sempre estivera certa a respeito daquele homem. E sua ligação com a amiga estava mais forte do que nunca. No curto período em que ela estava de volta, era quase como se elas estivessem em contato durante todos esses anos.

— Eu voltei — disse, com firmeza. — E minha intenção é ficar.

Blaire gargalhou.

— Eu não contaria com isso.

Simon chegou mais perto dela, a caixinha de biscoitos como a única barreira entre os dois.

— Olhe aqui. Se você acha que eu vou deixar você envenenar a mente de Kate, pode tirar o cavalinho da chuva. É de mim que ela precisa neste momento. Quando ela voltou à faculdade depois do acidente, na época em que eu a conheci, ela ainda estava fragilizada por conta do colapso. Fui eu que a ajudei a superar. Não você. E vou ajudá-la de novo. Ninguém precisa de você.

Blaire sentiu as costas se retesarem com as palavras que Simon escolheu. Do jeito que ele falava, era como se Kate fosse louca. Sua amiga não tivera um *colapso*; ela só havia passado por um período difícil.

— O seu ego é tão grande assim? Como se você fosse o herói santificado que dera a ela vida de novo? Ela estava em convalescença naquele outono. Qualquer pessoa ia ter dificuldade para lidar com o que aconteceu. E agora, com a morte de Lily, as ameaças... qualquer pessoa ia sentir a pressão. Kate é forte. Ela é cirurgiã. Ela não vai se perder. E pode apostar que não vou ficar longe enquanto Kate precisar de mim. Não estou nem aí se você gosta ou não. — E ela não estava mesmo. Ele queria que Blaire sumisse porque ela estava perto da verdade.

Depois de ver a reação que Kate tivera a *Procurando Nemo* duas noites antes, ela não tinha certeza se a amiga andava muito forte. Mas não ia deixar que Simon notasse.

Ela lembrou do Quatro de Julho depois do primeiro ano delas na faculdade, quando tudo veio abaixo. A melancolia havia pairado sobre a casa de praia enquanto elas lamentavam a perda. Kate estava retraída e calada, como um animal ferido. Blaire a ouvia vagar pela casa no meio da noite. Uma manhã ela acordou cedo e viu que a cama de Kate nem fora desfeita. Quando desceu para o andar de baixo, encontrou a amiga em uma das cadeiras de balanço da varanda telada, o olhar fixo para a frente enquanto a cadeira sacudia-se furiosamente para frente e para trás.

— Kate. — Blaire ajoelhou-se ao lado da cadeira, soltando uma das mãos sobre o braço dela. — Você está bem? Você dormiu?

De repente a cadeira parou de balançar e Kate a fitou.

— Me deixe em paz — berrou, ficando de pé. — Todos vocês. Me deixem em paz. Por que você veio me incomodar? — Ela correu para dentro às lágrimas.

Blaire ficou congelada por um instante, sem entender o que havia acabado de acontecer. Conforme os dias avançaram, porém, todos perceberam. Kate não dormia nem comia; ela estava o tempo todo tensa e à flor da pele, com rompantes de irritação sem motivo. Ficava dentro da casa, recusando-se a pôr os pés na praia ou a ir aonde quer que fosse, principalmente, se tivesse que entrar em um carro. No fim de uma noite, quando Kate parecia mais calma do que nas últimas semanas, Blaire enxergou uma oportunidade para tentar conversar. Elas estavam de volta à varanda, onde Kate passava praticamente todas as horas.

— Eu sei como você está triste, como é difícil. Mas estou muito preocupada. Parece que você está afundando, como se estivesse desmoronando bem na minha frente. Eu não sei como ajudar você.

Kate ficou em silêncio.

— Kate, fale comigo.

Kate virou a cabeça bem devagar e olhou para a amiga.

— Eu não consigo mais. Não consigo. — A cadeira de balanço sacudiu loucamente quando ela deu um salto e começou a andar.

— Eu sinto uma pressão na altura dos pulmões, como se eu fosse sufocar, como se tivesse uma coisa borbulhando no meu peito e essa coisa fosse explodir. Eu não penso direito, eu não durmo... se eu tento, começam os pesadelos. Eu não consigo parar de chorar. Eu não posso continuar assim.

— Você precisa conversar com alguém, Kate. Agora.

Mas Lily e Harrison estavam um passo à frente de Blaire. O pai já havia preparado tudo para Kate se encontrar com sua antiga terapeuta. Havia dito a ela que Kate estava sofrendo de transtorno de estresse agudo, e a profissional ajustou os remédios dela e a viu três vezes por semana durante o resto do verão. Quando chegou setembro, e Kate voltou para Yale, já estava lidando melhor com a realidade e foi encaminhada a um terapeuta em Connecticut, que ela consultava quando preciso. E então ela conheceu Simon.

Blaire olhava para Simon.

— Vai avisar a Kate que estou aqui ou eu mando uma mensagem pelo celular e digo que você está tentando se livrar de mim?

Ele lhe fez um olhar azedo, virou-se sem dizer uma palavra e subiu a escada.

— Eu espero na cozinha — gritou, tirando o casaco enquanto caminhava.

Ela já se sentia à vontade na cozinha de Kate. Pegou pratos e guardanapos. Havia três velas acesas que preenchiam o recinto com cheiro de baunilha. O aroma lhe dava fome. Ficou tentada a pegar um biscoito, mas tinha usado a sala de ginástica do Four Seasons poucas vezes desde que chegara na cidade e suas roupas já estavam ficando desconfortáveis. Pegou uma garrafa de água da geladeira e deu um gole longo. Olhou para cima ao ouvir passos e teve que se segurar para não transparecer o quanto ficara chocada com a aparência de Kate. As calças de yoga estavam caindo e as olheiras eram as maiores que já vira.

— Desculpe fazer você esperar. Tirei um cochilo depois do almoço. Tentei, pelo menos. — Ela percebeu a caixa de biscoitos e seus lábios formaram meio sorriso, o primeiro que Blaire via em muito tempo. — Bergers! — Kate levantou a caixa para espiar dentro. — Bendita seja! — Ela tirou um e mordeu. — Mmmm. Isso é que é remédio.

— Você está com uma cara de quem precisa comer a caixa inteira. Suas calças estão caindo.

Kate deu de ombros.

— Bom, quando se tem um assassino atrás de você, sua silhueta fica uma maravilha.

Pelo menos Kate não havia perdido o senso de humor, Blaire pensou. Ela olhou por cima do ombro para garantir que Simon não estava por perto e dirigiu-se à amiga em voz baixa.

— Olha, eu encontrei umas fotos interessantes no Facebook da Sabrina. Tem algum lugar mais privado onde possamos conversar?

Um lampejo de ira cruzou o rosto de Kate ao ouvir o nome de Sabrina.

— Claro, podemos ir à sala de leitura.

Quando entraram no recinto de paredes verde-escuras, Kate apertou o interruptor que ligava a lareira a gás. Blaire parou um instante para observar as chamas aconchegantes. As cortinas estavam fechadas, evidentemente em reação à mensagem sobre o moletom de dois dias antes. Kate pegou seu laptop e elas se sentaram próximas no sofá.

Kate abriu o navegador e virou-se para olhar Blaire.

— Como você viu o Facebook dela? Vocês são amigas?

— Não — respondeu Blaire, revirando os olhos. — A doidinha não configurou a privacidade da página dela. Imagino que queira o mundo inteiro assistindo a vida maravilhosa que ela tem. Devíamos apresentar a Gordon.

— Não tem graça. Aliás, ele não para de me telefonar. Tive que bloquear o número no celular. Ele chegou a aparecer aqui e disseram que iam chamar a polícia se ele não fosse embora.

— Que cara doido. Foi depois que você o demitiu?

— Foi. Anderson deu o aval depois que vasculharam a casa. Simon está cuidando de passar tudo para outra firma. Não quero mais nada com ele.

— Você contou sobre as fotos aos sócios dele?

Kate fez que não.

— Por mais irritada que eu tenha ficado com Gordon, não vou destruir a vida dele.

Blaire não sabia se concordava com a decisão. Esses tipinhos perseguidores entendiam qualquer ato bondoso como incentivo.

— De repente você devia pedir uma ordem de restrição.

— Simon queria, mas eu disse que não. De qualquer forma, ele falou para o Gordon que, se ele chegar perto de mim de novo, ele vai ver. No momento, não é prioridade, já que eu sou praticamente prisioneira na minha casa.

Blaire abriu a página de Sabrina no Facebook.

— Olhe aqui. — Ela apontou as fotos. — Metade é com o Simon. Você nunca viu?

— Não. Acho que eu sou a única pessoa com menos de 40 anos que não mexe no Facebook. Selby fez uma conta para mim anos atrás, mas eu não tenho tempo nem disposição. Parece tão inútil.

— Ela voltou sua atenção para as fotos de Sabrina.

Enquanto analisava cada uma delas, parecia hipnotizada, seu rosto cada vez mais pálido. Até que chegou a uma dos dois em uma balaustrada de um barco, o céu preto atrás deles. Havia luzes de festa pendendo de fios e outras pessoas por perto sorrindo e com drinques na mão. O sorriso de Sabrina parecia uma árvore de Natal iluminada. Ao lado da foto estava a legenda: "Congresso AIA de Arquitetura: Cruzeiro dos Profissionais Emergentes."

— Filho da puta! — irrompeu Kate.

Blaire ficou chocada. Kate nunca usava palavrões.

Ela, então, repassou as imagens.

— Olha essas — disse, com nojo. — Você chega a pensar que são um casal.

— Você estava junto quando tiraram alguma dessas?

— Poucas. Nos congressos, é certo que não. Convenientemente ele nunca falou de Sabrina participando destas ocasiões ligadas ao trabalho. — Ela fechou o computador e olhou para Blaire. — No que mais ele mente? Não posso confiar em nada que ele diz. Ele estava tão irritado com Gordon. Provavelmente fingiu para parecer que estava preocupado comigo.

— Você acha que tem alguma coisa entre esses dois?

— Não sei. Antes de Sabrina aparecer, eu nunca ia suspeitar que ele fosse me trair. Agora é diferente. Estou começando a duvidar de tudo. Anos atrás, quando minha mãe e eu brigamos porque ela queria que ele assinasse um contrato pré-nupcial... Será que ela viu alguma coisa nele que eu não vi? Nesses anos todos que estamos juntos ele nunca me deu motivo para acreditar que havia casado por dinheiro. Mas ultimamente... não sei... umas coisas que ele disse... — Ela olhou para o chão.

— Tipo o quê? — perguntou Blaire, lembrando o que Gordon havia lhe dito sobre os problemas financeiros na firma de Simon.

Kate suspirou.

— Houve alguma coisa na leitura do testamento. Na hora me incomodou, mas deixei de lado. — Ela estava analisando o chão de novo, parecia ter ficado a quilômetros de distância. Blaire decidiu não insistir mais naquele dia, sentindo que Kate havia dito tudo que queria sobre o assunto.

Anderson tinha razão quanto a uma coisa: Kate tinha vários motivos para desconfiar de todos ao seu redor. E Blaire só ia parar quando houvesse eliminado cada um deles.

DEZESSETE

Quando Kate e Simon escolheram o terreno onde construiriam sua casa dos sonhos, ela ficara contente com o fato de ser isolado e com o bosque extenso atrás da propriedade. Depois de toda essa confusão, o espaço parecia o esconderijo perfeito para um assassino. Na manhã seguinte, ela caminhou determinada em volta da casa, espiando por cada janela para ver se alguém havia se infiltrado na propriedade e espreitava de algum lugar da mata densa. Satisfeita por tudo estar seguro, ela começou a fazer sua ronda de novo, abrindo a porta de cada armário em cada quarto, procurando algo ou alguém que pudesse se esconder. Ela sabia que a casa estava cercada de seguranças, mas ela se sentia melhor cumprindo esse ritual.

O Natal seria daqui a dois dias e ela temia o que pudesse acontecer. A perda da sua mãe acontecera tão perto das festas de fim de ano que Kate acreditava que nunca ia esquecer do horror que se vinculava à época. As ameaças das rimas infantis repetiam-se na sua mente, e a imagem dos bichinhos mutilados estava cauterizada em seu cérebro.

Ela recusara todos os convites que recebera, até almoços com as amigas, pois precisava ficar em casa. Mas, como o convite de Selby chegou em um momento de carência grande, ela cedeu.

Kate manteve-se em silêncio no caminho à casa de Selby e Carter. Ela estava com Simon e Annabelle no banco de trás da Suburban preta que a empresa de segurança havia providenciado, com um guarda-costas no volante. As portas do veículo pareciam ser de aço reforçado. As janelas, à prova de balas. Depois de ontem, porém, ela estava convicta de que toda segurança do mundo não bastaria para salvá-la. O assassino não viria correndo atrás dela de revólver em punho. Quem quer que fosse chegaria de modo íntimo e pessoal, tal como haviam feito com sua mãe.

Simon e Annabelle conversaram por todo o caminho, mas Kate só havia escutado uma parte do papo. Ela começara a sentir os sinais bem conhecidos: pulsação acelerada, respiração rarefeita. Não fora uma boa ideia sair.

— Simon, acho melhor ir para casa. Foi um erro eu aceitar.

— Kate, por favor. Tente relaxar. — Ele pôs uma das mãos sobre um braço dela para tranquilizá-la. — Vai lhe fazer bem sair um pouco, ficar com os amigos.

— Pode ser. — Ela considerou que ele podia estar certo.

Pouco menos de uma hora depois, Kate estava de frente para a mesa enquanto os garçons de luvas brancas serviam o primeiro prato: *rillettes* de salmão. Selby havia se superado. A luz das velas sobre o candelabro de cristal deixava a toalha de mesa adamascada ainda mais luminosa. Lily e Georgina eram muito rigorosas quanto à arrumação das mesas de jantar, mas Selby era obsessiva. Não se via nem um centímetro do tampo, de tão carregado de porcelanas, cristais, talheres e do verde natalino. Kate passou os dedos pelos quatro garfos *repoussé* legítimos do lado de seu prato, com mais de um século de idade, o mesmo ornamento que se via na prataria de sua mãe. Eram fabricados por uma empresa de Baltimore, a S. Kirk & Son, os artesãos que trabalhavam com prata mais antigos dos EUA. Ela se lembrou de estar na mesa de jantar da sua mãe no Natal e seus olhos marejaram quando Carter, na ponta da mesa, deu batidas delicadas na taça de vinho e ergueu-a para um brinde.

— A nossos maravilhosos amigos e família — disse. — Obrigado por terem vindo. É muito bom que possamos estar juntos para que um possa auxiliar o outro nesse momento doloroso.

Kate sentiu-se acolhida pelas palavras. *Era*, de fato, reconfortante estar cercada por velhos amigos. Estava contente por Simon não lhe ter dado ouvidos quando ela sugeriu que voltassem para casa.

— Que brinde adorável, Carter — disse Georgina.

O silêncio sobressaiu-se quando eles ergueram as taças. Os filhos de Selby — Bishop, Tristan e Carter IV — tinham taças com refrigerante, enquanto Annabelle rodopiava um copo plástico colorido. É claro que Selby havia garantido que o cálice de Kate tivesse sua água com gás de sempre. Kate sorriu para o irmão de Selby, Palmer, que estava sentado à sua frente. Ela sempre gostara dele. Embora fosse dois anos mais velho que a irmã, ele sempre fora gentil com os amigos dela, sem nunca os fazerem sentir que eram pragas incômodas, como fazem muitos irmãos mais velhos. Ele residira em Londres nos últimos 16 anos, onde era catedrático na London School of Economics. Ela encontrara o companheiro dele, um ator da Royal Shakespeare Company, em duas ocasiões em que Simon e ela haviam estado na Inglaterra. Diferente de Selby, ele fugira do mundo rígido da mãe, onde aparências eram mais importantes que tudo. Ele parecia feliz, perfeitamente à vontade no seu país adotivo.

— É tão bom revê-lo — disse Kate, sorrindo para ele. — Como está James? Que pena que ele não veio.

— Ele anda ocupado. Agora está ensaiando para *A tempestade*. Estreia daqui a três semanas. Ele está ou declamando falas ou fazendo anotações ilegíveis nos três volumes comentados que passa estudando.

— Parece bem pesado.

— É muito. Ele praticamente não tem tempo para mais nada.

— Bom, que pena que não pude vê-lo dessa vez. Quando vocês voltam?

— Eu viajo no dia 25. Faremos nosso Natal no dia 26, quando começam as liquidações. — O rosto dele ficou sério. — James só viu sua mãe uma vez, mas ficou encantado. Sinto muito mesmo. Era uma mulher adorável, Kate.

— Obrigada. — Lágrimas brotaram dos seus olhos.

— Como vai a investigação?

Ela sentiu o medo retornar dentro de si conforme tudo que acontecera nos últimos dias voltava à tona. A polícia ainda não queria que ela contasse a ninguém a respeito das mensagens de celular e dos e-mails. Ela tentou firmar a voz.

— Não houve muito avanço. Eu tenho medo. Parece que tudo converge para um beco sem saída.

Palmer fez um maneio de cabeça gentil enquanto os garçons tiravam o primeiro prato.

A voz de Georgina de repente surgiu.

— *Rillettes* deliciosas, Selby. Seu cozinheiro fez um belo serviço.

Ela estava impecável como sempre, com um terno de seda creme e nem um fio dos cabelos loiros fora de lugar. Usava seu colar de pérolas contumaz, com três voltas, o mesmo desde sempre. Passara os anéis de noivado e casamento para a mão direita; na esquerda, onde as veias estavam levemente saltadas e manchas de idade começavam a aparecer, não havia joias.

— Mas, querida — disse, passando o dedo no azevinho de enfeite à sua frente —, suas plantas parecem um pouco caídas. Há quanto tempo você mandou podar?

Kate observou Selby perder o brilho, do mesmo jeito que acontecia quando era pequena e a mãe a humilhava em público. Depois viu Georgina bebericar da taça de vinho, encher novamente e virar-se para ficar de frente para Harrison, sentado ao seu lado. Chegou mais perto, até seus lábios praticamente tocarem na sua orelha, e sussurrou alguma coisa. Harrison assentia enquanto ela falava, com os olhos voltados para a mesa.

Kate estudou a situação, franzindo o cenho, e depois reclinou-se na cadeira quando um garçom colocou uma travessa fumegante à sua frente.

— Então — disse Selby. — Esta é uma homenagem ao meu irmão e seu amor incompreensível pela cozinha britânica. Cozido de cordeiro, pão de Yorkshire, molho vermelho, batatas assadas e couve-flor gratinada. *Bon appetit* a todos.

Transcorreram alguns instantes de silêncio enquanto todos comiam.

— Perfeito, maninha — disse Palmer, enquanto mastigava. — James ficará arrasado por ter perdido.

— Sabem — falou Georgina, soltando seu garfo e virando-se para Harrison —, isto me lembra a época em que nós quatro fomos juntos para França e Inglaterra. Você, Lily, Bishop e eu. Lembra?

— Eu me recordo — afirmou ele. — Foi uma bela viagem.

Georgina reluziu, seus olhos azuis brilhando.

— Ficamos hospedados naquele *bed & breakfast* lindíssimo em Kensington, perto do Hyde Park. Vocês trabalhavam tanto naqueles tempos, eram tantas noites e fins de semana, que Lily e eu viramos praticamente mães solteiras. Às vezes, tínhamos até que deixar vocês para viajar. Lembra daquela vez que ela e eu levamos as crianças para Isle of Palms? — Ela inclinou-se para a frente, entusiasmando-se com o assunto. — Alugamos uma casa tão incrível, com um alpendre de frente para o oceano. Havia uns ventiladores de teto maravilhosos, que passavam o dia girando bem devagar, sempre refrescando o ambiente para que não desmaiássemos por causa do calor e da umidade. À noite a temperatura caía e ficávamos curtindo o som das ondas. Pela manhã, tudo era úmido e fresco. Divino. — Ela tomou um gole de vinho, seu prato ainda intocado. — Por fim, os maridos nem chegaram lá, então ficamos sozinhas, com Palmer, Selby e Kate brincando como indiozinhos levados.

— Não usamos mais esse tipo de caracterização, mãe — repreendeu-a Palmer em bom tom. — Além disso, com duas babás e um cozinheiro, vocês estavam longe de estarem sozinhas.

Dito aquilo, a risada percorreu a mesa.

Georgina deu um sorriso resplandecente para o filho. Ele sempre fora seu predileto, a criança que ela mais mimara; a que podia "provocar" a mãe, e a que ela não só aceitou quando saiu do armário, mas apoiou.

— Não ria — pediu, piscando para Palmer. — Não era a mesma coisa que ficar nas nossas casas de praia. Estávamos em um lugar novo e nada familiar, onde não conhecíamos ninguém. Lily me convenceu que nos faria bem sair para explorar, então deixamos a meninada com as babás e fomos de carro a Charleston, demos uma volta, fizemos compras e depois... fomos a um show de *drag queens*. — Ela fez uma pausa, deixando o silêncio pairar para causar mais efeito.

Kate e Selby se olharam, surpresas.

— Isso você nunca nos contou — disse a filha.

— Você tinha apenas 11 anos. Não precisava saber de tudo que nós fazíamos. Enfim, nos divertimos muito, ficamos no estabelecimento até fechar e batemos papo com as *drags*. Elas nos ensinaram muito sobre maquiagem. — Ela gargalhou de novo. — Entre outras coisas...

— Mãe! — bradou Selby, pendendo a cabeça para os filhos, que naquele momento estavam dando risadas e cochichando entre si.

— Mãe, a gente não é bebê. A gente sabe o que é *drag queen* — falou Carter IV. Os meninos começaram a rir novamente.

— Parece que vocês se divertiram bastante — declarou Harrison, dando um sorriso. — Lily nunca havia me contado.

— Tem muita coisa que não contamos aos maridos — ponderou Georgina, olhando para ele.

O que ela queria dizer com aquilo? Kate se perguntou.

— Vocês duas eram tão amigas. — A voz de Selby interrompeu seus pensamentos. — Assim como Kate e eu.

Kate voltou-se para ela. Selby fora uma ótima amiga ao longo dos anos, a primeira a ajudá-la e a dar conselhos quando Kate começou a ter os enjoos matinais, a primeira a chegar lá, para visitar e auxiliar, depois da cesariana de Annabelle. Desde a partida de Blaire, a amizade entre elas havia se fortalecido, tal como acontecera antes de Blaire existir.

Harrison voltou-se para Georgina.

— Lembra-se de Roger DeMarco? Ele fazia parte do clube antes de se mudar. Soube de Lily e entrou em contato. Muito gentil da parte dele.

— Que carinhoso da parte dele. Onde está morando agora?

— Em Sarasota, na Flórida.

— Ah! Eu amo Sarasota — disse Georgina. — Tem um campeonato de bridge maravilhoso lá todo inverno. Aliás — prosseguiu —, não seria divertido irmos juntos? Você visitaria seu colega e aproveitaríamos para jogar o torneio juntos. Se eu lembro bem, você era um arraso no carteado.

Kate queria se meter na conversa, mas não era seu dever. Ela estava eriçando-se em nome de sua mãe, mas era possível que Georgina estivesse tentando fazer por Harrison o que ele e Lily haviam feito por Georgina quando Bishop falecera: mantê-lo ativo e sociável apesar da perda. Só que aquilo parecia ser outra coisa.

— Hã, não sei — respondeu ele, em voz baixa.

— Ah, Harrison — disse, cutucando-o no ombro. — Lembra que sempre brincávamos que nós dois devíamos ser casados, que nós éramos muito mais compatíveis... — Ela riu, a mão contra o peito, como se envergonhada com as próprias palavras. — Só uma observaçãozinha...

— Perdeu a noção, foi, mãe? — A voz de Palmer a interrompeu.

— Que coisa de se dizer.

Harrison olhava para Georgina, pasmo como os demais, mas ela estava de queixo erguido em despeito.

— Eu não quis dizer nada. Estava só me lembrando. Nossa, se a Lily estivesse aqui, ela ia dizer para todo mundo relaxar.

Ela era louca, Kate pensou. Seu pai e Georgina não tinham nada em comum. Ela ficou em ebulição com a ideia.

— Espero que não tenha se chateado com a mamãe — cochichou Selby com Kate, chegando mais perto. — Não é sempre que ela pensa antes de falar. Como você bem sabe.

A conversa que se seguiu foi bastante confusa — pelo menos, as partes em que Kate conseguiu focar. Eles estavam quase encerrando a sobremesa sem outros comentários insípidos de Georgina quando ouviram a campainha.

Margaret, a governanta, entrou na sala e, discretamente, cochichou no ouvido de Selby. Ela parecia confusa.

— Kate, entregaram alguma coisa para você.

Kate sentiu um calafrio percorrer o corpo.

— Oi?

A amiga deu de ombros.

— Eu não sei. Peço para Margaret trazer?

— Não! — Kate levantou-se. Seja lá o que fosse, não seria algo bom e ela não queria que Annabelle visse. Tanto Simon quanto Harrison saltaram de suas cadeiras. — Vamos ver. — Kate tentou firmar a voz, e virou-se para Simon. — Fique aqui com Annabelle.

Georgina olhou ao redor, sem entender.

— O que está acontecendo? Onde você vai?

Kate seguiu pelo corredor enquanto Selby e Harrison vinham atrás. Havia uma caixa grande de papelão sobre a mesa Parsons dourada. Ela ergueu a tampa e viu um cartão apoiado no papel de

seda que cobria o que havia dentro. Sentiu um calafrio na espinha.
De repente, suas pernas viraram espaguete e ela achou que fosse
desabar.

Ela olhou ao redor, inquieta.

— Como ele sabia que eu estaria aqui?

Selby lhe dirigiu um olhar confuso.

— Como quem sabia?

— O que diz o cartão? — intrometeu-se Harrison.

Kate retirou-o da caixa e lhe entregou, observando o rosto do pai
em busca de uma reação. As sobrancelhas dele subiram.

— É de você mesma. Esqueceu que mandou entregar flores a
Selby? — Ele devolveu o cartão a Kate.

Ela pegou o pedaço de papel sem dizer nada, os olhos analisando
tudo.

Feliz Natal, Sel. Sei que as rosas que você mais gosta são as brancas.
Beijos, Kate

— Mas eu... — Ela teve que parar para pensar. Não havia
enviado as flores, mas *havia* pensado em enviar. Será que ela tinha
comentado com Fleur e esqueceu? Selby e seu pai olhavam para
ela como se fosse louca. — Desculpe, Selby. Eu ando tão estressada.
Acho que o senhor da floricultura se enganou de enviar isto para
mim. Agora lembro, eu liguei ontem. — Ela voltou à caixa e puxou
o papel. Rosas brancas.

Simon entrou na sala, carregando Annabelle adormecida.

— O que está havendo?

— Uma pequena confusão — disse Selby, a voz com fulgor. —
Kate, que lindas. Muito obrigada.

— De nada. Desculpe por antes. Parece que eu ando esquecendo
as coisas.

Selby lhe deu um tapinha no braço.

— É compreensível.

Kate respirou fundo e olhou para Simon.

— Acho que temos que ir. Annabelle apagou e eu estou exausta.

Quando estavam no caminho, Simon virou-se para ela.

— O que aconteceu ali com as flores?

Ela encostou-se no apoio de cabeça e fechou os olhos.

— Por um instante, fiquei com medo de ser mais uma mensagem macabra para mim. Você não pediu essas rosas, foi?

— Então não foi *você?*

— Eu devo ter comentado com Fleur. Não sabia que ela tinha pedido.

No caminho para casa, sua mente entrou em parafuso. Apesar do que contara a seu pai e a Selby, ela não havia enviado as flores. E não havia tocado no assunto com Fleur. Mas não podia deixar Simon pensar que ela estava perdendo o juízo. Amanhã ia telefonar para a floricultura e descobrir.

Eles estavam na entrada da casa quando o som de mensagem do celular soou. Ela sabia quem era antes de olhar.

Simon estendeu uma das mãos por cima de Annabelle e segurou uma de suas mãos.

— É ele?

Kate viu as palavras brilharem no celular antes de passar o dedo.

— Sim — afirmou, a voz trêmula. O sangue nas suas veias congelou enquanto ela lia a mensagem.

Achou mesmo que teria uma noite de folga? Muito insensível da sua parte, divertindo-se enquanto sua mãe se decompõe. Está tão curiosa quanto eu em saber o que vem por aí? O que haverá no seu café? Será que sua sobremesa levaria nozes? Vamos esperar para ver.

No dia seguinte, o tilintar do telefone de casa fez Kate dar um salto. Ela esticou a mão, hesitando em atender, mas então viu o nome de Selby no identificador de chamadas.

— Oi.

— Como você está?

— Tudo bem. Obrigada de novo por ontem. Desculpe pela confusão no fim da noite.

— O prazer foi meu. Obrigada pelas rosas. Quer companhia mais tarde? Ou quer que eu lhe leve alguma coisa?

— Obrigada, mas acho que hoje vou ficar quieta. Conversamos amanhã, pode ser? — Kate queria sair do telefone.

— Tudo bem, então conversamos.

Depois de desligar, ela entrou no seu quarto, onde Annabelle estava sobre a cama com um livro no colo.

Kate sentou-se na beira da cama.

— O que está lendo, meu amor?

Annabelle fechou o livro e apontou o título.

— Olha, mamãe. É o Spoopy. Você lê.

— *Snoopy*. — Kate riu. — Venha, vamos ler juntas.

Quando elas terminaram, Annabelle pulou da cama e pegou *O pequeno príncipe*.

— Agora leia este — pediu, escalando a cama para voltar ao lado de Kate.

— Certo. Mais um e depois vamos nos vestir. — Quando ela terminou a história, passou os dedos pelos cachos da filha, com carinho. — O que você gostaria de fazer hoje, meu amor?

Annabelle chegou mais perto dela.

— Podemos andar a cavalo?

— Ah, isso eu não sei. Hoje a mamãe está um pouco cansada. Quem sabe amanhã.

— Quem sabe a senhorita Sabrina vem hoje, aí eu posso ir com ela e o papai.

Kate ficou petrificada.

— Você sai muito a cavalo com o papai e a senhorita Sabrina? Annabelle aconchegou-se nela.

— Às vezes ela vem quando você está no hospital. Ela é ótima nos saltos, mamãe.

A raiva percorreu o corpo de Kate. Então Sabrina aparecia quando Kate não estava em casa. O que diabos Simon vinha fazendo?

Antes que ela pudesse perguntar algo mais, Simon deu uma leve batida na ombreira da porta.

— Papai! — exclamou Annabelle. Ela se levantou na cama e começou a pular.

— Tudo bem se eu entrar? — Ele ficou parado, esperando uma confirmação de Kate, e depois foi caminhando, pegando Annabelle e balançando-a enquanto ela gargalhava.

— Você vai descer? — perguntou ele a Kate, enquanto abaixava Annabelle. — Eu tenho que sair daqui a pouco.

— Sim. Vou vestir a Annabelle e já vamos descer. — A voz dela saiu gélida.

Na noite passada, Simon havia lhe dito que naquela manhã precisaria ir até Delaware para ver um cliente. Ele pareceu preocupado, mas, quando Kate o questionou, suavizou sua expressão.

— Não há nada de errado. Só preciso repassar algumas coisas na proposta — havia dito, mesmo que suas palavras soassem vazias.

Ela o conhecia bem o bastante para saber quando havia algo de errado, e seu rosto estava de fato com aquela expressão de "preocupações de trabalho".

— Tenho que ir — explicou —, mesmo que eu não goste de passar duas horas longe de vocês duas.

— Se é só para responder algumas coisas, não tem uma pessoa que possa ir no seu lugar?

— Não — vociferou, antes de acalmar-se novamente. — Eles querem *me* ver.

Ela ficou um pouco confusa com a postura dele, mas já não se importava tanto com as reações de Simon.

Havia uma xícara de café fumegante aguardando quando Kate e Annabelle entraram na cozinha.

— Estou aceitando pedidos. Como as mocinhas gostariam dos ovos?

— Mexidos — implorou Annabelle.

— Para mim, nada. — Kate tomou um gole de café e sentou-se assim que o celular de Simon tocou. O café estava com um gosto estranho, mas podia ser porque ela havia acabado de escovar os dentes. Não podia deixar que aquela mensagem imbecil a convencesse de que tudo era manipulado. Era o que a pessoa queria. Mas ela não tinha como negar que o gosto estava esquisito.

Ele olhou para a tela do celular, recusou a chamada e colocou o telefone de volta no bolso rapidamente.

— Quem era? — perguntou Kate.

— Não sei. Não conheço o número. Tem certeza de que não quer que eu prepare alguma coisa?

— Não, você tem que ir — disse ela, tentando esconder a desconfiança de que ele estava mentindo sobre o telefonema. A paranoia a cansava. Ela tomou mais um gole. — O que você botou aqui? O gosto está esquisito.

Ele deu de ombros.

— Só leite e um sachê de stevia. Como você gosta.

Ela foi até a geladeira e tirou o leite para conferir a data. Ainda tinha uma semana de validade. Abriu a tampa e cheirou. Não havia azedado. Será que Simon havia colocado outra coisa no café? Seus olhos se estreitaram quando ela olhou para ele.

— Prove. — Ela lhe entregou a xícara.

Ele levantou uma das mãos.

— Eu já tomei meu café e tenho que ir.

Depois que ele saiu ela pensou na mensagem da noite anterior. Abriu o celular de novo. *O que haverá no seu café?* Que tipo de jogo era esse? Ele seria tão óbvio assim? De qualquer forma, ela derramou todo o conteúdo na pia.

Forçando um tom disposto, ela olhou para o prato de Annabelle.

— Ok, gulosa. Você mandou bem nos ovos. Quem sabe vamos até o quarto de brinquedos para colorir?

— Sim!

Annabelle escorregou da cadeira e Kate a pegou por uma das mãos.

A menina disparou até a caixona ao lado de seu cavalete e tirou uma caixa de lápis de cor e cinco livros de colorir.

— Qual você quer, mamãe?

— Hmm. Deixe-me ver — falou, espalhando os livros sobre a mesa. — Eu vou de *Moana*. Qual você vai pegar?

— *Frozen.*

Elas estavam colorindo juntas, Annabelle tagarelando, Kate tentando apreciar o momento. Passado um tempo, a mãe fechou seu livro de colorir.

— Acho que eu vou pegar outro. Quem sabe o dos bichinhos — avisou, e arrastou o livro na sua direção.

Ela o abriu, passou pelas páginas já preenchidas e por um porco espinho que ela não teve vontade de pintar. Quando virou a página seguinte, uma folha que tinha escapado da encadernação, brilhosa de giz de cera, caiu. Ela abaixou-se para pegá-la no chão e viu a imagem — o desenho de uma faca comprida, a lâmina colorida com pontos vermelho-escuros que pareciam gotas de sangue. Ao lado da faca, uma mulher em traje hospitalar com o rosto distorcido, os olhos e a boca pingando como cera derretida. No canto havia uma cama cheia de animais de pelúcia, mas sem criança. Ela levou a mão à boca, abafando um soluço para não assustar Annabelle, seu coração ribombando contra as costelas.

De que adiantava todos aqueles seguranças e toda proteção quando alguém podia entrar no quarto de brinquedos da sua filha?

Foi então que lhe ocorreu que era exatamente esta a mensagem que o assassino queria passar. *Eu chego onde você estiver.*

DEZOITO

A s chamas queimavam o piso, dançando com velocidade alarmante na sua direção. O quarto estava tomado pela fumaça a tal ponto que mal conseguia enxergar. Ela soltou um grito rouco pedindo ajuda, mesmo sabendo que seria em vão. Por que não dera ouvidos à intuição? Sabia que havia algo errado quando ele pediu para encontrá-la ali, naquela cabana, a quilômetros da civilização. Seria mesmo seu fim? Amarrada a uma cadeira bamba em uma casa em chamas, como um clichê de cinema? Seus olhos começaram a se fechar e ela sentiu que estava apagando. Talvez fosse melhor assim. Se ela desmaiasse, não ia sentir o cheiro da carne queimada.

Blaire levantou-se e se alongou. E agora? Era óbvio que eles não podiam matar Meghan. Mas a série precisava de uma injeção de ânimo. Ela queria conversar com Daniel, fazer uma das sessões de *brainstorming* deles, mas ele estava a bordo de um avião rumo a Chicago para passar o Natal com os pais. Ela tinha que fazer alguma coisa para se manter ocupada até que pudesse voltar a Nova York, então estava escrevendo o próximo livro sozinha. Geralmente, eles passavam cinco horas por dia escrevendo no apartamento, um de frente para o outro. Daniel pegava os capítulos dela, fazia sua edição mágica e os dois juntos soavam geniais. Ela era a que escrevia mais rápido, as ideias agitando-se em fúria, enquanto ele se demorava em cada parágrafo. Eles se complementavam com perfeição e estavam um tão acostumado com os hábitos de escrita do outro que, pela cadência do teclado, conseguiam ver se havia problema em se interromper para uma pergunta. Blaire deu um suspiro, desejando poder voltar àquela vida, mas não ia sair dali até fazer tudo a seu alcance para descobrir quem havia assassinado Lily.

De repente, o telefone do quarto tocou e a pegou de surpresa.

— Alô?

— Senhora Barrington, é da recepção. Tem alguém que veio vê-la, senhor Barton. Posso mandar subir?

— Não — respondeu Blaire, imediatamente. — Eu desço. — De qualquer modo, ficaria sozinha com ele.

Quando ela chegou ao saguão, Gordon estava indo de um lado para o outro, resmungando consigo mesmo em voz baixa. Ele ergueu o olhar quando Blaire aproximou-se. Os olhos dela foram atraídos pela gravata-borboleta *du jour*. Amarela, com siris. Ele parecia irritado.

Gordon nem se deu ao trabalho de dizer oi.

— Tem um lugar onde possamos falar a sós?

— No restaurante.

— A sós, eu quis dizer.

Ela lhe deu um olhar congelante.

— Mais a sós do que o restaurante não vai rolar, Gordon. É pegar ou largar.

Ele não disse nada enquanto eles aguardavam a recepcionista levá-los à mesa. Assim que ela os deixou, os olhos dele fitaram os dela.

— O que você fez?

Ela recostou-se na cadeira e lhe dirigiu outro olhar gelado.

— Do que está falando, Gordon?

Os lábios dele estavam apertados, e ele projetou o queixo.

— Você sabe muito bem do que eu estou falando. Você bisbilhotou as minhas coisas. Sabe que a polícia apareceu e bagunçou tudo? Disseram que tinham motivos para crer que eu era um maníaco perseguidor!

A garçonete começou a vir na direção deles, mas Blaire a fitou nos olhos e fez que não com a cabeça. Ela sabiamente recuou.

Blaire tentou decidir como ia lidar com aquela situação.

— Como amiga de Kate, estou aqui para ajudá-la a achar o assassino de Lily. Então, sim, vasculhei sua casa. Imagine a surpresa quando descobri uma pasta cheia de fotos da minha melhor amiga. — Ela inclinou-se para a frente. — Que tipo de pessoa segue alguém e fica tirando fotos durante meses?

— Você não entendeu. É arte. Eu não fiz nada de errado. Eu não entrei escondido na casa dela nem bisbilhotei, como você fez comigo. Eu só tirei fotos espontâneas de uma amiga. É um projeto artístico. Só isso. Uma coisa que eu gosto de fazer. Você que é a criminosa. Você não tinha direito de mexer nas minhas coisas.

— Então chame a polícia.

Ele a encarou e prosseguiu:

— Agora ela nem fala comigo. E demitiu nossa firma. Tudo por culpa sua.

Ela arqueou uma sobrancelha.

— Você só pode estar de brincadeira. *Minha* culpa? Quem sabe assim você para de espionar os outros? Você tem sorte que a Kate não expôs esse seu vício esquisito para os sócios. O que você quer de mim? Por que veio aqui?

— Se você não tivesse se intrometido, estaria tudo bem. Você tem que consertar isso. Converse com ela. Diga que eu peço desculpas. Que eu nunca faria mal a ela. Eu não matei Lily. Isso ela tem que saber.

— Não tem a ver com Lily. É você que não entende os devidos limites sociais, Gordon. Eu não posso ajudar você. Eu recomendaria que fosse buscar aconselhamento. Profissional.

Os olhos dele davam mais que um indício de fúria.

— Seu sarcasmo é insuportável. Assim como você.

Ela olhou para ele com desprezo.

— Estamos encerrados?

Ele curvou-se para a frente, os cotovelos na mesa e os punhos fechados.

— Nunca gostei de você, Blaire. Você nunca pertenceu a esse lugar, e ainda não pertence. Você nunca será uma de nós.

— Parece que é você quem está de mãos abanando. — Ela olhou para o celular, que apitara. Uma mensagem de Kate.

Pode vir agora? Aconteceu uma coisa.

Blaire digitou de volta.

Claro, já vou.

— Gordon, tenho que ir.

Ela levantou-se e deixou-o ali sentado, pasmo e um tanto ridículo, a extravagante gravata-borboleta com pequenos siris cor-de-rosa brigando com sua expressão azeda.

— A polícia sabe tudo a seu respeito, Gordon. Mantenha distância de mim. E da Kate. *Nunca* mais chegue perto de nós. — Ela girou para o outro lado e saiu em marcha.

Voltou para seu quarto e rapidamente arrumou a bolsa, ainda abalada. Kate a havia convidado para ficar para o jantar de Natal naquela noite. Ela fechou seu laptop, conferiu para ver se tudo estava desligado e deixou a suíte. Enquanto aguardava o carro aquecer, mexeu no rádio. Apesar do motivo, havia algo de familiar e aconchegante em dormir na casa de Kate mais uma vez. Os tempos de Mayfield, quando ela fugia dos dormitórios no fim de semana para ficar com a família Michaels, voltaram com força.

No início ela gostava da residência estudantil. À noite, depois do jantar, ela e seu grupo de amigas faziam os trabalhos de aula. Professoras e monitoras rondavam os corredores, era obrigatório deixar portas abertas e elas se certificavam de que as meninas estivessem nos quartos estudando. Às 21h30, elas tinham um tempo de ócio e muitas vezes pediam pizza, passando a hora e meia seguinte antes do toque de recolher e do apagar das luzes rindo e contando histórias. Para incrementar a diversão, tinha a vodka que vinha com o entregador de pizza que elas mais gostavam. No último ano de Blaire no colégio, uma das outras meninas foi pega saindo de fininho no fim de semana. Reforçou-se a segurança, declarou-se o toque de recolher e nada mais era divertido. O número de fins de semana que ela podia ficar fora foi limitado, até que Lily mudou tudo.

Em uma noite de sexta-feira, os Michaels haviam levado as meninas ao Haussner's, um marco de Baltimore conhecido pelas centenas de quadros que cobriam praticamente cada centímetro das paredes, e um dos preferidos de Blaire. Durante a sobremesa, Lily bebericava o café e olhava para ela.

— Blaire, querida. Harrison e eu temos uma coisa para conversar com você.

Ela se lembrava de ter entrado em pânico. Até onde ela sabia, uma frase que começava daquele jeito era precursora de más notícias. Vasculhou o cérebro, tentando pensar em alguma coisa que pudesse ter dito ou feito para aborrecê-los. Uma olhadela de canto para Kate não ajudou em nada; ela estava de olho em Lily.

Blaire soltou um pigarro.

— O que é?

Lily sorriu, e todas as reservas de Blaire evaporaram.

— Estávamos nos perguntando se você gostaria de morar conosco em vez de ficar na residência estudantil.

— Hã — começou a dizer, mas Lily prosseguiu:

— Antes que você responda, só queremos que saiba o quanto passamos a amá-la e que, bom, agora você faz parte da família.

— Lily estendeu a mão para Kate. — Estamos muito contentes

que nossa filha tenha você ao lado dela. Parece uma besteira ficar sozinha no colégio quando poderia estar conosco.

— Eu ia adorar — disse, e virou-se para Kate. — Você sabia?

Kate sorriu e fez que sim.

Isso havia sido há muito tempo, mas Blaire sempre fora grata pela maneira como a família de Kate a aceitara.

Ela engatou a marcha do carro e partiu para a casa de Kate. Sua amiga estava desmoronando de novo e precisava dela. Ela sabia que, se estas ameaças não acabassem logo, não tardaria até Kate ruir de vez.

DEZENOVE

Kate ouviu a campainha e foi até a entrada, fazendo um meneio para Brian, o guarda de serviço, quando ela abriu a porta e deixou uma rajada de frio entrar. O clima havia dado uma guinada drástica no dia anterior. Blaire, usando uma parka de plumas e uma touca de lã cinza, bateu os pés e roçou as mãos com luvas ao entrar na casa.

— Que bom que você vai passar uns dias aqui. Deixe-me pegar seu casaco — disse Kate, tirando um cabide do armário de entrada. — Deixe a mala aqui. Fleur leva para o quarto. — Ela estava ansiosa para mostrar a Blaire a imagem que havia encontrado no livro de colorir de Annabelle. Pendurou o casaco e virou-se de novo para a recém-chegada. — Vamos à sala de leitura só um minutinho.

Kate fechou a porta.

— Veja. — Ela tirou o celular e passou as fotos até encontrar a que havia tirado do desenho e entregar a Blaire.

— Que coisa... horrível. Onde estava isso?

— No livro de colorir de Annabelle! Anderson levou para conferir digitais, é claro. Eu estou quebrando a cabeça tentando descobrir quem poderia ter colocado ali. — Kate deu de ombros. — Mas talvez esteja aqui em casa há algum tempo.

— Sinto muito, Kate. Quem sabe ele consiga tirar algo daí.

— Duvido muito. O canalha que está fazendo isso sabe cobrir seus rastros. Estávamos torcendo que houvesse um perfil comportamental, mas Anderson diz que a unidade local do FBI está com acúmulo de serviço e, já que não é um caso ativo com serial killer, temos que esperar na fila. Mas aquelas rosas que foram enviadas à Selby podem ser uma oportunidade.

— Como?

— Ele usou um cartão de crédito na compra. Anderson já entrou com uma intimação para pegar os registros com a floricultura. Aí vou poder provar a meu pai e Simon que não sou louca. Que não fui eu que mandei.

— Que ótimo. Quando ele acha que consegue a informação?

— Em breve, eu acho. — Ela suspirou. — Hoje é véspera de Natal... vamos manter a cabeça longe disso, por algumas horas que seja. Preciso ficar com uma cara boa para Annabelle.

— É claro. Onde ela está?

— Na cozinha, fazendo biscoitos com Hilda. Eu disse que iríamos aparecer para ajudar, mas queria conversar com você antes. — Era um grande alívio ela não ter que guardar segredos de Blaire.

— Tia Blaire! — Annabelle entrou pulando na sala, os olhos brilhando. — Você vai fazer biscoitos com a gente?

— Depois conversamos — cochichou Kate, enquanto elas seguiam Annabelle pelo corredor.

— Mmm. Que cheiro de padaria — disse Blaire, quando elas entraram na cozinha.

Com ajuda de Hilda, Annabelle subiu na cadeira que estava encostada no balcão do centro da cozinha, com uma imensa tigela de massa de biscoito à sua frente.

— Vamos fazer biscoito doce, tia Blaire. E adivinha? Eu que vou colocar os confeitinhos de fada!

— Ah, posso ajudar?

— Sim. Mas antes tem que lavar as mãos — respondeu a menina, séria.

— Rá, falou a filha da médica.

Kate entregou um rolo de massa a Blaire.

— Aqui está. Veja se você consegue uma massa fininha como da Otterbein's.

— Está brincando, né? Lembra das minhas habilidades com biscoito?

Blaire pegou um naco de massa e fez uma bola antes de rolar. Observando-a, Annabelle também pegou um naco e Hilda tirou um pedacinho, que segurou na frente da boca da menininha.

— Tome, prove. Delicioso, não é? — disse a babá, enquanto Annabelle colocava na boca e mastigava.

— Hilda! — A voz aguda de Kate fez todas pularem. — O que você está fazendo? Isso leva ovo cru. — Qual era o problema daquela mulher? Kate aproximou-se de Annabelle e a segurou pelo queixo, olhando nos olhos da filha. — Você não pode comer isso, querida. Só comemos biscoito depois que sai do forno. — Ela dirigiu um olhar de reprovação a Hilda.

— Nós sempre comíamos a massa quando eu era pequena... — comentou Hilda.

— Não me interessa o que você fazia. Não é seguro. Ela pode pegar salmonela. E não são só os ovos. Farinha crua pode transmitir *E. coli*. — Será que esta mulher sempre fora tão negligente com o bem-estar de sua filha, e só agora Kate estava notando? Seria mais uma ocasião em que Kate não sabia julgar o caráter das pessoas ao seu redor?

Hilda pareceu envergonhada.

— Sinto muito, Kate. Eu não sabia.

Todas ficaram em silêncio até Blaire falar, em tom animado.

— Ok, hora dos confeitos mágicos das fadas.

Ela colocou uma forma de assar com arvorezinhas de Natal recém-moldadas em frente a Annabelle, que espalhou com alegria os confeitos vermelhos e verdes. Kate fez o possível para manter a calma na frente de Annabelle, sorrindo ao pegar a forma e colocar ao forno. Elas continuaram assim por duas horas, até encherem quatro grandes latas de biscoito. A mente de Kate agitava-se sem parar.

O homem encarregado das finanças da família, uma pessoa que ela conhecia desde a infância, seguia ela e tirava fotos. Sua babá deixava Annabelle comer ovos crus. Seu pai mantinha sigilo quanto à briga com a mãe no dia em que ela foi morta. Simon, na melhor das hipóteses, fazia pouco caso do que ela sentia e do que pensava de Sabrina e, na pior, era infiel. E um maníaco havia estado na sua casa apesar de uma equipe de profissionais contratada para fazer segurança. Quem mais ela julgara de maneira tão errada? Ela teria como confiar nessa gente, diante de tudo que se passava? A única pessoa em quem ela tinha confiança havia sido tirada de sua vida, e agora nada mais parecia certo, nem a santidade de seu próprio lar...

— Doutora English — disse Fleur, entrando na cozinha e tirando Kate de seus pensamentos. — A mesa da sala de jantar está posta para hoje à noite. A senhora e a senhora Barrington já almoçaram?

Kate olhou para o relógio. 13h30.

— Não. Nem notei o horário.

— Eu cuido da cozinha. Fiz uma sopa hoje de manhã. Se desejarem, sentem-se no jardim de inverno e eu levo para as senhoras.

— Obrigada, Fleur. — Kate estava mesmo cansada. Cansada e irrequieta naquele momento. Comer lhe faria bem.

Alguns minutos depois, elas estavam no jardim de inverno enquanto Fleur colocava uma sopeira coberta e duas tigelas sobre a mesa de carvalho descolorado à frente das duas. Quando Kate ergueu a tampa, o vapor subiu e o cheiro apetitoso de Old Bay encheu o ar.

— Siris de Maryland. Eu devo estar no céu! — exclamou Blaire.

— Não consigo me lembrar da última vez em que tomei sopa de siri marylandesa genuína.

— Lembra a primeira vez que você provou siri no vapor? — perguntou Kate, levando uma colherada à boca.

Blaire riu.

— Sim. No início, achei que você estava louca, comendo esses crustáceos com cara de aliens.

Kate sorriu para ela.

— Mas, a seu modo aventureiro de sempre, você se jogou de cara.

— Eu esmaguei o negócio na casca mesmo, usando a marreta. Nunca vou esquecer a cara que seu pai fez. Ele me deu um tutorial detalhado do jeito certo de abrir a casca.

— Aquela noite foi perfeita. — Kate se perdeu nas lembranças. Naquela época tudo parecia tão inocente e descomplicado. Ela pensou nas idas e vindas que a vida delas havia dado desde os dias de juventude e sentiu uma nova onda de pesar. — Sabe, a primeira vez em que eu entrei na Barnes and Noble e vi seu livro na prateleira de mais vendidos, eu tive um acesso de orgulho... e depois de tristeza, porque não podia lhe dizer como eu estava orgulhosa. Lembrei de todas as noites que nós tínhamos ficado na cama lendo sobre o futuro, nossos sonhos de escrever livros e fazer medicina. Nós tornamos os sonhos em realidade, mas uma perdeu a outra pelo caminho.

— Eu também pensava em você. Foi você que sempre me disse que um dia ia ver meus livros na livraria. Poder dividir o que eu senti teria sido perfeito.

— A propósito, minha mãe estava radiante naquele dia. Ela comprou dez exemplares e deu para todas as amigas. Disse que eu devia ligar para você e dar os parabéns. — Kate suspirou e olhou para o chão. — Eu fui muito teimosa — completa, com voz meiga.

— Tudo bem, Kate. É hora de deixar os arrependimentos no passado. Estamos juntas. É isso que importa.

— Eu li todos, sabia? E *estou* muito orgulhosa.

— Obrigada. Para mim, isso é tudo — confidenciou Blaire, a voz fraquejando.

Quando elas terminaram, já era mais de 14 horas e o céu começava a ficar cinza.

Hilda trouxe Annabelle enquanto elas estavam encerrando.

— Se você quiser, eu levo Annabelle para cima e vejo se ela consegue tirar um cochilo antes do jantar. Ou pelo menos um tempinho de descanso. Talvez ela fique acordada até tarde hoje, esperando o Papai Noel.

— Quero que a mamãe me leve.

Kate sorriu para ela.

— Quem sabe eu subo e ajudo você a escolher uns livros?

— Tá bem — falou Annabelle, baixinho.

Elas se arrastaram escada acima, a menina agarrada à mão de Kate. Seu bebê estava sentindo os efeitos de tanto estresse. Kate empurrou a porta e ligou a luz.

— Então, meu amor, escolha livros para a Hilda ler e eu venho te ver daqui a pouco. — Annabelle correu à sua estante e começou a procurar. Quando Kate virou-se, um pote de remédio para tosse sobre a penteadeira de Annabelle chamou sua atenção.

— Hilda, o que isso está fazendo aqui?

Hilda olhou para o pote e depois para Kate, os olhos arregalando-se.

— Você deu para ela hoje de manhã, lembra?

Kate mal conseguia controlar a raiva.

— Eu coloquei de volta no armário de remédios. Eu nunca deixaria aqui, onde ela pode pegar.

Hilda deu de ombros.

— Eu sei que você não deixaria aí de propósito. Quem sabe foi guardar e se distraiu com alguma coisa?

— E você não viu antes nem pensou que devia tirar do alcance da minha filha?

Hilda ficou de boca escancarada por um instante, os olhos dirigindo-se a Annabelle, que olhava para as duas do outro lado do quarto.

— Desculpe, Kate. Não notei. Eu teria guardado se tivesse visto. Pode deixar que faço agora.

Fazendo não com a cabeça, Kate pegou o pote ela mesma e levou ao banheiro, onde devolveu à prateleira mais alta. De modo algum ela tinha se esquecido de guardar um remédio. Sentiu o calor subir por seu rosto. Ela não havia esquecido. Alguém havia colocado aquilo ali, fosse para deixar Annabelle em perigo ou para fazê-la pensar que estava perdendo o juízo. Talvez Hilda. Talvez ela quisesse vingar-se de Kate por deixá-la sem jeito quanto aos ovos crus. Não, isso seria ridículo. Hilda nunca faria mal a Annabelle. Será que Kate teria ficado tão distraída a ponto de achar que havia guardado, mas esqueceu?

Podia ter sido Simon. Ele vinha fazendo muitas insinuações sobre o estado de espírito dela. Kate ia observá-lo com mais atenção. Ela desceu ao térreo de novo, tentando afastar a nuvem de preocupações que se abatia sobre si. Encontrou Blaire na cozinha preparando chá para as duas.

— Meu pai vem às 17h30, então vamos jantar por volta das 18 horas. Com sorte, Simon estará em casa.

— *Onde* ele está? As empresas não fecham, ou não fecham mais cedo, na véspera de Natal?

— A empresa *está* fechada. Mas ele disse que recebeu uma ligação urgente hoje de manhã, a respeito de um problema de integridade na estrutura de um prédio do centro, alguma coisa a ver com armações de aço. Ele teve que se encontrar com o engenheiro no local. — Ela apostava que a tal ligação de emergência que ele recebera naquela manhã tinha sido de Sabrina. Provavelmente, fingindo que precisava de uma injeção de ânimo no primeiro Natal sem o pai. Kate estava certa de que a jovem tinha segundas intenções. Ela seria mais solidária, mas acreditava que boa parte do luto de Sabrina era apenas fingimento para chamar atenção do seu marido.

— Disse? — provocou Blaire.

— É véspera de Natal. E nem me interessa mais. Além disso, tenho coisas mais importantes em que pensar. Depois que encontrarmos esse assassino, Simon vai embora de casa de novo. O casamento acabou.

— Com licença, senhora. — Era Joshua, da equipe de segurança.

— Sim?

— Chegaram flores para a senhora Barrington. Abrimos a caixa só para conferir se estava tudo correto. Posso trazer?

— Sim, por favor — respondeu Kate.

Ele voltou com uma caixa com duas dúzias de rosas vermelhas.

Quando Kate olhou para as flores, a imagem das rosas brancas da noite anterior — as que ela não havia comprado — retornaram. Ela deu as costas à encomenda.

Blaire pegou o cartão.

— São de Daniel. Eu disse que você havia me convidado para ficar aqui hoje à noite e amanhã.

— Ele deve estar com muita saudade. — Quando fora a última vez que Simon havia lhe enviado flores? Ela não lembrava. Mas que diferença faria? Ela não podia mais confiar nele. Kate foi acometida por uma sensação ruim de medo e solidão. Blaire havia voltado a ser a sua rocha, mas era claro que a amiga não poderia ficar para sempre. Ela tinha a própria vida, o próprio marido, que lhe enviava flores, e tinha que voltar à sua carreira. Fazendo o possível para tirar aquilo da cabeça, ela perguntou:

— Quer me ajudar a acabar de embrulhar os presentes de Annabelle?

— Eu ia adorar.

— Está tudo lá em cima, em um dos quartos de hóspedes. Coloquei o último hoje de manhã. — Ela olhou para Blaire quando elas subiram as escadas. — Quando eu digo "tudo", parece que é muito. Eu só comprei mesmo para Annabelle. Pedi algumas coisas na internet. Queria ficar feliz por conta dela, mas não consegui me dedicar.

— Sei que não dá. E é compreensível — confortou Blaire, quando elas chegaram ao patamar superior.

Juntas, elas foram rápidas nos pacotes, levaram os presentes para baixo e os colocaram debaixo da árvore de Natal de quase três metros, que preenchia o canto da sala.

Elas sentaram-se em um dos sofás que dava para a lareira.

— Você gostaria de um drinque? Um vinho? Gemada? — perguntou a dona da casa.

Blaire fez que não.

— Nada, por enquanto. Acho que vou subir e me preparar para o jantar. Também quero telefonar para o Daniel.

— É claro.

Alguns minutos depois, Simon entrou, ainda de sobretudo.

— Resolveu a grande emergência? — perguntou Kate.

Ele ergueu as sobrancelhas.

— Sim, tudo sob controle. Desculpe ter que sair. Vou tomar um banho antes do jantar.

Depois que ele subiu, Kate entrou na cozinha para dispor as travessas no balcão da cozinha. O cozinheiro, Claude, havia preparado a ceia no início da manhã. O filé mignon enrolado em pancetta e o purê de batatas estavam no forno baixo, reaquecendo, e Kate ia colocar tudo nas travessas assim que todos estivessem prontos para comer. Ela abriu uma garrafa de Silver Oak Cabernet Sauvignon e a deixou na mesa da sala de jantar.

A campainha soou e, quando Kate foi atender, Annabelle veio pulando pela escada com Simon logo atrás. Ela vestia um pequeno vestido branco com acabamentos em vermelho e meia-calça vermelha. Os olhos de Kate marejaram quando ela notou que era uma das roupas que Lily havia comprado para a neta um mês antes. O cabelo loiro de Annabelle estava preso em dois rabicós cacheados, amarrados com uma fita vermelha, e seus grandes olhos castanhos brilhavam de animação.

— É o Papai Noel? — Ela dançou em volta de Kate enquanto se aproximava da porta de entrada.

— Acho que não, meu amor. Deve ser o vovô. Papai Noel só vem quando formos dormir. E, provavelmente, vai entrar pela chaminé.

Brian abriu a porta e deixou o pai de Kate entrar.

Ela conseguiu armar um sorriso que pareceu natural.

— Pai. — Ela estendeu os braços para abraçá-lo assim que entrou. Achou-o com cara de cansado.

— Minhas meninas preferidas — disse, beijando Kate e abaixando-se para abraçar Annabelle. — Olhe só você. Que natalina perfeitinha.

— Vovô! Hoje o Papai Noel vem.

— Vem, é?

— Vem. E vai trazer brinquedos para mim.

— Vamos para a sala de estar — coordenou Kate. Ela ainda estava incomodada com o pai, mas decidira tirar aquilo da mente até o Natal passar. Ela só queria suportar os próximos dias pelo bem da filha. Depois que se sentaram, o celular no seu bolso vibrou. Ela tirou-o e destravou.

Mortes por intoxicação alimentar aumentam nos fins de ano
Quitutes feitos em casa, com temperos mortais
Seria uma pena você morrer nesta véspera de Natal
Ainda mais com tantos presentes sob esta árvore chinfrim
Será que tem um para mim?

Era como se um elefante estivesse pisando em seu peito.

— Kate, você está bem?

Ela tentou falar, mas as palavras não saíram.

— Respire, Kate. Onde está seu remédio?

— Na cozinha.

Harrison voltou instantes depois com um copo de água e um comprimido.

Ela engoliu tudo.

— Como ele sabe...? Toda as janelas da casa estão tapadas.

Ao estender seu telefone para o pai ver, recebeu uma ligação. Era Anderson.

— Eu sei que é véspera de Natal, mas o senhor poderia vir aqui? — disse, antes de qualquer cumprimento.

— Eu estava ligando para avisar que estou a caminho.

Ela ficou sentada e parada, como se em transe. Harrison puxou Simon de lado e cochichou algo com ele. Os olhos do marido arregalaram-se e ele olhou para Kate, depois para Hilda.

— Hilda, poderia dar um banho em Annabelle antes do jantar? — perguntou Simon.

— Mas você ainda não leu *A véspera de Natal* — A menina queixou-se.

— Prometo que, assim que você descer, nós leremos.

Quando elas saíram da sala, Harrison mostrou a mensagem no celular a Simon e Blaire. Kate sentiu que estava pairando sobre a sala, enxergando todos por uma lente embaçada. Ela observou rostos cruéis tendo conversas veladas, sem conseguir focar.

Anderson chegou, na percepção dela, em questão de minutos. mas, ao conferir o relógio, viu que passara quase meia hora. Ela piscou, começando a sentir-se mais controlada, concentrando-se na boca do investigador enquanto ele falava.

— A mensagem veio via VPN de novo, então não conseguimos rastrear. Vamos iniciar uma proteção policial. Uma viatura ficará na frente da casa. — Ele olhou para Simon. — Eu sei que o senhor recusou da primeira vez e contratou a própria segurança, mas terei que insistir.

— Claro — disse.

Kate andava de um lado para outro.

— Eu não entendo... Depois da última mensagem, nós garantimos que ninguém pudesse olhar para dentro da casa. Como é que ele sabe dos presentes embaixo da árvore? E da alergia... hoje nós fizemos biscoitos. Deve ser alguém que tem acesso à nossa casa.

— É Natal. Todo mundo tem presentes sob a árvore. Não há nada de específico nessa mensagem que sugira que alguém tem acesso à sua casa. Aliás, eu diria que, se essa pessoa tivesse, a mensagem incluiria mais detalhes.

— Mas como que ele sabe da alergia que Kate tem a nozes? — perguntou Simon.

Anderson ergueu uma sobrancelha.

— Eu não falei que era um desconhecido.

— Todo mundo no nosso círculo sabe — confidenciou Kate. — Antes de comer qualquer coisa, eu sempre tenho que conferir os ingredientes.

— E quanto à equipe de segurança? — foi a vez de Blaire. — Alguma chance de um deles estar envolvido?

Simon lhe dirigiu um olhar contundente.

— Não estamos em um dos seus livrinhos, Blaire. Eu os contratei *depois* que isso começou. Duvido muito que seja alguém infiltrado.

— Certo, certo. Não precisamos de sarcasmo — ponderou Anderson.

— E Hilda? — perguntou Blaire. — Ela poderia estar relacionada?

Simon fez que não.

— Não, ela trabalha conosco desde que Annabelle era bebê. Estava aqui quando Lily foi morta. Não há como ela estar envolvida. E nossa filha já está bem incomodada com tudo. Não quero tirar Hilda dela.

— Eu sei que isto não é um livrinho de suspense — Blaire pendeu a cabeça para Simon —, mas talvez você devesse mandar a equipe de segurança procurar escutas, porque essa pessoa está pegando as informações de algum jeito. Quando veio a última mensagem, foi só uma suposição de que alguém olhou pela janela. Talvez tenha uma câmera ou gravador na casa.

Anderson olhou para Simon.

— Supus que já haviam feito isso.

Kate estava sentada, esforçando-se para acompanhar o vai e vem da conversa. Blaire tinha razão. Devia haver câmeras por ali. Sua pele começou a coçar, como se houvesse coisas rastejando por todo o corpo. Ela olhou para o teto, seus olhos percorrendo o gesso de um canto a outro, procurando um aparelho que talvez estivesse observando cada um de seus movimentos. Ela estava sendo espionada. Os detalhes mais íntimos de sua vida eram de conhecimento de um maníaco que havia matado sua mãe e agora também a queria morta. Ela levou uma mão à garganta e olhou para Simon com desconfiança.

— Você me disse que essa equipe de segurança era de primeira linha. Por que ainda não conferiram isso? Havia tanta gente aqui no dia do velório. Qualquer um podia ter plantado câmeras. Podem estar em qualquer lugar.

— Até agora não tínhamos motivos para pedir que eles fizessem uma varredura em busca de câmeras — defendeu-se Simon. Ele olhou para Anderson. — Por que o senhor supôs que eles iam conferir? Se achava necessário, a polícia mesmo não deveria ter feito?

Por que eles não tomavam alguma atitude que não fosse ficar só de papo? Era enlouquecedor. Kate levantou-se.

— Façam agora! Eu não posso ficar aqui sem saber se estão me observando.

Anderson pegou o celular e digitou um número.

— Vou solicitar uma equipe técnica. Eles vão vistoriar a casa. — Ele falou ao celular, desligou e depois virou-se para Simon. — Como o senhor ressaltou, não tínhamos motivo para fazer isso até agora.

Kate analisou o rosto de Anderson ao falar com Simon. Ele estava furioso. E havia algo mais na sua expressão… Desconfiança? Ou era apenas irritação? Ele sabia de algo que ela não sabia?

VINTE

Quando Blaire acordou na manhã de Natal, bem cedo, a casa ainda estava em silêncio. Sem querer incomodar os outros, ela desceu a escada na ponta dos pés e foi à cozinha. Eles haviam ficado acordados até tarde. A polícia aparecera com todo seu aparato e vasculhou a casa, chegando a conferir o roteador de Kate e Simon para ver se alguém havia se conectado ao wi-fi. Não detectaram nada. Kate continuava convencida de que câmeras ocultas a espreitavam, mas a polícia lhe garantira que, se fosse o caso, a câmera tinha que transmitir para algum lugar, e que não havia nenhum sinal. Kate ficou arrasada. Blaire não a culpou, pois teria explicado tudo. Mas agora estava claro que quem fazia aquilo era alguém muito próximo.

Algo mais a incomodava. Logo depois de Simon finalmente chegar em casa de sua dita emergência arquitetônica no dia anterior, uma caixa enorme fora entregue. Os dois guardas foram conferir, mas Simon correu até eles.

— Está tudo bem — dissera, olhando para a etiqueta de devolução. — Eu que pedi. É um presente de Natal para Annabelle.

Eles recuaram enquanto Kate se aproximou.

— O que é? — O desconforto na voz era evidente.

Simon sorriu e bateu no alto da caixa.

— É o mini Range Rover motorizado em que eu estava de olho. Ela vai amar.

— O quê? Você perdeu a noção? Quanto isso custou?

— Mil e quinhentos. Temos como pagar.

— *Quem* pode pagar? Você? Ou eu? Você usou o meu dinheiro ou o seu?

Blaire observou Simon enrijecer-se e seu rosto ficar vermelho.

— Achei que o dinheiro era *nosso*.

— Você não percebe que estamos em uma hemorragia financeira com esse monte de seguranças? Como você pode ser tão leviano? — Ela apontou o dedo para ele, tremendo. — Nós já falamos disso. Se for uma compra grande, temos que discutir antes. Não quero que Annabelle vire uma criança mimada.

— Tudo bem. Eu devolvo — disse, em voz baixa.

— Devolva mesmo! — Kate saiu pelo corredor batendo o pé, e Blaire olhou para Simon antes de segui-la. Ele fez uma carranca de fúria para ela e lhe deu as costas.

Nesse momento, Blaire estava servindo café e perguntando a si mesma se a discussão de ontem se prolongaria à manhã de Natal. Ela foi até as portas de correr na sala de café, abriu as grandes persianas e espiou fora. Havia um leve salpicado de neve no chão, os flocos grandes ainda caindo. Seria um Natal com neve.

O clima fora similar no primeiro Natal após sua mãe ir embora. Blaire ainda acreditava em Papai Noel e havia lhe escrito uma carta, pedindo para ele trazer Shaina de volta. Sua mãe podia ser muito divertida, mas, às vezes, era rabugenta e irritada. Quando estava com esse humor sombrio, ela gritava com Blaire para deixá-la em paz, seu rosto contorcido de raiva. Uma coisa simples como a menina pedir um lanche da tarde podia desencadear a fúria. Mas depois a mãe se arrependia, pedia desculpas e tentava fazer as pazes com Blaire. Quando a menina voltava do colégio, ela tinha indícios de como a mãe ia agir. Se ela estivesse tocando música agitada e dançando, as coisas iam melhorar. Ela ia pegar Blaire pela mão, elas iam rir e dançar e ela diria à filha que um dia a veriam na telona do cinema. Seus olhos iam brilhar e seu sorriso, enquanto estivesse contando os planos, seria imenso. Ela iria para Hollywood e seria descoberta. Depois, se Blaire se comportasse, sua mãe ia mandar buscá-la e elas iam morar em uma grande mansão em Beverly Hills. Blaire não queria pensar na mãe indo embora de casa, mas, quando ela disse isso, Shaina ficou gélida e disse a Blaire que ela estava sendo egoísta, então ela fingiu estar empolgada pela mãe.

Se Shaina estava tocando músicas tristes quando ela voltava, Blaire sabia que tinha que ficar quieta. Se não a mãe ia berrar e dizer que o pai de Blaire havia destruído sua vida. Que, se ela não houvesse casado com ele, já seria uma estrela de cinema famosa etc. Blaire nunca ressaltou que, se a mãe não houvesse casado com ele, ela não teria nascido. Mas pensou.

Ela espiou o relógio na parede. 5h30. Era muito cedo para ligar para Daniel e desejar feliz Natal. Eles ainda não haviam se falado e ela estava ficando incomodada. O voo que ele havia pego em Londres havia chegado a Chicago na noite anterior. Hoje ela devia estar com ele e com a família dele, não de hóspede na casa de Kate. Ela sabia que era importante estar ali, mas não facilitava imaginá-lo com os pais e a irmã, aproveitando a companhia dos outros, rindo e trocando presentes, enquanto ela estava aqui. Serviu mais uma xícara de café e esquadrinhou os armários até achar o açúcar.

— Bom dia. — A voz de Hilda lhe deu um susto, e ela se virou.

— Bom dia, Hilda. Feliz Natal.

Blaire estava surpresa que Hilda não fora passar o Natal com a própria família, mas Kate lhe dissera que a babá havia pedido para passar ali, com Annabelle.

— Feliz Natal — respondeu Hilda.

Annabelle entrou correndo na cozinha, seguida de Kate e Simon.

— Feliz Natal! O Papai Noel veio? — perguntou a jovem, os olhos arregalados e animados.

— Não sei. Ainda não olhei — respondeu Blaire, sorrindo. — Preparei café.

— Bendita seja — falou Kate.

Blaire notou que a amiga estava com uma aparência horrível. As olheiras lhe faziam parecer oca. Seus cabelos loiros haviam perdido o brilho e ela estava mais magra do que nunca.

— Venha, mamãe. Eu quero ver o que o Papai Noel trouxe.

— Ok, pequena. Vou só pegar um café.

Annabelle ia reclamar, mas Blaire veio ao seu resgate.

— Vocês entram. Eu levo os cafés. Seu pai já acordou?

— Sim. Ele está na saleta.

— Ótimo. Vou levar para ele também.

— Deixe-me ajudá-la — prontificou-se Hilda, tirando as xícaras do armário.

Kate deu um olhar de agradecimento a Blaire e pegou a mão de Annabelle. Ela notou que Kate mal olhava para Simon. A tensão entre os dois parecia uma presença no recinto. Ela serviu os cafés e um copo de suco de laranja para Annabelle, pegou alguns biscoitos que achou em uma lata na despensa e colocou tudo em uma bandeja. Quando ela a pousou na mesinha de centro da sala, viu que as luzes da árvore de Natal estavam acesas. A amiga havia lhe dito que fora Simon quem insistira que eles montassem uma árvore, por Annabelle. Kate ficou feliz em ver as luzes multicoloridas. Lily sempre havia dito que as brancas eram lindas e de praxe, mas ela pouco se importava — árvores de Natal eram armadas para as crianças, e luzes cintilantes e coloridas as deixavam mais felizes que as comuns.

Blaire chegou mais perto para examinar os enfeites. Havia muitos, dos vários países que eles haviam visitado, e alguns que pareciam ter significado especial. Recordou-se do Natal de seu último ano de ensino médio, quando Lily deu a cada uma um enfeite — o de

Blaire era um leão que representava o mascote de Columbia, e o de Kate era Handsome Dan, o buldogue de Yale. Mais uma vez ela pensou quanto havia perdido da vida de Kate.

— Obrigada pelo café. — A voz de Kate intrometeu-se nos seus pensamentos. — Venha se sentar ao meu lado.

A amiga anfitriã estava sentada sozinha no sofá, Harrison em uma poltrona perto da árvore. Simon estava no chão, de pernas cruzadas com Annabelle, cercada pela pilha de presentes, e Hilda sentara-se próxima aos dois em um sofá otomano redondo. Blaire sorriu enquanto Annabelle rasgava os embrulhos, fazendo "oohs" e "aahs" a cada presente. Eram bonecas, animais de pelúcia, jogos de tabuleiro, Legos e uma bicicleta vermelha novinha com rodinhas. Então Simon entregou a Annabelle uma pilha de presentes, todos enrolados em papel de embrulho com animais vestindo gorros de Papai Noel.

— Livros, né? — cochichou Blaire com Kate.

Ela fez que sim.

— Encomendei pela internet. Pedi que eles mesmos embrulhassem, já que foi em cima da hora. — Ela levantou-se do sofá e foi se sentar perto da filha, enquanto ela desembrulhava cada um.

— Veja, meu amor. — Kate pegou um livro pela mão. — *Os dragões amam tacos*. Vamos ler juntas depois.

Annabelle riu.

— Ele é engraçado. Eu também amo tacos.

— Uau. Quantos livros. Vamos ver o que mais tem aqui — disse o avô, enquanto Hilda pegava o papel de embrulho descartado e colocava em um saco.

Annabelle rasgou o papel do seguinte.

— Olha, mamãe. Por que esse homem está tão bravo? — Ela entregou o livro a Kate, e Blaire inclinou-se para olhar mais de perto.

O pânico encobriu o rosto de Kate.

— Hã, este livro não é para você. Deve ser um engano, meu amor.

Seu sangue congelou quando ela leu o título: *Vendo mamãe morrer*. Era a história verídica de um serial killer.

— Deixe-me ver — disse Simon, pegando o livro de Kate para folhear. Seu rosto ficou pálido.

— Eu não encomendei isso — defendeu-se Kate, a voz trêmula. Blaire viu como estava difícil para ela se conter.

— Deve ter encomendado — disse Simon.

— É óbvio que não! — Ela pegou o livro das mãos dele e deu um salto. Do jeito que ela segurava, Blaire achou que ia rasgar o livro ao meio.

Annabelle ficou sentada em silêncio, olhando de Simon para Kate, obviamente incomodada com a agitação. Hilda pegou a criança no colo e tentou distrai-la.

— Talvez você tenha encomendado por engano... procurando por um livro sobre luto e apareceu este — comentou Simon, a voz suave e tranquilizante.

— Que ridículo. Eu não encomendei isso — afirmou Kate. Ela abaixou a voz para que Annabelle, brincando alegremente com os outros presentes, não a ouvisse.

Ninguém disse nada, e Kate encarou-os com raiva.

— Eu vou provar — bradou, e saiu rápido da sala.

— Ela não ia pedir uma coisa dessas. Deve ter sido um engano, não acha? — falou Blaire, olhando primeiro para Simon e depois para Harrison.

— Deve haver uma explicação sensata — afirmou Harrison. — Você pediu algum livro? — perguntou a Simon.

Antes que Simon pudesse responder, Kate voltou com seu laptop e sentou-se.

— Eu vou mostrar meu histórico de compras. Vocês vão ver.

Eles ficaram trocando olhares enquanto Kate clicava. No fim, ela ergueu os olhos a eles.

— Eu... — Ela levantou-se e o computador escorregou para o chão.

Blaire pegou o laptop e olhou a tela. O livro havia sido encomendado um dia após os demais, mas com certeza era um pedido que Kate havia feito. Blaire engoliu em seco. Agora era certo que a mente de Kate estava deteriorada.

— É um engano. Eu não consigo respirar. Eu não consigo respirar — repetiu, o corpo arfando enquanto ela tentava engolir ar.

Harrison pulou de sua cadeira e correu até ela, mas Kate o empurrou para longe. Simon ficou de pé, a cara de quem não sabia o que fazer.

— Mamãe, o que houve? Você tá doente? — Annabelle parecia quase às lágrimas.

— Está tudo bem, Annabelle. Venha comigo. Quero lhe mostrar uma coisa — disse Hilda, levando-a para fora da sala.

Blaire foi até Kate e a puxou para seus braços. Ela lhe deu um abraço e conseguiu sentir o coração acelerado ribombando e a agudeza extrema das omoplatas sob suas mãos.

— Tudo bem. Tenho certeza de que você está bem. É só um engano. Vamos investigar a fundo — falou Blaire.

Era igual à Kate daquele verão de muito tempo atrás, quando ela entrou naquele lugar escuro e profundo. Se este reino de terror não se encerrasse, Blaire não sabia se Kate conseguiria voltar de lá desta vez.

Kate havia ido se deitar antes do jantar de Natal. Blaire ficou com ela no quarto até dormir. Os outros também estavam cochilando e Simon estava subindo a escada na hora em que Blaire ia descer.

— Como ela está?

— Está dormindo.

— Ótimo. Vou ler um pouco antes do jantar. — Simon seguiu até o patamar.

Blaire voltou à saleta, onde os presentes estavam bem empilhados abaixo da árvore. Alguém devia ter arrumado. Ela esticou-se no sofá e conferiu o celular, decepcionada por ainda não ter recebido ligação de Daniel. Havia tentado ligar antes, mas fora direto para a caixa postal. Ligou de novo, mas mais uma vez não teve sorte. Eles provavelmente haviam ido para a igreja de manhã e estavam preparando-se para o jantar. Blaire sempre ajudava a sogra na cozinha, sentindo-se parte da família.

Daniel havia crescido em Forest Glen, um belo bairro no subúrbio de Chicago. Sua mãe era professora de letras na Universidade de Loyola e seu pai, um executivo de sucesso no ramo da propaganda. Desde a vez em que Daniel levou Blaire para conhecê-los e passar um fim de semana, eles a fizeram sentir-se da família. Barbara, a mãe, a recebera com um abraço caloroso, pegado sua mão e a puxado para a cozinha, para elas poderem "se conhecer melhor". De pronto, Blaire achou que Barbara queria interrogá-la, mas descansou quando viu como era receptiva e simpática. Seus pais eram afetuosos entre si e com Daniel, e ficava aparente que a relação entre eles era ótima. Ela via no modo como Daniel e a família interagiam que eles gostavam muito de ficar juntos, e lembrava a ela da família de Kate e dos bons tempos que ela havia tido com eles.

Ela ficara emocionada quando a família de Daniel também se tornou a sua e, ao longo dos anos, a sensação era de que eles a amavam tanto quanto ele a amava. Blaire sabia que no Natal Barbara iria cozinhar tudo do zero — das bolachas às tortas — enquanto Neal, Daniel e a irmã de Daniel, Margo, lhe faziam companhia e batiam papo sobre tudo desde literatura, esporte e notícias locais até assuntos gerais do mundo.

Ela soltou um suspiro, perguntando-se se eles teriam acabado de abrir os presentes e quando iam sentar-se para jantar. Blaire estava com muita saudade. Detestava pensar neles curtindo o dia sem ela. Não podia continuar ali deitada e pensando como eles estavam distantes, então levantou-se e entrou na sala de jantar.

A mesa havia sido posta de modo simples para a refeição. Ela passou a mão pelo nó de árvore polido. Esperava uma mesa mais elaborada — do tipo que Lily sempre preparava, com porcelana requintada, cálices de cristal e prataria com iniciais. Blaire nunca esqueceria a primeira vez em que jantara com Kate e os pais. Harrison havia pedido a Blaire para alcançar o sal e ela o fez, entregando-o o saleiro. Depois, em privado, Lily havia chamado Blaire de canto e lhe dito que, quando alguém pedia ou sal ou pimenta, a educação mandava alcançar *ambos*. Havia tanta coisa que Lily havia lhe ensinado sobre etiqueta e boas maneiras, coisas de que Shaina, e com certeza Enid, não tinham a mínima noção.

Blaire sentiu um aperto no peito e a mágoa da perda percorreu seu corpo. Um soluço fugiu de seus lábios e ela agarrou a cadeira à sua frente enquanto respirava fundo. Havia tanta coisa que ela queria dizer a Lily, tanta coisa que precisava dizer. Mas um monstro havia tomado sua vida e, com ela, a última esperança de Blaire revê-la.

Passados alguns minutos, ela se sentiu calma de novo e afastou-se da mesa. Estava arrumada de forma simples, seis conjuntos sobre arranjos festivos, sem velas, cristal ou folhagens. Não havia uma peça de centro, mas, mais uma vez, Blaire percebeu, arrumar uma mesa bonita devia ser a última preocupação na mente de Kate.

Ela foi juntar-se aos outros quando ouviu a vozinha animada de Annabelle. Kate parecia adormecida, mas, com certeza, estava menos agitada quando Blaire entrou na saleta, onde estavam todos reunidos.

— Sentindo-se melhor? — perguntou Blaire.

— Um pouquinho. Tem gemada na geladeira. Alguém gostaria de gemada? Pai, pode pegar? Uma xícara para Annabelle também. Não leva rum.

Blaire estudou-a. Kate ainda estava à flor da pele, assustada. O Valium parecia ter ajudado um pouco, mas não o bastante.

— É claro, querida — disse Harrison, o olhar incomodado ao sair da sala.

Kate torcia as mãos sobre o colo e olhava para a frente. Ninguém disse nada. Quando Harrison voltou com uma bandeja de gemada, a campainha soou.

Kate parecia em choque.

— Quem pode ser?

Simon deu de ombros.

— Se os seguranças deixaram passar, deve ser alguém que nós conhecemos. Vou ver.

Quando ele voltou à sala com Sabrina ao lado, Blaire quase cuspiu a gemada que havia acabado de provar. A possível rival estava deslumbrante, com um vestido negro rente ao corpo que Blaire identificou como sendo da marca de Victoria Beckham. Seus lábios estavam pintados de cor de rosa choque para enfatizar a sensualidade. Ela tinha uma grande sacola de compras Neiman Marcus.

— Feliz Natal a todos. Não queria interromper a comemoração de vocês, só queria deixar os presentes porque estava a caminho da casa de uma amiga — anunciou.

Simon dirigiu um olhar de quem não tinha culpa a Kate, e Blaire segurou seu copo com mais força. Uau. A audácia daquela menina. Intrometer-se no Natal deles, vestida daquele jeito?

— Olá, Sabrina — disse Kate, sem rodeios. — Por favor, entre.

Simon, visivelmente tenso, lhe ofereceu um drinque.

— Eu adoraria. Você sabe do que eu gosto.

Kate deu um olhar fulminante para ele, que estava, evidentemente, evitando contato visual com ela. Blaire assistiu enquanto ele preparava um martini. Simon entregou o drinque a Sabrina, e ela bebericou só um pouquinho antes de soltar sobre a mesa de centro, sem evitar que não respingasse na mesa.

Kate bufou e se levantou, secando o líquido e deixando um guardanapo sob o copo.

Sabrina olhou para Kate.

— Desculpe, Kate. Não quis manchar sua mesa. — Sem esperar resposta, ela foi até Annabelle. — Olá, meu amor. Tenho um presente para você.

Meu amor? Blaire não acreditava que Kate estava ali parada sem dizer nada.

— O que é? — perguntou Annabelle, sorrindo para a recém-chegada.

Sabrina lhe entregou uma caixa ornada com papel metálico verde, com um laço de veludo vermelho em volta.

— Obrigada — sussurrou Annabelle.

Ela abriu a caixa e mostrou uma boneca idêntica a menina. Ela tinha cachos loiros e olhos castanhos, assim como a Annabelle.

— Ela é igual a mim!

— Sabrina, você não precisava dar um presente para Annabelle — disse Kate, a voz forçada.

Sabrina não se deu ao trabalho de olhar para Kate, mas, imprudentemente, tirou um cachinho dos olhos de Annabelle.

— Eu queria. Não é linda, Annabelle?

— Que belo presente — afirmou Simon. — Muita consideração da sua parte, Sabrina.

Blaire olhou para ele. Que canalha. Desfilando a amante na frente da esposa e do sogro. Era quase como se ele tivesse um prazer doentio com a situação. Blaire conseguia imaginar os dois rindo daquilo tudo mais tarde. Não importava o quanto tivesse que lutar, ela ia desmascará-lo. Como ela ousava jogar com Annabelle daquele jeito? Blaire queria arrancar a boneca das mãos dela. O calor subiu pelo seu rosto, enquanto indignação e fúria tomavam conta do resto do corpo.

Annabelle a abraçou forte.

— Eu amei!

— Tem mais! — Ela colocou a mão na sacola e tirou outra caixa. Esta não estava embalada: uma caixa de chocolates Godiva. — Para você, Kate. Eu sei o quanto você ama chocolate. — Ela deixou na mesa à sua frente.

— Obrigada, mas não compramos nada para você.

Sabrina sorriu para ela.

— Não precisa se preocupar, a amizade de vocês já basta. Vocês dois foram tão carinhosos comigo nos últimos meses. É meu primeiro Natal sem meu pai. Tem sido difícil…

Kate lhe devolveu um sorriso forçado.

— Sim, bem, muito obrigada pelos presentes. Foi muito atencioso — disse, mantendo a compostura. — Tenho certeza de que você está ansiosa para ir à sua festa.

Uma risada nervosa escapou de Simon.

— Sabrina, obrigado por passar aqui. Eu levo você até porta.

O som das vozes vinha do saguão, mas era difícil discernir o que estavam dizendo. Todos ficaram em um silêncio tenso, esperando ele voltar. Por fim, Kate levantou-se e ajeitou a saia.

— Por que está demorando tanto? — perguntou, indo a passos largos em direção ao saguão bem quando ele estava voltando. Os olhos dela eram pequenas fendas.

— Que gentil da sua parte unir-se a nós. Por que demorou tanto?

Simon deu de ombros.

— Fui só levá-la até a porta.

Kate apontou para a protuberância no bolso de Simon.

— O que é isso?

— Podemos conversar depois? — respondeu, dando um suspiro.

Blaire olhou para Harrison, perguntando-se se ele estava tão pouco à vontade quanto ela.

— O que ela lhe deu? — A voz de Kate se elevou.

Tirando algo do bolso, ele entregou a ela.

— Era do pai de Sabrina. Ela achou que eu fosse gostar.

Kate pegou e abriu a caixinha. Seu queixo caiu.

— Um anel? Ela lhe deu um anel?

— Eu já disse que era do pai dela. Você sabe como nós éramos próximos.

Blaire via que Kate estava prestes a explodir, e não ia culpá-la. Aquela mulher... era muita audácia.

— Conversamos sobre isto mais tarde. Vou ver o jantar. — A voz de Kate tinha um tom gélido. — E Hilda — disse, olhando para trás ao deixar da sala — livre-se destes doces. Não é seguro para mim, o que Sabrina já devia saber.

Depois que ela saiu da sala, Harrison foi até Simon e os dois conversaram baixo, de modo que Blaire não conseguiu ouvir. Ela imaginou que ele estava repreendendo Simon por conta do que acabara de acontecer. Blaire continuava tão furiosa que podia cuspir fogo.

A mortalha sobre o que restou do dia de Natal nunca esmoreceu. Quando finalmente era hora de dormir, Blaire ficou aliviada em retirar-se para a paz e tranquilidade do quarto de hóspedes ao lado do quarto de Kate. Era um ambiente grande, com uma parede inteira de janelas que iam do piso ao teto, junto às quais pendiam cortinas de seda cinza-claro. Uma cadeira branca de almofadas fundas e um conjunto de sofás ficavam no canto, de frente para a cama *king-size* em forma de trenó. As cores eram suaves, tons esmaecidos de cinza e branco, o que dava ao quarto sensação de paz e tranquilidade, e a lareira era a cereja do bolo naquela gelada noite de dezembro. Blaire tomou um banho e havia acabado de deitar-se na cama para ler quando ouviu o som de vozes furiosas vindo de fora do quarto. Ela sentou-se e tentou decifrar as palavras, mas não adiantou. Manteve-se daquele modo por alguns minutos, mas as vozes, tão logo quanto começaram, também cessaram. Ela deitou-se novamente e pegou o livro. Seu telefone soou e ela pegou, achando que era Daniel. Era uma mensagem de Facebook de Carter.

Obrigado pelo convite de amizade :) Alguma chance de você estar disponível para um jantar? Adoraria colocar a conversa em dia sem interrupções bj

Ela sorriu e começou a digitar.

Adoraria. Quem sabe no Prime Rib amanhã?

Ele respondeu segundos depois.

Mal posso esperar. Nos encontramos às 20 horas? Combinado.

VINTE E UM

Na manhã seguinte, Kate ainda sentia intensamente os acontecimentos do dia de Natal. Ela sentiu a raiva percorreu seu corpo mais uma vez ao se lembrar de Sabrina chegando à casa deles. Quem ela pensava que era para dar aquilo para Annabelle? Uma boneca daquelas não era um presente de última hora; ela tinha que ter encomendado com antecedência.

Kate pegou seu celular e ligou para o detetive Anderson.

— Anderson — atendeu ao primeiro toque.

— Quero que o senhor verifique Sabrina Mitchell de novo.

— Doutora English?

— Sim, é a Kate. Ouviu o que eu disse?

— A senhora parece incomodada. Aconteceu algo mais?

— Aquela mulher veio ontem à minha casa com presentes para meu marido e minha filha. Ela chegou a dar um anel para meu marido. Um anel!

— Que tipo de anel?

— Era de formatura do pai dela. Ela veio com alguma balela, tipo que sabia que seu pai queria que ele ficasse com o anel. Mas eu sei o que ela quer. Ela está agindo como se Simon fosse marido *dela*. Eu disse à minha mãe que ela estava tentando se colocar entre nós. — As palavras começaram a sair mais rápido. — Minha mãe ia conversar com Simon... ela sabia deles. E se eles planejaram tudo juntos?

— Estou a caminho.

Ela abriu a porta e ficou furiosa ao ver que não havia ninguém em frente à suíte. Onde estava Alan?

— Annabelle! Hilda! — chamou, correndo escada abaixo para encontrá-las.

O segurança no corredor (era Scott ou Jeff?) a chamou.

— Está tudo bem, doutora English?

Ela parou e olhou para ele, tendo um vislumbre de si no espelho atrás do segurança. Ela estava de camisola e com os cabelos desgrenhados. Parecia uma louca. Respirando fundo, ela forçou-se a diminuir o ritmo.

— Onde está o Alan?

— O turno dele acabou às sete. Seu marido disse que ele podia ir embora.

Kate costumava estar acordada naquele horário, ainda assim, dissera a Alan para não dar ouvidos a outros que não ela. Conversaria com ele quando retornasse à noite.

— Viu minha filha?

— Creio que está na cozinha com a babá, senhora.

Ela lhe fez um aceno rápido com a cabeça e correu de volta para cima para se vestir. Toda aquela gente na sua casa a espionando… era de enlouquecer. Ela tomou um banho rápido, vestiu calça jeans, pegou uma camiseta e passou uma escova no cabelo. Olhou para o espelho e fez que sim. Melhor.

Quando chegou à cozinha, Annabelle tirou os olhos de seu livro de colorir.

— Oi, mamãe. Você dormiu até tarde. Papai disse que você não tava bem.

— Cadê o papai? — perguntou, olhando para Hilda.

— Ele está no escritório. E Blaire acabou de aparecer. Ela está fazendo alguma coisa na sala de leitura. Pediu que você a encontrasse assim que se levantasse. Posso lhe servir um café?

Kate fez que não, já se dirigindo à porta. Ela precisava conversar com Simon, depois ia encontrar Blaire. Ela saiu pelo corredor e parou na porta dele. Sua mão estava prestes a abrir a maçaneta quando ela ouviu a voz. Com quem ele estava falando? Ela colocou a orelha na porta, tentando entender a conversa.

— Sim, eu sei. É que...

Ela encostou-se mais.

— Claro, mas você tem que entender...

Ele estava falando com Sabrina. Ela abriu a porta e invadiu.

— Desligue!

Ele ergueu o olhar para ela, incrédulo, e tocou um botão no celular.

— Kate! Estou conversando com um cliente. O que houve?

— O que houve? É sério? Depois daquela cena que sua namoradinha armou ontem, vocês aí de cochicho? Desligue o telefone. Nós temos que conversar. — Ela desabou na cadeira em frente à mesa, cruzou os braços e ficou esperando.

Ele fez que não e ergueu um dedo.

— Barry, olha só, surgiu uma coisa aqui. Posso ligar daqui a uns minutos? Obrigado.

Simon soltou o celular.

— Kate, você não pode invadir o escritório desse jeito. É um cliente importante que estamos prestes a fechar.

Ela fez um aceno com a mão.

— Cliente, claro. Ninguém trabalha um dia depois do Natal. — Ela estava prestes a lhe dizer que sabia de tudo, que sabia que ele e Sabrina estavam armando contra ela, mas então percebeu que Simon se daria conta. Kate tinha que fingir que se tratava apenas de infidelidade, para ele não saber da desconfiança que ela tinha. — Ouça muito bem, Simon. Eu queria você fora dessa casa antes de tudo isso acontecer, e agora quero ainda mais. Não vou morar mais sob o mesmo teto que você.

O rosto dele enrubesceu.

— Eu não vou deixar você e Annabelle sozinhas, de jeito nenhum, quando há um assassino atrás de você.

— Nós temos seguranças. Além disso, o que você fez para nos proteger? Não precisamos de você aqui.

Ele fez que não.

— Kate, por favor. Eu te amo. Desculpe por ontem. Falei para Sabrina que ela não pode mais vir na nossa casa. E eu lhe disse que vou devolver o anel. Você é tudo para mim. Você precisa acreditar no que eu digo.

Houve época em que ela acreditaria. Antes de Sabrina voltar à vida deles, ela teria apostado até o último centavo que Simon nunca teria olhos para outra mulher. As amigas dela sempre brincavam que, se tivessem um marido com o rosto dele, nunca o perderiam de vista. Mas ele nunca dera motivo para ela sentir ciúmes e sempre a fizera sentir-se o centro do seu universo. De certo modo, ele lembrava a Kate seu próprio pai e como ele era atencioso com Lily. Simon a enviava flores no trabalho sem motivo especial, só para ela saber que ele estava pensando nela. Nas festas, era comum Kate encontrá-lo olhando para ela do outro lado do saguão, seu sorriso maior quando os olhos dos dois se encontravam. Mesmo depois de 15 anos de casamento, ele fazia ela se sentir como se a visse pela primeira vez.

Antes de Annabelle nascer, era fácil eles passarem boa parte do sábado fazendo amor. Na praia, eles voltavam rápido para a casa e depois ficavam deitados um ao lado do outro nos lençóis úmidos. Quando o sol se punha, abriam as portas de correr para deixar a brisa salgada soprar sobre os corpos nus. Depois iam para o chuveiro juntos, vestiam-se e caminhavam na areia, de mãos dadas e rindo, um curtindo a companhia do outro. Mesmo depois de Annabelle, eles ainda conseguiam sair à noite semana sim, semana não, resolutos em manter a prioridade da relação. Mas então Sabrina mudou-se para Baltimore, pediu um emprego para ele e tudo mudou. Quando ele olhava para Sabrina, Kate via a mesma faísca, o mesmo olhar que antes ele reservava apenas à mulher com quem se casou.

— Eu não tenho que acreditar no que você diz. Se você me ama de verdade, demita ela.

Ele fez uma cara de quem havia acabado de ouvir que seu cãozinho morreu.

— Kate, eu não posso.

— É claro que não! Porque essa sua declaração de amor não passa de palavras vazias.

— Essa não é você. Você não é injusta assim. Como pode me pedir para demitir a Sabrina se ela faz um ótimo trabalho? Se não fosse pelo pai dela, eu, provavelmente, nem teria ido para a faculdade, muito menos teria uma carreira. Posso cortá-la da minha vida pessoal, mas não vou demiti-la.

— Então não temos mais o que conversar. Espero que esteja fora daqui até o fim do dia.

A voz dele se avivou.

— Eu não vou a lugar algum até você estar fora de risco.

Ela ia ligar para o advogado e descobrir se havia alguma maneira de mandá-lo embora.

— Então vou ficar sentada aqui. Se você quer dar conta do trabalho, é melhor ir para o seu escritório de verdade. — Ela queria que ele estivesse fora da casa quando fosse conversar com Anderson.

Ele se levantou, pegou sua maleta e colocou alguns papéis dentro.

— Tudo bem. Mas eu volto à noite.

Ela saiu do escritório e voltou à cozinha para ver como a filha estava.

— Annabelle quer ver os cavalos — contou Hilda.

— Tudo bem. Só lembre-se de levar um segurança junto.

Ela ouviu a porta da garagem abrindo. Simon estava de saída. Ótimo. Ela serviu uma xícara de café e tirou uma folha de papel. Precisava anotar tudo para o detetive. Sabrina poderia ter enviado as flores à casa de Selby caso Simon houvesse lhe dito que eles estavam lá.

Um barulho fez ela erguer o olhar. Blaire havia entrado.

— Ei, você. Como vai?

Kate soltou a caneta.

— Estou nervosa. Simon estava há pouco conversando com ela no celular. Eu andei pensando. E se foi o Simon que enfiou aquele desenho no livro de colorir de Annabelle? Ele é arquiteto; ele sabe desenhar. Aliás, Sabrina também sabe.

— Parece uma possibilidade.

— Eu disse para ele ir embora de casa, mas ele se recusou. Pelo menos, consegui convencê-lo a ir para o escritório hoje.

Blaire serviu uma xícara de café e sentou-se à mesa.

— Então ele estará aqui para a festa de Annabelle amanhã.

— Sim. Não posso afastá-lo da festa, mas vou falar com meu advogado e ver o que posso fazer para tirá-lo de casa. Liguei para Anderson. Ele está vindo para cá agora mesmo.

— Acho que você está no caminho certo.

— E sabe o que mais? Acho que minha mãe deve ter mesmo conversado com Simon. Talvez tenha sido Sabrina quem atacou minha mãe. Talvez tenha sido ela que a empurrou, que a matou e depois ligou para Simon, e agora eles estão mentindo para encobrir o rastro. — Ela olhou para Blaire, horrorizada. — Agora eles estão atrás de mim.

Blaire olhava para ela de rosto sério, assentindo bem devagar.

— Seu pai me disse que Lily comentou dos problemas com Sabrina. Era algo em que ela estava pensando, portanto. Vamos ver o que o Anderson diz.

A campainha soou.

— Deve ser ele — falou Kate, levantando-se.

Quando Anderson entrou na cozinha, ele pareceu surpreso ao ver Blaire. Ele a cumprimentou com um aceno.

— Doutora English, senhora Barrington.

— Posso servir algo para o senhor?

— Não, obrigado. — Ele sentou-se em frente a Kate.

— Estou preocupada por Simon ainda estar em casa.

— Tudo bem, vamos tratar deste assunto. Mas antes tenho algumas perguntas que são bastante íntimas. A senhora Barrington poderia nos deixar a sós alguns minutos?

Blaire levantou-se antes que Kate pudesse responder.

— É claro. Ficarei no escritório.

Depois que ela saiu, Kate olhou para o detetive.

— O que foi?

Ele soltou um suspiro.

— Eu preciso perguntar sobre o acidente de carro em que seu noivo faleceu, no verão em que a senhora estava fazendo terapia. Terapia intensiva, aparentemente.

O rosto de Kate pareceu queimar. Ela não queria tratar do acidente. E como ele soubera que ela havia feito terapia? Seu prontuário médico era particular.

— O que isso tem a ver com a situação? E como o senhor ficou sabendo?

— Foi a senhorita Mitchell que nos contou quando a interrogamos.

Sabrina? Simon devia ter contado...

— Como ela sabe? Quando ela lhe contou isso?

Ele analisou o rosto dela por um instante e depois prosseguiu:

— Seu marido é o álibi dela e ela é o álibi de seu marido, no que diz respeito àquela noite. Eles afirmam que ambos estavam trabalhando até altas horas. Ontem eu telefonei de novo para a senhorita

Mitchell para um interrogatório e ela continua insistindo que trabalhou até tarde naquela noite com seu marido. Ela comentou que o seu marido estava ficando preocupado com seu comportamento, que anda instável e que ele se preocupa que a senhora tenha outro colapso nervoso.

Estavam tentando pintá-la como louca para Anderson. Mas por quê? Para ele repudiar as desconfianças dela? Ela olhou para o investigador.

— Em primeiro lugar, eu nunca tive um "colapso nervoso". — Ela disse as palavras fazendo aspas no ar. — Não que agora tenha relevância, mas eu passei por uma tragédia. Consultei um terapeuta naquele verão por conta do trauma relativo ao acidente. Não tenho vergonha em dizer que lidei com ansiedade a maior parte da vida, mas sei lidar com isso. Assim como milhões de pessoas. Eu *não* estou delirando. — Kate estava de pé, andando de um lado para outro.

Anderson não disse nada; ficou apenas observando e aguardando.

— O senhor não enxerga? O fato de ela saber desse verão, que os dois andam discutindo minha saúde mental, é totalmente inadequado. Que outra prova o senhor precisa de que eles estão armando contra mim?

— Doutora English, eu não estou sugerindo que a senhora seja louca ou delirante. E concordo que estas discussões entre seu marido e a senhorita Mitchell não são apropriadas. Mas a senhora precisa manter a calma.

— Como eu vou ficar calma quando o assassino pode estar dentro da minha casa?

— Entendo a preocupação, mas não tenho autoridade para obrigá-lo a sair da sua residência. Contudo, posso sugerir que peça a seu pai para vir e ficar aqui? Assim a senhora se sentiria mais segura.

— Ainda estou incomodada com meu pai. Ele não me contou o motivo da briga com mamãe naquele dia.

Anderson a avaliou antes de responder.

— Já conferimos tudo em relação a ele. Temos imagens de câmeras de segurança com o carro do doutor deixando o hospital depois que ela foi morta. E a equipe do hospital tem registro de seu paradeiro a noite inteira antes de ele sair. O doutor Singer estava de férias quando interrogamos a equipe hospitalar e agora confirmou que estava com seu pai durante as duas horas em que não conseguimos explicar seu paradeiro. Não havia como ele estar em casa quando sua mãe foi morta.

Ela foi coberta por uma onda de alívio. É claro que seu pai não tinha nada a ver com o assassinato de sua mãe. Como ela poderia aceitar aquela ideia, por um instante que fosse? Ela ia ligar para ele assim que Anderson fosse embora e pedir que viesse ficar na casa. Blaire também havia se oferecido para passar os próximos dias com ela. Simon não tentaria nada com os dois por perto. E ela ia garantir que o segurança ficasse na frente do seu quarto, e que Annabelle estivesse em segurança com ela à noite.

— Também quero que saiba que recolhemos informações com a floricultura. Não foi surpresa alguma: utilizaram um cartão Visa pré-pago para comprar as rosas. Já reduzimos os parâmetros e vamos tentar apurar o que foi comprado.

Já era alguma coisa, Kate pensou.

Anderson levantou-se.

— Peço, por favor, que a senhora se cuide. Vamos ficar de olho na senhorita Mitchell e aviso assim que tivermos mais informações sobre o cartão de crédito.

— Obrigada.

Ele foi embora e Kate entrou na sala de leitura para conversar com Blaire. Quando abriu a porta, viu a amiga sentada em uma cadeira no canto da sala, digitando no laptop.

— Estou interrompendo? — perguntou Kate.

Blaire olhou para cima.

— É uma interrupção bem-vinda. Estou travada nesse capítulo. O que Anderson queria?

— Você não vai acreditar.

— No quê?

— Sabrina contou a Anderson do acidente e que eu me consultei com um terapeuta naquele verão. Ela disse que Simon está preocupado com minha estabilidade emocional.

O queixo de Blaire caiu.

— Sabrina? Como ela sabia?

— Oras, de que outro jeito? Simon contou.

VINTE E DOIS

Como Blaire marcara de encontrar Carter no restaurante Prime Rib do centro às 20 horas, retirou-se logo que o detetive Anderson saiu. Não havia contado a Kate que ia encontrar-se com Carter, pois não queria que ela a entendesse mal. A verdade era que Blaire não tinha o menor interesse em Carter, apenas no pouco conhecimento dele sobre os interesses comerciais de sua empresa com Simon. Parecia que Kate estava finalmente abrindo os olhos para o caráter do marido.

De volta a sua suíte no Four Seasons, Blaire abriu o armário e tirou a roupa que havia comprado especialmente para esta noite. Depois de entrar no vestido verde colante — verde sempre fora a cor preferida de Carter —, ela borrifou um pouco do perfume Clive Christian e calçou as sandálias incrustadas Miu Miu, que destacavam com perfeição suas pernas compridas e torneadas. Nos lábios, Cherry Lush, de Tom Ford. Ela seria o oposto total da esposa abatida e sem graça de Carter.

Ao entrar no restaurante e conferir o seu antigo refúgio, ficou contente por ter sugerido que se encontrassem ali. Havia algo de sensual no ambiente com balcão preto e luz dourada suave. Ela avistou Carter esperando no balcão e lhe lançou um sorriso caloroso enquanto caminhava na sua direção. O rosto dele se iluminou quando se levantou, seus olhos percorrendo toda a extensão do corpo de Blaire. Ela lhe deu um abraço e deixou os lábios pararem só um instante a mais que o necessário na bochecha de Carter, contente em ver o rubor no rosto dele quando ela se afastou.

— Você está sensacional! Fiquei muito contente quando você entrou em contato — disse assim que eles tomaram seus assentos nos bancos de couro preto do balcão. — O que vai beber?

Ela se sentou e cruzou as pernas, sem deixar de perceber que os olhos dele estavam fixos nelas.

— Bowmore. Puro. Duplo — respondeu, sabendo que ele era do uísque escocês, e ele sinalizou ao barman para trazer dois. Ótimo. Ela precisava relaxar, e ela sabia que ele a faria seguir o ritmo dele.

Ela ergueu o copo na direção do dele.

— Aos velhos amigos. — Fez uma pausa. — E velhos namorados.

Ele bateu seu copo no dela e engoliu. Estava praticamente babando.

— Eu mal acredito que estou sentado aqui com você. Você não sabe o quanto eu pensei em você nesses anos. — Ele chegou mais perto dela. — Às vezes, sonho com você, sabia?

Aquela bajulação voraz só deixava Blaire com nojo, mas ela fingiu que se sentia lisonjeada.

— É mesmo? Eu passei esses anos pensando se você ainda lembrava de mim.

Ele se entusiasmou.

— Mais do que você imagina. Você pensou em mim?

Só em como você me ferrou e em como era babaca, ela quis dizer.

— É claro — respondeu, todavia.

Ele tomou mais um gole.

— Na minha casa, outro dia, você deu a entender que estava muito apaixonada pelo seu marido.

Ela deixou a cabeça pender de lado e deu um sorriso insinuante.

— É verdade, estou. Amo meu marido, mas ninguém consegue chegar aos pés do primeiro. Entende? — Ela teve que forçar para aquela frase sair, quase se engasgando com as palavras.

Os olhos dele se arregalaram.

— Eu não sabia. Ah, Blaire. Se eu soubesse. — Ele fez não com a cabeça. — Por que você não falou comigo esse tempo todo?

Como se fosse mudar o que aconteceu? Ela deu de ombros.

— Agora não interessa. Cada um tem a sua vida. Mas isso não quer dizer que não podemos redescobrir um pouco daquela magia, não é? — Ela tomou um gole longo e assistiu a ele fazer a mesma coisa. — Você tem uma vida boa. Filhos. Sua empresa. Parece que tem tudo.

Ele reluziu.

— Acho que é o que parece. — Uma das mãos dele passou à coxa direita dela, e ele ficou indo para cima e para baixo. — Mas não tenho tudo que eu quero. — Ele lhe fez um olhar astucioso.

Ela pôs a mão em cima da dele e apertou com entusiasmo. Se aguentar aquilo podia levá-la ao assassino de Lily, então... tudo valeria a pena.

— Bom, quem disse que não pode ter? — Ela aproximou-se e pressionou os lábios contra os dele. Carter beijou-a de volta, enfiando a língua na boca de Blaire. Ela retraiu-se. — Talvez devêssemos deixar isto para depois. Afinal, estamos em público. Meu hotel não é longe.

Ele só a fitava com os olhos vidrados, e ela tinha vontade de lhe dar um tapa. Respire, Blaire pensou. Pegando o copo, ela ergueu-o de novo.

— Ao depois. — E virou tudo.

Carter a acompanhou.

— Vou ver se nossa mesa está pronta. Quanto antes comermos, mais cedo podemos ir. — Ele piscou para ela.

— Por que não jantamos aqui no balcão? É aconchegante.

— Ótima ideia.

Eles fizeram os pedidos. Um filé para ela, camarões salteados para ele. Enquanto esperavam, ela pediu mais dois drinques.

— Aposto que é você quem dá as melhores ideias na firma — ela arriscou. — Simon não me parece muito genial.

Carter endireitou os ombros e lhe deu um leve aceno.

— Bom, acho que eu dou algumas ideias na criação e consigo contratos. Mas não me entenda mal — ele se apressou em dizer —, o Simon também é ótimo arquiteto.

Ela descruzou as pernas e cruzou de novo.

— Mas você que é a estrela, não é? Admita, Carter. Comigo você não tem que fingir.

— Bom... — Ele sorriu e arqueou a cabeça por um instante, depois olhou para ela. — Acho que se pode dizer que sim.

Certo. Por mais que ela desgostasse de Simon, sabia muito bem como ele podia ser charmoso e cativante. E ele era inteligente. Isto ela não tinha como discutir. Ela apostava que Simon era a âncora em torno da qual a firma girava, e era com ele que os clientes queriam conversar.

— Eu acho que você também deve ser o que fica de olho na grana.

Ele virou o resto do drinque e suspirou.

— Quando se tem grana para ficar de olho. Perdemos um serviço grande há poucas semanas. Um cliente de muito tempo.

— O que aconteceu?

Antes que ele pudesse responder, o barman voltou com a comida.

— Mais alguma coisa? — perguntou ele, educadamente.

— Obrigada, é isso — disse, voltando-se para Carter. — E então... como foi essa história?

— Não sei muito bem. Era uma das contas do Simon. Mas precisamos correr atrás do prejuízo, ou vamos ter que botar mais do nosso dinheiro. Bem mais.

— Entendi. — Ela ficou observando enquanto ele colocava um camarão inteiro na boca. Um fio de manteiga escorreu pelo seu queixo, e ela ponderou mais uma vez como ele era diferente de seu gracioso e delicado Daniel.

A meia hora seguinte foi mais do mesmo. A firma estava perdendo dinheiro, e os dois teriam que entrar com uma quantia considerável para salvar o negócio. Mas Blaire queria ter um panorama completo da mistura tóxica que podia transformar Simon em assassino.

— E a recém-contratada? Sabrina, é assim que se chama?

Carter se calou e deixou o garfo parado no ar.

— Simon que contratou. A última coisa que nós precisávamos era mais uma arquiteta na folha. Mas vou ter que admitir que ela sabe lidar com os clientes.

Blaire tinha certeza de que Carter, tanto quanto os clientes, estava curtindo secar a moça com os olhos.

Ele fez não com a cabeça.

— Aliás, eu tive que repreender o Simon quando ele a deixou aqui e foi se reunir com um cliente em potencial em Nova York. Fora ela que conseguiu a reunião. Se ela fosse, provavelmente teríamos fechado o contrato.

Se ela *tivesse ido*, Blaire quis corrigi-lo. O que dizer de todo gasto na escola privada? Ela olhou para ele com expressão de curiosa.

— Por que ela não foi?

Carter jogou as mãos para o alto.

— Não sei direito. Mas foi depois dele receber uma ligação da Lily.

As orelhas de Blaire se empertigaram.

— Diga mais.

— Eu estava na sala dele quando a assistente transferiu a ligação. Simon pareceu um pouco surpreso. Passaram uns minutos, o rosto dele ficou vermelho, e ele fez sinal para eu sair. De repente, logo em seguida, ele disse à Sabrina que ela não ia junto.

— Hmmm. Então você acha que Lily disse alguma coisa a ele a respeito de Sabrina?

— Deve ter dito. Você sabe como vocês, mulheres, são ciumentas. Talvez ela estivesse protegendo a Kate, se Kate estivesse com ciúmes. Mas eu acho que foi um tanto indevido da parte dela se meter. Não querendo falar mal dos finados — complementou logo em seguida.

Blaire ficou se perguntando se Carter sabia mais sobre Sabrina e Simon do que estava dizendo. Ela respirou fundo e botou a mão sobre a perna dele.

— Eu também tenho um pouco de ciúme. Fico pensando em você trabalhando lado a lado com uma mulher tão linda. Como eu sei que não vai rolar alguma coisa entre vocês dois?

Ele botou a mão corpulenta sobre a dela e tentou deslizá-la pela própria perna. Ela não resistiu, curiosa em ver até onde ele queria chegar. Ele parou no alto da coxa.

— Você não tem do que sentir ciúmes — ele curvou-se para a frente, cochichando no ouvido dela. — Sabrina não chega nem aos seus pés.

Ela precisava voltar ao rumo.

— Fico contente em saber. Mas e Simon? Você acha que ele está pulando a cerca? — Ele ergueu uma sobrancelha para que ele ficasse pensando que ela estava de brincadeira.

— Sinceramente, não sei. Se quisesse, ele pulava... todo mundo na firma tem certeza de que ela se atira para ele. Mas o Simon é um cara muito discreto.

— Não tem papo entre os caras.

— Não. Mas eu que não ia culpar se ele se atirasse naquela.

Porco nojento. Ela tirou a mão da coxa dele.

— Quem sabe uma saideira no seu hotel? — disse, lambendo os lábios.

— Nossa, Carter. De repente me deu uma dor de cabeça terrível. Podemos pagar a conta e deixar para outra hora? Eu divido com você.

Foi como se o corpo inteiro dele murchasse.

— Claro. Outra hora. — Ele pegou sua carteira de cheques em couro. Sua aparência era cabisbaixa. — Deixe comigo. Eu insisto.

— Obrigada, Carter. A próxima é comigo.

Mas nunca haveria próxima. Graças a Deus.

VINTE E TRÊS

— Quando começa minha festa, mamãe? — perguntou Annabelle, fazendo a mãe tirar os olhos do celular. Ela estava no Facebook, conferindo a página de Sabrina atrás de novas fotos. Desde que Blaire havia lhe mostrado o perfil, ela conferia a rede social obsessivamente. Ela soltou o celular.

— Todo mundo vai chegar às 17 horas, daqui a pouco. Você pode ficar acordada até tarde. — Kate e Simon sempre se certificaram de que o aniversário de Annabelle fosse comemorado, apesar de acontecer poucos dias depois do Natal. Ela nunca quis que a filha se ressentisse de ter nascido tão perto das festas de fim de ano.

— Mas não muito tarde — emendou Hilda.

Kate eriçou-se.

— É o seu aniversário e você pode ficar acordada até a hora que quiser. — Ela dirigiu um olhar afiado a Hilda, que não disse nada.

Annabelle reluziu.

— Eu tenho quase 5 anos! — Kate sorriu para a filha quando elas se sentaram para almoçar. — Posso tomar suco de maçã?

— Claro, querida. Eu pego — respondeu a babá.

Hilda ficou em frente à porta aberta da geladeira por um instante e depois virou-se.

— Kate, por que suas EpiPens estão aqui?

— O quê? — Kate levantou-se num salto. — Quem faria uma coisa dessas? — Todos que trabalhavam na casa sabiam que as EpiPens tinham que ficar em temperatura ambiente.

Hilda tirou as injeções da geladeira e fez não com a cabeça.

— Não tenho ideia.

Kate sentiu o calor subir no peito. Hilda estava olhando para ela como se achasse que aquilo era culpa de Kate. Ela tirou as ampolas da mão da babá e as jogou no lixo.

— Agora estragaram!

Kate tomou seu assento ao lado de Annabelle. Ela tentava manter uma expressão alegre por conta da filha, mas seu humor estava tenebroso. No dia anterior, ela havia perambulado pela casa e conferido as datas de validade de todas as EpiPens. A mensagem sobre estatísticas de alergia a nozes a deixara nervosa. Mas ela tinha colocado todas as canetas nos seus devidos lugares, não tinha? Sim, ela *havia* colocado algumas em uma estante ontem, quando Hilda a interrompeu, perguntando coisas sobre a festa de aniversário. Mas Kate não seria esquecida a ponto de colocar na geladeira, não é?

Hilda pegou o suco de maçã da geladeira e serviu um copo para Annabelle.

— Vou pegar uma das EpiPens da sala de jantar. — A voz dela assustou Kate. Talvez Hilda estivesse mesmo tentando levá-la à loucura. Seu celular vibrou. Ela olhou a tela de relance, preparada para o pior, e quase morreu de alívio ao ver que era Blaire.

— Oi.

— Olá. Só queria saber se precisa que eu leve alguma coisa para a festa hoje à noite, pois estou na rua.

— Obrigada, mas acho que Fleur já cuidou de tudo. Você tem muita coisa para fazer?

— Não muita. Resolvi que minhas unhas não estão em condições de serem vistas, então vou à manicure. Tenho que passar no Four Seasons para pegar mais roupas, e farei as unhas por lá mesmo. Volto para ajudar antes que a festa comece. Você está com voz de cansada.

Kate levantou-se e passou da cozinha ao corredor, longe dos ouvidos de Annabelle e Hilda.

— Blaire, eu não tenho descanso. Alguém colocou minhas Epi-Pens na geladeira. Acho que foi Hilda!

— O quê? — disse Blaire.

As palavras saíram atropeladas.

— Será que ela está me sabotando? Ou Simon. Não sei. Tem alguém tentando me fazer passar por louca. Quando é que isso vai parar?

— Tente se acalmar. Faça alguma coisa para relaxar. Prepare um chá? Tome um banho? Vejo você daqui a algumas horas, certo?

— Um banho quente me parece boa ideia. Vejo você depois. — Kate desligou e foi para a cozinha. — Eu vou subir. Pode trazer a Annabelle quando ela terminar o almoço?

Depois de subir, ela se sentou na beira da cama e deixou uma perna balançando. Pensou em Hilda, e em como ela agia como se Annabelle fosse sua filha. A filha dela se mudara havia alguns anos com sua neta, que tinha mais ou menos a idade de Annabelle. Será que a filha havia se mudado para a Califórnia porque Hilda era instável? Não faltavam histórias sobre babás insanas.

Mas podia ser qualquer pessoa, Kate pensou. Georgina sempre tivera ciúme de Lily, cobiçando sua beleza e encanto. Será que também cobiçava seu marido? Ou Selby. Talvez ela só estivesse se fazendo de boa amiga ao longo desses anos. Ela era uma das poucas pessoas que tinha acesso fácil à casa de Kate, a Annabelle. Será que ela estava envolvida com Georgina de algum modo? Mas ela sabia que aquilo era forçado. Simon era o suspeito mais provável. No outro dia ele admitira que o cliente com quem ele estava falando estava descontente. E tinha aquela ligação urgente que ele tivera que atender no dia do velório da sua mãe. Talvez os negócios dele estivessem mesmo em perigo. A maior parte do dinheiro dos dois estava atada à fundação.

Simon talvez estivesse ciente da parte que Lily reservara para eles. Dinheiro era um grande motivador para assassinato.

Ela recostou-se no travesseiro e fechou os olhos. Estava muito cansada. Talvez conseguisse alguns minutos de sono. Suas têmporas estavam retumbando, e ela sentiu como se mil vozes gritassem dentro da sua cabeça.

— Mamãe! Mamãe!

— O quê? — vociferou Kate, quando seus olhos se abriram.

O lábio inferior de Annabelle tremeu e ela começou a chorar.

— Eu estava falando e você não respondeu.

Hilda estava parada atrás dela.

— Desculpe, Kate. Eu bati algumas vezes. Eu queria ver se você estava bem.

— Eu caí no sono só por um segundo. Pode deixar Annabelle comigo. — Ela estendeu os braços para a filha. — Desculpe, minha querida. Venha cá.

Hilda pareceu surpresa.

— Certo. Tem certeza de que não quer que eu a leve, enquanto você se veste?

Aquela mulher estava mesmo tentando se colocar entre ela e a filha.

— Não. Muito obrigada.

Hilda lhe fez um olhar estranho.

— Tudo bem. Então me avise. Quem sabe eu preparo ela para a festa quando o filme acabar?

— Quem sabe você tira a tarde de folga? Eu visto Annabelle. Nos vemos na festa.

Hilda saiu do quarto e Annabelle saltou para mais perto da mãe na cama.

— Eu sinto saudade da vovó. Eu quero que ela venha na minha festa.

Kate piscou, segurou as lágrimas e a dor se espalhou pelo peito. Quando aquilo tudo chegasse ao fim, ela ainda teria que sofrer com a perda.

— Eu também tenho saudade dela. Tudo que eu queria era que ela estivesse aqui. Mas ela está no céu. Ela estará lá em cima cuidando da gente. Eu juro.

Annabelle saltou da cama e parou na frente da mãe.

— Eu não quero ela no céu. Não é justo. Ela prometeu que ia me levar para um almoço de menina grande em Nova York no meu aniversário. Por que ela foi embora?

— Ah, meu amor. Não é culpa dela. Ela não queria ir embora. Às vezes as coisas acontecem. — Kate preocupava-se em encontrar as palavras certas. Ela pensou que a filha havia aceitado sua explicação de que era hora de vovó ir para o céu, mas, claro, a garotinha não entendeu. Ela era muito nova para compreender que a morte era o fim. Kate estava tão envolvida em tudo mais que não se preocupou o bastante com o bem-estar emocional de Annabelle.

— Hilda disse que uma pessoa má machucou ela.

Kate congelou.

— O que mais ela disse?

— Eu não sei. Eu quero assistir ao desenho de *A Bela e a Fera*.

Kate não quis pressionar Annabelle naquele momento, mas não ia esquecer de retomar o assunto. Hilda não devia falar com a menina a respeito do assassinato de Lily, independentemente do quanto ela enfeitasse a história.

— Está bem, meu amor. Eu assisto com você.

Ela ligou o filme e as duas aconchegaram-se na cama, Kate dando cabeçada enquanto o filme rodava.

— Acabou, mamãe.

Kate coçou os olhos e olhou o relógio.

— Ah. É hora de se vestir.

Kate escolheu um suéter rosa e calça azul-marinho para ela, o que deixou sua voz mais animada.

— Então, aniversariante, está pronta para colocar o vestido de festa?

— Já é hora da minha festa?

— Quase.

Quando elas entraram no quarto de Annabelle, o vestido já estava sobre a cama, assim como os sapatos, as meias e um laço para o cabelo. Kate irritou-se de novo. Ela havia dito a Hilda que ia vestir Annabelle. Aquela mulher achava que a mãe não podia escolher as roupas da própria filha?

— Vamos ver outro vestido.

— Não, mamãe, eu gosto desse.

Kate não ia deixar que Hilda vencesse.

— Mas você tem tantos outros vestidos mais bonitos. Venha.

Annabelle bateu o pé e fez bico.

— A vovó me deu esse vestido. Eu quero esse. Eu que escolhi hoje de manhã.

Kate de repente foi tomada de vergonha.

— Oh, querida, a mamãe pede desculpas. Claro que você pode usar esse. O vestido é lindo.

Annabelle continuava emburrada, mas Kate conseguiu vesti-la e descer sem mais alvoroço.

Quando elas entraram na saleta, Simon estava terminando as decorações. Ele havia transformado o recinto — havia bandeirinhas e serpentinas, bichos de pelúcia gigantes com balões coloridos. Kate nem havia pensado em decoração. Quando ele tivera tempo de comprar aquilo tudo? Sabrina o teria ajudado a escolher?

— Papai! Eu amei minha festa.

Simon tirou Annabelle do chão e começou a girar com ela.

— Qualquer coisa para minha princesa. Minha princesa que vai fazer 5 anos!

Ele colocou a filha no chão e ela correu para sentar-se no pônei de pelúcia no canto da sala. Simon olhou para Kate.

— Você está muito bonita.

Ela tirou o cabelo do rosto e olhou para ele.

— Obrigada — disse, gélida.

Kate olhou para o relógio. 16h30. Esperava que Blaire já estivesse de volta. Estava prestes a enviar uma mensagem quando a amiga entrou na sala, segurando um embrulho grande.

— Eu já ia te escrever.

— Desculpe! — falou Blaire, sem fôlego. — O salão levou mais tempo do que eu pensava. — Ela estendeu a mão para mostrar as unhas vermelhas a Kate. — Onde eu posso deixar o presente da Annabelle?

Ela apontou para uma mesa colada à parede.

— O que é?

Blaire fez não com a cabeça e sorriu.

— Nada disso. Você vai ter que esperar até a Annabelle abrir.

— Abrir o quê? — perguntou Harrisson, que acabara de chegar. O sorriso de Kate fraquejou quando Georgina apareceu logo atrás. Eles vieram juntos?

Blaire levantou a caixa para mostrar a Harrison.

Ele deu um beijinho na bochecha de Kate.

— Olá, todo mundo. Onde está minha aniversariante?

Annabelle correu e pulou no colo dele.

— Vovô! Hoje eu vou fazer 5 anos! Venha ver os animais que o papai trouxe.

— Kate, querida. — Georgina beijou o nada ao lado da bochecha de Kate. Para Blaire, ela fez apenas um meneio.

— Achei que você vinha com Selby — disse Kate.

— Não, não tem espaço para ela no carro. Além disso, seu pai já estava na minha casa almoçando. Ele vai virar pele e osso. Queria lhe dar uma refeição caseira.

O pai dela havia passado a tarde na casa de Georgina? Ele tinha outros amigos, casais, que ficariam mais contentes em lhe dar comida e fazer companhia. Por que ele passava tanto tempo com ela?

— Não lembro de você dar tanta bola para cozinha — disse Blaire. — Ou você quis dizer que seu cozinheiro lhe preparou uma refeição caseira? — Ela riu.

Georgina fitou-a com um olhar gélido.

— Harrison está bem acostumado com os criados fazerem o serviço. Lily também não sujava as mãos na cozinha.

Blaire deixou o assunto morrer, mas não pareceu nada amedrontada.

— Tia Kate! — o mais novo de Selby, Tristan, correu até ela. — Obrigado pelo taco de hóquei! É muito irado.

Tristan era o afilhado de Kate e Simon e praticamente nascera com um bastão de lacrosse na mão. Ela ficou grata a Simon por lembrar de lhe encomendar um presente de Natal — pelo menos, ele era bom com as crianças. Kate desgrenhou o tufo de cabelos loiros de Tristan.

— De nada. Mal posso esperar para ver você jogando.

Selby, logo atrás de Tristan, deu um abraço em Kate.

— Está tudo bem?

Kate assentiu.

— Olá, Selby — cumprimentou Blaire.

— Blaire. — Selby fez um rápido meneio. — Bem, eu vou falar com a aniversariante. Onde coloco os presentes?

Kate apontou para a mesa.

— Você já deu um de Natal tão generoso para Annabelle, aquele traje de equitação. Você é uma querida, mas exagerou de novo.

Selby sorriu.

— Bom, não vá me culpar por mimar minha menina. — Ela olhou para Blaire. — É minha afilhada, afinal de contas.

Carter havia se esgueirado à sala e agora estava ao lado de Selby, com aparência nervosa e irrequieta. Deu um olá rápido a todos e depois seguiu até o bar.

Morgan, amiga de Annabelle, chegou e Kate apresentou seus pais. As horas seguintes passaram como um borrão de bate-papos e risadas. Kate assistia meio de longe, sentindo-se à parte, como se estivesse pairando sobre a festividade. Georgina e Harrison estavam próximos e, embora vez por outra Selby ou um dos garotos invadisse a sociedade secreta da dupla, eles pareciam totalmente indiferentes ao que se passava ao redor.

O olhar dela passou a Simon, sentado com Annabelle, com o grande livro de cavalos que ele escolhera no colo e eles virando as páginas juntos. Ela não conseguia ouvir o que ele dizia, apenas via sua boca se mexendo e Annabelle exclamando, seu dedo apontando as imagens na página. Simon estava tentando provar que ele era suficiente? Que ela ficaria bem sem mãe? Há poucas semanas, ela estava preocupada que ia prejudicar a família ao se separar. Nesse momento, estava apavorada de deixar Annabelle sem mãe. Sentiu que havia perdido a família inteira, que não podia confiar em nenhum deles.

Kate olhou para todos, seus olhos passando de um a um, imaginando do que eles teriam culpa, que segredos guardavam. Queria que eles fossem embora da sua casa. Blaire era a única pessoa com quem ela ainda conseguia conversar.

Sentindo-se repentinamente suar, ela decidiu subir a escada e se trocar. Ao deixar a sala, parou um instante para falar com o segurança, de prontidão no corredor.

— Eu já volto. Certifique-se de que Annabelle não saia da sala. Com ninguém.

— Sim, senhora.

Ela subiu a escada, estremecendo enquanto tentava controlar o peso sobre o tornozelo torcido. O suor escorria pela testa e, quando chegou ao quarto, sentou-se na cama para recuperar o fôlego. Passado um instante, ela levantou-se e foi até o armário, repassando suas camisas, tentando decidir o que gostaria de vestir. Ficou lá, perplexa, paralisada pela indecisão.

Qual era o seu problema? Pegou uma camiseta azul-marinho e jogou o cabide no chão. Tirou seu blusão e vestiu a nova peça. Ela seguiu pelo corredor até o banheiro da suíte de hóspedes para retocar um pouco do batom, mas, ao empurrar a porta, uma sombra chamou sua atenção. Havia alguém ali dentro? Seus olhos vasculharam o quarto. Estava vazio, mas três das velas altas do térreo estavam na beira da banheira. Acesas.

Ela girou sobre o próprio eixo, seu coração pulsando tão forte que ela sentia nas têmporas. Pôs-se no chão e olhou embaixo da cama. De um pulo só, correu até as janelas e abriu as cortinas, esperando que alguém fosse saltar sobre ela. Não havia ninguém no quarto. De volta ao banheiro, ela soprou as velas e depois jogou água no rosto. Correu para baixo para encontrar Blaire e a puxou de lado.

— O que houve? — perguntou Blaire. — Você está com uma cara de apavorada.

— Achei velas acesas no meu banheiro. Eu não lembro de tê-las acendido — sussurrou, olhando em volta, furtiva. — Só acendo quando tomo banho de banheira, mas hoje não foi o caso.

Um olhar de solidariedade cruzou o rosto de Blaire, e ela soltou um pigarro.

— Amiga, lembra que você disse que ia tomar um banho antes da festa? Tem certeza de que não acendeu e esqueceu de apagar?

Kate sacudiu a cabeça loucamente.

— Acabei não tomando banho. Caí no sono e depois assisti a um filme com Annabelle. — Ela se lembrava de ter ligado para Blaire naquela tarde... mas havia levado as velas para cima? Seu lado médica sabia que era possível que sua mente estivesse pregando uma peça... ela estava muito cansada e distraída. Ainda assim, a amiga só podia estar enganada.

— Com licença, doutora English. Onde eu posso colocar isto? — Fleur estava com uma grande bandeja de sanduíches.

— Descanse um pouquinho, Kate, eu mostro a ela... – disse Blaire.

Ela analisou a sala, e seus olhos pararam em Simon. Ele estava conversando com Selby. Provavelmente, falavam sobre ela. Ele devia estar dizendo como Kate era doida, todas as coisas malucas que ela vinha fazendo. Quando Simon olhou na sua direção e viu que ela o analisava, ele rapidamente virou-se para Selby, que começou a rir. Ela estava rindo de Kate?

Carter abordara Blaire. Ele estava muito perto dela, invadindo seu espaço pessoal, e Blaire ficava recuando. Que canalha! Flertando na frente da esposa e deixando a amiga claramente pouco à vontade.

Kate veio a passo largo.

— Com licença, preciso dela por um segundo.

— Está tudo bem? — perguntou Blaire, enquanto elas se afastavam.

— Só vim resgatar você, nada mais.

Blaire sorriu para ela.

— Obrigada. Ele comeu sanduíche de atum e estava com um hálito terrível.

Por algum motivo, Kate achou aquilo hilário e começou a rir. Então as duas começaram a rir juntas, e logo gargalhadas altas começaram a sair de Kate e ela estava com a mão na barriga, sem conseguir parar. A sala ficou em silêncio, todos virando-se para olhar para ela. Isso fez ela rir ainda mais alto, até lágrimas começarem a escorrer pelo rosto.

Simon foi até Kate e puxou-a de lado.

— Qual é a graça?

Ela o empurrou.

— Por que você não volta ao seu papo com a Selby? Vocês só riam.

Ele olhou para ela como se fosse louca.

— Qual é o seu problema? Estávamos só conversando.

— Você sempre tem uma desculpa, não é? — Ela saiu de perto dele.

Kate ficou perambulando um pouco mais, em transe, ansiosa para que a noite terminasse. O plano original era esperar até as 20 horas para cantar os parabéns e cortar o bolo, mas ela precisava que a festa acabasse antes que desabasse de vez.

Às 19h30, ela decidiu acelerar. Olhou em volta da sala, procurando Simon para ele poder ajudar com os presentes, mas não o encontrava em lugar algum. Como sempre, ele estava em outro lugar quando Kate precisava. Ela carregou nos braços tantos presentes quanto podia até a sala de jantar, onde os dispôs na mesa, e depois foi à cozinha encontrar Fleur. Enquanto as duas recolhiam bolo e pratos, a porta da garagem abriu e Simon entrou.

Kate olhou para ele, incomodada.

— Eu estava procurando você. Por onde andava?

— Lugar nenhum. Só lembrei que esqueci o celular no carro.
— Ele tocou no bolso. — O que você precisa?

— É só pegar os outros presentes da mesa no corredor e levá-los à sala de jantar — disse, sem se dar ao trabalho de olhar para ele ao sair.

Kate reuniu todos na sala de jantar e, assim que Simon desligou as luzes, Fleur trouxe o bolo com as velas cintilando, assim como a finíssima faca de bolo de Kate. Simon veio depressa com o resto dos presentes enquanto cantavam "Parabéns para você". Quando Annabelle assoprou as velas, a sala ficou totalmente escura.

— Papai, acenda as luzes. — A voz assustada de Annabelle se destacou em meio às risadas.

Após a claridade voltar, Kate olhou para baixo e viu que todos os pacotes estavam na mesa. Mas a faca do bolo... a faca havia sumido. Quando estava prestes a dar um grito, percebeu Simon a segurando, prestes a cortar o bolo, e deu um suspiro de alívio.

— Tome, querida — disse, colocando a mão de Annabelle sobre a sua. — Vamos cortar o bolo juntos. O primeiro pedaço é seu, porque você é a aniversariante.

Kate sorriu para a filha.

— Depois que todo mundo comer, você pode abrir os presentes.

— Oba! — disse Annabelle, enquanto o bolo era servido. Ela deu duas mordidas do seu pedaço e soltou o garfo, olhando para Kate. — Chega, mamãe. Acabei. Posso abrir meus presentes?

Kate deu uma risada.

— É claro. — Ela empurrou os embrulhos para mais perto de Annabelle, que escolheu primeiro uma caixa quadrada em um papel azul e com um grande laço amarelo. Ela lutou para se livrar do embrulho, até que Kate veio em seu resgate e, em alguns instantes, Annabelle havia arrancado o papel, abrindo a caixa para mostrar um kit de montagem SparkleWorks. Era um dos presentes que Kate havia comprado.

— Oooh, bem o que eu queria.

Conforme a menina chegava no meio da pilha, pegou uma pequena caixa retangular enrolada com papel branco simples e decorada com purpurina vermelha.

— Olha, mamãe, que bonita.

Annabelle desenrolou a caixa e levantou a tampa. Kate curvou--se sobre a criança, deixando a cabeça pender para olhar melhor.

— Deixe-me ver isso — disse, tirando a caixa das mãos da filha e olhando para ela com mais cuidado. — Quem lhe deu isso? Onde está o cartão? — A voz de Kate hesitou.

— O que é? — Simon levantou-se da cadeira.

— Mamãe, eu quero meu presente! — Annabelle estendeu a mão e tentou tirar de Kate.

Kate olhou a sala em volta, em pânico, e depois de volta para a caixa que segurava. Dentro havia um pequeno caixão de madeira, hexagonal e alisado numa ponta, estilo Velho Oeste. Ela inspirou fundo e saiu de perto da mesa enquanto o tirava de dentro da caixa.

— O que é? — perguntou Simon, de novo.

Kate estava em frente ao aparador, longe dos outros, quando abriu o minúsculo caixão. Ao tirar a tampa, o movimento chamou sua atenção. Foi inundada por uma sensação de pavor. De repente a sala começou a girar, sua barriga a agitar-se. A caixa estava fervilhando com bolhas brancas e pegajosas. Elas se mexiam, rastejavam, subiam pelas laterais do caixão. Larvas! Larvas viscosas, retorcendo-se. O martelar nos seus ouvidos era ensurdecedor. Ela emitiu um berro gutural quando jogou a caixa no chão, mas a infestação já estava espalhada sob ela, várias larvas sobre seu pé direito e subindo.

Uma nova onda de tontura se abateu sobre ela, sua barriga subindo e descendo como uma montanha-russa descontrolada. Ia

vomitar. Ela sacudiu o pé para tirar os parasitas e recuou, vasculhando a sala, mas o mar de rostos se misturou. Simon estava vindo
na direção dela, enquanto ela se encolhia dele, com medo.

— Fique longe de mim. — Ela estendeu as mãos para a frente.
— Blaire — chamou, vasculhando a sala com os olhos turvos de
lágrimas. — Chame a polícia. Depressa.

VINTE E QUATRO

A polícia dissera a todos para esperar na sala de jantar, onde um dos oficiais ficou de vigília enquanto levavam cada convidado à sala de leitura para interrogatório. A tensão era palpável. Todos se olhavam, tentando avaliar quem entre eles seria o culpado. Blaire lembrou, inclusive, de *E não sobrou nenhum*, de Agatha Christie.

Ela foi quase a última a ser chamada. Um policial a escoltou.

— Por favor sente-se, senhora Barrington — ordenou Anderson, apontando a cadeira à sua frente.

Blaire sentou-se e esperou ele falar.

— A senhora tem ideia se a caixa estava entre os presentes que a doutora English trouxe à sala?

— Não, não tenho. Havia uma pilha enorme de presentes. Não tenho como ter certeza se estava lá ou não.

— A senhora viu alguém trazer a caixa para a casa quando chegou?

Ela fez não com a cabeça.

— Por acaso a senhora viu alguém sair da sala de jantar antes de os presentes serem abertos?

— Não. Estava escuro. Tínhamos acabado de cantar os parabéns.

— Quem sabe imediatamente antes? A senhora notou alguém sair da sala de jantar antes de começarem a cantar?

Ela pensou por um instante.

— Não consigo ter certeza. Eu não estava prestando atenção nisso. Estava de olho em Annabelle.

— Tente lembrar.

Ela voltou os olhos para o alto e tentou desenhar quem estava à volta da mesa. Simon e Kate estavam um de cada lado da filha, Carter estava em frente a ela com Selby e os três meninos, e Harrison, Georgina e os pais da amiga de Annabelle estavam do mesmo lado da mesa. Ela deu de ombros.

— Todos estavam lá. No caso, Fleur foi quem trouxe o bolo, Simon desligou as luzes e nós cantamos. Ficou escuro por poucos segundos depois que Annabelle soprou as velas.

— Qual era o seu presente?

— Annabelle ainda não abriu. É um cachorro mecânico em tamanho real. — Ela olhou para ele. — Ela não chegou nele, infelizmente.

— Entendo. A senhora passou o dia aqui?

— Não. Eu tinha que fazer algumas tarefas e depois fui à manicure do hotel e buscar coisas no meu quarto.

— E qual hotel seria?

— O Four Seasons, no centro.

Ele anotou em sua caderneta e olhou para ela de novo.

— Alguém estava com atitude estranha? Nervosismo?

— Não. Era uma festa. Todos estavam alegres… bom, o mais alegre possível, dadas as últimas circunstâncias. Kate estava à flor da pele, mas quem pode culpá-la?

O cenho dele se franziu.

— Mais à flor da pele que nos últimos dias? Ela estava desconfiada de alguém em específico?

Blaire hesitou por um instante.

— De Simon. Ela tem medo dele. Acha que ele está fazendo coisas para ela ter dúvida de si mesma.

— Que tipo de coisas?

— Trocando as coisas de lugar, fazendo ela pensar que não lembra de ter feito algo, esse tipo de coisa.

Ele arqueou uma sobrancelha.

— A senhora acha que isso é possível? Ou ela podia estar imaginando? Como a senhora descreveria o estado de espírito dela?

Ela hesitou, pensando na risada histérica de Kate no início da noite, e nas velas no banheiro. Se ela contasse a Anderson, com certeza ele ia tirar o crédito do juízo de Kate. Mas, como ela não era suspeita, Blaire não via motivo para lhe contar. Ela precisava que ele levasse a desconfiança de Kate a sério.

— Acho que Simon poderia estar fazendo essas coisas. Nunca confiei nele. Talvez você já saiba, mas naquela noite que eu estava na casa de Gordon, descobri que Simon vem perdendo grandes clientes. Ele também disse que quase todo o dinheiro de Kate está investido na fundação e sei que ele assinou um contrato pré-nupcial. Você sabia? Kate herdou bastante dinheiro com a morte de Lily. Segundo Carter Haywood, sócio dele, eles precisam de uma injeção de grana no negócio.

Ele ficou olhando para ela.

— Entendo. Tem mais detalhes sobre as dificuldades financeiras do senhor English?

— Não sei muito mais que isso. Apenas que Gordon Barton acha que Simon está bastante encrencado. O senhor tem como conferir os registros financeiros da empresa dele?

— Podemos. Mas vai levar algum tempo.

Aquele homem era irritante.

— Por quê? Quanto tempo?

— Existe uma coisa chamada Quarta Emenda Constitucional, senhora Barrington. Não podemos acessar registros financeiros de uma pessoa sem sua permissão ou um mandado.

— Estou ciente — disse, a voz gélida. — Eu escrevo sobre crimes.

— Sei que escreve. E eu trabalho com eles na vida real. Agradeço pela informação. Vamos conferir. Tem algo mais?

— A única coisa é que eu acho que o senhor deveria analisar mais a fundo a relação entre Simon e Sabrina Mitchell. No início da noite em que encontrei as fotos na casa de Gordon, vi os dois juntos em um restaurante do centro. Ele disse a Kate que era um jantar de negócios.

— Estamos cientes. Algo mais?

Foi interessante ouvir aquilo.

— Vocês estão seguindo Simon?

Ele lhe dirigiu um olhar de impaciência.

— Mais uma vez, senhora Barrington, algo mais?

— Sim.

Ele ergueu as sobrancelhas e aguardou.

— Carter Haywood me contou que, no mês passado, Simon recebeu uma ligação de Lily na firma e que, imediatamente depois, ele mudou de ideia quanto a levar Sabrina em uma viagem de negócios. Me parece que a sogra sabia que havia algo entre eles.

Ele olhou para ela.

— Obrigado. Não pense duas vezes em me ligar caso lembre de algo mais.

Ele voltou-se para o policial parado na porta.

— Por favor, leve a senhora Barrington e traga o senhor English de volta.

Ela levantou-se e voltou à sala de estar, onde Harrison estava sentado sozinho.

— Onde está Kate? — perguntou ela.

Ele ergueu o olhar.

— Annabelle e a mãe estão dormindo no quarto. Que bom que você vai ficar. Kate precisa de você. Disse que também ficaria e prometi que faria Simon ir embora.

Como ele faria Simon ir embora?, Blaire se perguntou. A campainha soou.

— Acho que Anderson está saindo.

Simon entrou na sala, o rosto exaurido, a camisa saindo da calça, o cabelo bagunçado. Ele jogou-se em uma poltrona.

— Eu não sei o quanto ainda aguento. Como esse presente veio parar aqui? Quem faria uma coisa dessas?

— Pode ser alguém da sua equipe — afirmou Blaire. — Eu sei que Anderson já conferiu, mas é a única explicação. É improvável que tenham sido os pais da amiga de Annabelle. Aí sobram Selby, Carter e Georgina. E nós.

Harrison ficou um instante em silêncio e depois olhou para Simon.

— Por que Kate está tão desconfiada de você? Quando conversamos no Natal, eu confiei na sua palavra de que não tinha nada com aquela mulher que apareceu aqui. Mas agora...

Simon levantou-se, o rosto em chamas.

— Você não pode estar falando sério.

A voz de Harrison se elevou.

— É claro que estou. Alguém matou minha esposa e agora ameaça minha filha. Alguém muito próximo, pelo jeito. Se ela tem medo de você, você tem que ir embora.

Simon pareceu apunhalado.

— Não tem como você achar que sou eu. Harrison, como assim?

— Eu não sei o que pensar. Só sei que minha filha está assustadíssima e, se você se importa com ela, vai lhe dar espaço. Se não por outro motivo, que seja pela paz de espírito dela.

— Mas ela está em risco. Não posso deixá-la aqui sozinha.

— Ela não está sozinha — intrometeu-se Blaire. — Eu estou aqui, e Harrison também. Além de vários seguranças e da polícia.

Simon estreitou o olhar.

— Tudo bem. Eu vou ficar no sofá da firma, mas só temporariamente. Até encontrarmos a pessoa que está fazendo isso. Aí vocês dois vão se desculpar por terem me acusado.

VINTE E CINCO

Kate sentiu-se melhor com Simon fora de casa. Na manhã seguinte, enquanto se vestia, ela pareceu mais leve pela primeira vez em dias. Havia mais uma coisa que ela tinha que fazer, porém. Abriu a porta do quarto de Annabelle e sorriu para a filha.

— Oi, amorzinho. O vovô e a tia Blaire estão na cozinha. Por que você não vai falar com eles? Eu preciso conversar com a Hilda.

Hilda fez um olhar interrogativo enquanto Annabelle passava por ela e corria escada abaixo.

— Está tudo bem?

Kate ergueu as sobrancelhas.

— Parece que está tudo bem? Você está do lado dele?

Hilda deu um passo para trás.

— Não entendi o que você perguntou.

Kate bufou.

— As velas, as EpiPens, o remédio para tosse, o blusão... você está mancomunada com Simon. Quase acreditei que eu estava ficando louca. Agora eu entendi que você quer se livrar de mim, para ser a única mulher responsável por Annabelle.

Kate havia feito pesquisas naquela manhã. Ela havia procurado a ficha de contratação de Hilda e encontrou o telefone da filha dela, que estava listado como contato de emergência. Mas era um número antigo, de antes de ela se mudar, e Kate não conseguiu encontrar o novo. Acabou localizando bem rápido no Facebook, embora só tenha conseguido ver algumas poucas fotos devido às configurações de privacidade. Ela estava certa. A filha de Hilda, Beth, tinha uma menininha da idade de Annabelle, e elas até se pareciam — cabelos loiros e compridos, olhos grandes e castanhos. Então ela procurou Beth no Google e encontrou um blog sobre maternidade. Nenhuma menção a Hilda, mas uma postagem a respeito de tirar gente venenosa da sua vida. Para Kate, já era prova de que Hilda não era flor que se cheire.

— Kate…

Kate ergueu a mão aberta.

— Nem se dê ao trabalho. Cansei das mentiras. Pode juntar suas coisas e ir embora. Você está demitida.

As lágrimas surgiram nos olhos de Hilda e seu rosto ficou pálido.

— Kate, você se enganou…

— Me enganei? — A voz de Kate se elevou. — Eu não me enganei. *Você* se enganou se acha que vai continuar me ludibriando. — Ela virou-se e foi embora antes que Hilda pudesse dizer algo mais. Descendo a escada até a cozinha, ela entrou e chamou Harrison e Blaire, que estavam à mesa. — Agora estamos seguros.

Annabelle olhou para ela.

— O que foi, mamãe?

— Não se preocupe, amor. Está tudo bem.

Harrison levantou-se e foi até a filha.

— Kate, você está bem?

Ela deu um sorriso triunfal.

— Agora estou. Acabei de demitir Hilda. Mais uma traidora que se vai. — Por que seu pai fez aquela cara de incomodado?

Ele pôs as mãos nos braços dela.

— Katie, Katie. Hilda não é traidora. Onde ela está?

Ela estreitou o olhar para o pai.

— Arrumando as trouxas. Quero que vá embora.

Ele começou a dizer uma coisa, mas parou.

— Tudo bem. Eu vou conferir se ela vai mesmo.

— Muito obrigada.

Harrison deu a volta na mesa e sussurrou alguma coisa a Blaire.

— Ei, sem segredinhos! — advertiu Kate.

Blaire sorriu para ela.

— Claro que não. Por que você não vem aqui, se senta e eu preparo o café da manhã?

— Eu posso me virar sozinha. Enfim, estou com fome. — Kate preparou uma xícara de café e foi até a mesa. — Por que hoje não vamos para um lugar divertido? Quem sabe o zoológico?

O rosto de Annabelle se iluminou.

— Eu adoro o zoológico! A gente pode ver os macacos?

— Hã, talvez esteja meio frio para zoológico — disse Blaire. — Tem muita neve na rua.

Kate olhou pela janela.

— Você está certa. Bom, que tal o oceanário?

— Ok, se você está com vontade de sair.

— Eu adoraria ir junto, mas preciso ir para o hospital — disse Harrison. — Volto no início da tarde. — Ele virou-se para Blaire. — Você vai passar o dia aqui?

Blaire fez que sim.

— Ótimo. — Kate soltou o ar. Agora que Simon não estava mais lá, era como se ela houvesse se livrado de um peso. — Vou conferir meu e-mail de trabalho e aí podemos ir.

Ela correu para seu escritório no andar de cima e ligou o computador. Suspirou aliviada ao passar os olhos pelos e-mails e não encontrar nada fora do comum. Repassou os mais novos e estava prestes a levantar quando ouviu o *ping* de uma mensagem recebida. O assunto berrava: O TEMPO ESTÁ ACABANDO. Ela parou de respirar e clicou no e-mail.

Você amava Jake, não amava?

Mas não a ponto de salvá-lo

Mas não se preocupe, logo vocês vão ficar juntos

Pode dormir com dez guardas na porta do quarto

Não vai ajudar em nada

Esta é a última mensagem que você vai receber

Porque é o seu último dia de vida

Ela tentou gritar, mas nada saiu. Discou o número de Blaire no celular.

— Kate?

— Estou no meu escritório. Venha aqui — falou, arfando.

Kate tirou uma foto da tela enquanto esperava, e logo Blaire estava ao seu lado.

A amiga inclinou-se para ela e chegou mais perto da tela. Ela pegou o mouse.

— Hã, Kate...

— O quê? — Kate estava olhando para o nada, entorpecida.

— É de você mesma.

— Como assim?

Blaire apontou para o campo do remetente.

— Veja isso. É o seu e-mail pessoal: Kenglish34@gmail.com.

Kate fez não com a cabeça.

— Eu não mandei isso!

Blaire ficou em silêncio, olhando para ela com uma expressão que nunca havia visto.

— Por que eu mandaria uma coisa dessas?

Blaire curvou-se mais, para ficar no nível dos olhos dela.

— Você está sob um estresse tremendo. Você sabe tanto quanto eu...

— Não! — Kate a empurrou e levantou-se. — Eu não sou louca — insistiu. Mas estava começando a duvidar.

Foi aí que seu celular tocou. Era o detetive Anderson.

Kate atendeu o telefone.

— O senhor viu?

— Doutora English. Rastreamos o IP. O e-mail veio do seu wi-fi.

VINTE E SEIS

Blaire via que Kate estava fazendo todo o possível para aparentar calma, o único sinal externo de ansiedade era o tamborilar constante de seus dedos enquanto elas esperavam por Anderson na sala de estar, sentadas.

— Eles acham que eu enviei o e-mail para mim mesma, não acham? Eu não mandei. Você acredita em mim, não acredita? Você não me acha louca, né? — Kate estava sentada retíssima na cadeira, roçando uma mão na outra sem perceber.

Blaire decidiu ir pelo meio-termo.

— É claro que você não é louca. Tenho certeza de que há uma explicação sensata.

Kate parecia em dúvida. Ela andava com um visual perpetuamente abatido e assustado. Não comia, vivia à base de café e Valium. Blaire a observava empurrar a comida pelo prato, sem de fato comer.

— Eu tenho certeza absoluta de que não fui eu. Não fui, fui? Como é que eles iam rastrear o endereço de IP até aqui? — Ela levou as mãos ao rosto e deu um choro baixinho.

Não importava quantas garantias Blaire tentasse lhe dar, Kate estava se questionando, acreditando que ela podia ter mesmo enviado o e-mail. Blaire estava ansiosa que a polícia chegasse. Ela queria que eles conseguissem deixar a mente de Kate tranquila e entendessem o que estava havendo.

Quando ouviram o som da campainha, Kate levantou-se e limpou as lágrimas do rosto.

Brian conduziu Anderson à sala. Havia outro homem com ele, uma pessoa que Blaire ainda não havia visto, mas que supôs ser um colega de trabalho.

Anderson tirou o chapéu e as cumprimentou com um meneio.

— Doutora English, senhora Barrington. — Ele fez um aceno para o homem que havia vindo junto. — Este é o detetive Reagan. Ele é da nossa unidade técnica.

— Olá — falou a anfitriã, e ficou olhando para ele com expectativa. — Tem certeza de que o e-mail veio daqui?

— Não há engano, senhora. Sua casa é o local do IP.

Ela virou-se para Anderson.

— Mas não fui eu que enviei.

— Nós sabemos.

Blaire viu uma expressão de alívio e surpresa cruzar o rosto de Kate, e esperou para ouvir o que Anderson ia dizer.

— O endereço do remetente do e-mail não é o seu — afirmou Reagan.

— Mas... — Kate começou a falar.

— O endereço do remetente era "kenglish134@gmail.com. A senhora não deve ter percebido o numeral um quando olhou o endereço.

Kate correu para pegar seu laptop da mesa lateral e abri-lo.

— Sim, sim. Tem razão. Não é o meu e-mail.

— De quem é essa conta? — perguntou Blaire.

Anderson virou-se para Reagan, que se pronunciou.

— Foi desativada. Não há como saber com exatidão.

— Precisamos encontrar o aparelho de onde o e-mail foi enviado. Está aqui. Em algum lugar desta casa — avisou Anderson.

— Mas como é possível? — perguntou Kate. — Vocês veem tudo que sai e entra dos nossos computadores e celulares. Como pode vir da minha casa? — Ela ainda estava com a expressão desvairada.

— Só monitoramos os aparelhos que a senhora nos autorizou a monitorar, doutora English. Qualquer outro smartphone, tablet ou laptop que tenha sido utilizado aqui usaria seu endereço IP, mas não seria monitorado.

Foi a primeira vez que Blaire ouvira aquela paciência na voz dele. Ela torcia que ele fosse começar pelo escritório de Simon. Mal conseguiu se segurar para abrir a boca e sugerir.

— Bem — disse Kate, parecendo ter readquirido o equilíbrio. — Por onde o senhor quer começar?

Anderson fez um breve aceno com a cabeça e se levantou.

— Pelo escritório do seu marido.

Ao deixarem a sala, os dois homens colocaram luvas e as mulheres foram logo atrás.

A escrivaninha de Simon era de madeira clara bordô, e não tinha papel algum. Sobre ela, havia duas fotos em molduras prateadas: um retrato de Kate com sua beleza de sempre, e outro de Kate, Simon e Annabelle juntos.

Anderson foi para trás da mesa.

— Temos autorização para fazer uma busca, doutora English?

— Sim. Total — respondeu, a voz fraquejando.

Anderson começou pela mesa, abrindo uma gaveta atrás da outra. Blaire e Kate ficaram assistindo Anderson pegar um globo de seu suporte, examinando-o conforme ele rodava.

— Seu marido tem um cofre?

— Sim, no nosso quarto. No momento só algumas joias estão lá. Sei disso porque abri ontem para guardar meu anel de noivado.

— Vamos terminar aqui primeiro — disse ele a Reagan.

Anderson fez todo o perímetro do escritório, conferindo atrás de cada pintura e prêmio pendurado na parede. Virou-se para Reagan.

— Vamos ver as prateleiras.

Os dois começaram a revistar as prateleiras atrás da mesa de Simon enquanto Blaire e Kate ficavam paradas, em expectativa silenciosa. As fileiras de livros iam quase até o teto, e parecia que Anderson e Reagan iam abrir cada um. Talvez levasse uma eternidade.

— Por que não nos sentamos? — Blaire disse a Kate. — Eles provavelmente vão demorar.

Kate sentou-se, mas não conseguia impedir seu pé de bater no chão de nervosismo. Ela voltou a ficar com o olhar distante. Reagan estava no banquinho, tirando livros da penúltima prateleira, quando, de repente, parou e pegou um para Anderson. Blaire e Kate levantarem-se, esticando o pescoço para ver o que ele tinha na mão. Não era um livro — era uma caixa de couro que parecia um exemplar de *Moby Dick*. Ele olhou dentro e trocou olhares com o companheiro, que desceu a escada.

— O que é? — perguntou Kate, chegando perto dele.

Os cantos da boca dele estavam virados para baixo. Ele sacudiu a cabeça enquanto estendia a caixa para elas. Dentro, havia um smartphone. Ao lado dele, uma sacolinha de plástico — que continha um reluzente bracelete de diamante.

Blaire ouviu uma inspiração aguda.

— Meu Deus, é o bracelete da minha mãe — falou Kate, um segundo antes de desabar no chão.

VINTE E SETE

Kate sentiu um baque na cabeça e abriu os olhos para ver Blaire pairando sobre ela.

— O que aconteceu?

— Você desmaiou.

Levou um instante para tudo voltar. Simon. O celular. O bracelete da mãe. Ela tentou se sentar, mas um acesso de tontura fez ela cair de novo no travesseiro e fechar os olhos.

— Doutora English? — A voz grossa do detetive Anderson lhe deu um choque. Kate abriu os olhos e forçou-se a ficar sentada. Sentia que estava vendo e ouvindo tudo em câmera lenta.

— Tome aqui. — Blaire lhe estendeu uma garrafinha de água. — Pode ajudar.

Ela tomou um pequeno gole e devolveu a garrafa à amiga. Sentiu que ia vomitar. Mesmo que desconfiasse de Simon, da infidelidade e da culpa que ele tinha em relação às ameaças e à mãe dela, ficou extremamente chocada quando se deparou com evidências concretas. Como ela poderia ter vivido todos esses anos com ele, sem saber que ele podia matar alguém ou fazer uma tortura psicológica? Ela não conseguia entender.

Ela precisava de respostas, de algo que fizesse sentido. Que tipo de monstro mata a sogra e arma um complô contra a mãe de sua filha? Se ele queria tanto assim cair fora, ela lhe daria o divórcio. Ela seria generosa na negociação, apesar do acordo pré-nupcial. Ocorreu-lhe outro pensamento e ela se sentiu tomada pelo pânico. E se algum dos seguranças estivesse ajudando ele? Ela ainda podia estar em perigo.

Kate olhou para Blaire.

— Livre-se da equipe de segurança. Foi Simon que a contratou. Não me sinto bem com eles aqui.

— Não creio que você vá querer ficar sem proteção até ele ser preso — observou Blaire. — Tem uma firma que usamos para controle de multidões quando estamos em turnê. Quer que eu ligue para eles?

Kate fez que sim, depois passou as mãos pelo cabelo, os olhos fechados.

— Doutora English? — chamou o detetive.

Kate e Blaire ergueram o olhar ao mesmo tempo.

— Encontramos outra coisa. — Ele deu um pigarro. — Veneno de rato.

Kate curvou-se, como se houvesse perdido todo o fôlego. Cada revelação era como um novo golpe. Ele tinha planos de envenená--la. Ela se lembrou do café com gosto estranho e ficou pensando se ele já havia iniciado o plano.

Blaire aproximou-se de Kate e colocou um braço sobre seu ombro.

— Sinto muito, Kate. Sinto muito mesmo.

Kate caiu na cadeira.

Anderson tocou no smartphone.

— Todas as mensagens e os e-mails vieram desse celular.

— Ele queria mesmo me matar. Ele me odeia tanto a ponto de me torturar, de me provocar?

— É óbvio que ele queria que parecesse que era outra pessoa, ou que parecesse que você estava louca — disse Blaire. Ela virou-se para Anderson. — Uma coisa que não entendo é por que Simon usaria um e-mail similar do Gmail. Não seria mais eficiente fazer Kate passar vergonha se ele usasse o endereço dela mesma?

Kate fez que não.

— Ele não sabe minhas senhas. — Mas algo estranho havia lhe ocorrido. — Meu marido não está aqui. Como ele enviou o e-mail se o celular estava aqui?

— Parece que foi programado — disse o detetive Reagan. — Ele pode ter agendado há dias.

— Simon deve ter esquecido de levar o celular quando seu pai fez ele ir embora — ponderou Blaire. — Por isso não estava desligado dessa vez.

— Demos sorte — disse Anderson.

Quando Harrison chegou, Reagan havia ido embora e só Anderson continuava na casa.

— Kate, o que houve?

— Sente-se, pai.

— O que está havendo? — perguntou, ainda de pé.

— Encontraram o bracelete da mamãe.

— Encontraram onde?

— Bem aqui, escondido nas coisas de Simon. — Ela começou a chorar, os ombros tremendo. — Desculpe por ter colocado ele nas nossas vidas, pai. Mamãe ainda estaria viva se eu não...

Ele ficou parado, perplexo, como se ela falasse uma língua estrangeira.

— Está me dizendo que Simon matou sua mãe?

— Sim.

De repente o pai dela surtou, os olhos em chamas.

— Eu vou matar esse filho da puta. Vou matar com as minhas mãos. — E então começou a resmungar, a dizer coisas que Kate não conseguia entender, o rosto vermelho e saliva escorrendo dos lábios.

Kate entendia a fúria dele e, mesmo assim, a potência a assustou. Temia que ele tivesse uma parada cardíaca.

Anderson foi até ele, levando uma das mãos a seu ombro.

— Ei, acalme-se. Nada ainda é certo. Vou levar a prova e veremos o que descobrem. — Ele voltou-se para Kate. — Simon está na empresa nesse momento?

Blaire respondeu por ela.

— Supostamente.

A ideia de encarar o marido fez Kate ficar tomada de pavor, assim como a ideia de tudo que estava para acontecer, destruindo ainda mais as vidas deles.

Anderson apertou os lábios e deu um suspiro.

— Vamos prendê-lo agora mesmo. Vocês deviam chamar seu advogado.

— Advogado? Por que iríamos atrás de um advogado para ele? — perguntou Harrison. — Ele que vá para o inferno.

— Ok, eu entro em contato — disse Anderson, e saiu pela porta da frente.

Kate voltou-se para o pai. Era doloroso ver sua raiva anterior voltar a ser sofrimento, ver a desgraça em seus olhos.

Ele tomou uma das mãos dela na dele e olhou para longe, um olhar vazio.

— Por quê? Por quê? Não faz sentido. — Ele olhou para Kate. — Pelo menos, agora sabemos. E agora você vai ficar segura. — Ele puxou a filha para um abraço.

Era um consolo pequeno, ela pensou.

Na manhã seguinte, Kate estava na entrada da casa e dava adeus a Annabelle enquanto Harrison a levava embora. Mesmo que a polícia houvesse prendido Simon na noite anterior, ela continuava uma pilha de nervos e todos concordaram que seria melhor se Annabelle passasse algum tempo com o avô. Ele ia levá-la para a casa de praia — um espaço de paz e tranquilidade nessa época. Sem todos aqueles seguranças, a casa estava em silêncio; Blaire havia se livrado deles assim que Anderson foi embora. A equipe que ela usava em turnês ia chegar no fim daquele dia, e as duas queriam ter certeza de que, caso Simon não tivesse agido sozinho, ela continuaria segura.

Kate conversara com o detetive Anderson no início da manhã, e ele lhe dissera que Simon havia contratado um advogado. Ela já havia entrado em contato com o seu e explicado tudo. De modo algum ela ia contribuir com a defesa da pessoa que havia tirado a mãe de sua vida.

Seus olhos estavam inchados de chorar, e sua cabeça estava confusa devido ao Valium que havia tomado mais cedo. Ela vagava pelo andar de baixo, passando de aposento em aposento, ajeitando um quadro, trocando uma revista de lugar, qualquer coisa para não ficar louca.

Blaire apareceu na sala de estar.

— Como você está lidando com tudo isso?

Kate balançou a cabeça em negativa.

— Não sei. Eu fico repassando tudo na cabeça e, às vezes, acho que vou ficar louca.

Blaire trouxe uma xícara para ela.

— Tome, preparei um chá. Vamos nos sentar.

— Obrigada. A casa fica tão vazia sem Annabelle. Talvez eu não devesse ter deixado papai levá-la para a praia. E se acontecer um acidente de carro? — Ela deu um pulo, assolada pelo pânico. — Vou ligar para ele. Não quero que ela fique tão longe.

— Está tudo bem. Eles vão ficar bem. Não ligue enquanto estão na estrada. Você vai distraí-lo.

Kate respirou fundo. Blaire tinha razão. Ela podia até *provocar* um acidente. Era melhor ligar depois.

— Você não come desde ontem. Deixe eu lhe preparar alguma coisa.

Kate fez um não com a mão.

— Não, não estou com fome.

— Kate... uma torrada, qualquer coisa. Você vai ficar doente. Annabelle precisa de uma mãe forte.

Kate aquiesceu.

— Só metade.

— Já volto. Tome seu chá.

Kate tomou alguns goles e recostou-se no sofá. Por que o coração dela continuava batendo com tanta fúria? Simon estava preso. Haviam pego o assassino de sua mãe. Ela estava a salvo. Imaginou o marido de algemas, alegando inocência enquanto era arrastado. Queria ter ido à delegacia para assistir por trás do espelho falso enquanto ele era interrogado, mas o detetive Anderson havia lhe dito que não seria boa ideia. Por fim, ela teve que concordar.

Blaire voltou alguns minutos depois.

— Aqui está. — Ela entregou a Kate um prato com uma torrada cortada ao meio com geleia.

— Obrigada. — Kate comeu um pedaço pequeno e sentiu a barriga revirar-se de enjoo. Deixando o prato ao lado, ela tomou mais um gole de chá.

— Mmm, que bom. Hortelã?

Blaire deu um sorriso.

— Sim, eu lembrei que você sempre amou. Eu ainda sou a louca do café. — Ela se esticou e deu um bocejo. — Então, o que vamos fazer hoje? Agora que você não tem mais que ficar de prisioneira da própria casa, devíamos comemorar.

Kate arqueou uma sobrancelha.

— Não sei se descobrir que meu marido é um assassino é motivo para comemorar.

— Claro que não... Não foi o que eu quis dizer. Mas você não quer sair daqui? Nem que seja um passeio no shopping. Qualquer coisa.

A ideia de poder fazer o que ela quisesse sem se preocupar de estar sendo observada era libertadora.

— Olha, é uma ótima ideia. Eu ia adorar passear, ir a uma livraria.

Blaire levantou-se.

— Não é de mim que você vai ouvir objeção. — Ela sorriu para Kate de novo. — Vamos.

— Você acha que eles já chegaram na praia? Quero falar com eles antes de sair.

— Dê mais meia hora. — Blaire sentou-se de novo. — Faz muito tempo que não vou à casa de praia. Deve estar totalmente diferente.

— Nós fizemos umas melhorias. Os quartos estão praticamente iguais. Annabelle ficou com o meu. Ainda tem as sereias. Mamãe não chegou a mudar, pois Annabelle adora.

— E o meu quarto? — perguntou Blaire, com perspicácia na voz.

Kate foi pega de surpresa.

— Ah, Simon usa de escritório.

— Claro.

Kate lhe fez um olhar de confusa.

— O que foi?

— Nada. Só que ele toma o que ele quer sem se preocupar com os outros. — Ela recostou-se na poltrona em frente à de Kate. — Bom, agora ele não está mais na sua vida. Eu fico aliviada que descobrimos a verdade antes que ele pudesse fazer mal a vocês duas.

Kate engoliu em seco. Ela não havia considerado que ele podia ser uma ameaça à própria filha. Ainda estava tentando entender por que ele havia matado sua mãe.

— Não faz sentido. Você acha que ele matou mamãe para acobertar alguma coisa? Para poder me matar, e a polícia atribuir tudo a um maluco? — Kate rodava a colher na sua xícara, mexendo no saquinho de chá inconscientemente.

Blaire lhe deu um olhar de simpatia.

— Sim, acho. Desculpe, amiga. Eu queria esperar até você ter força o bastante para lhe dizer o que descobri. Carter me disse que sua mãe *ligou* para Simon. Sabrina e ele deviam ir juntos a uma viagem de negócios em Nova York, mas ele mandou ela ficar depois que conversou com sua mãe. Lily deve ter tentado botar juízo na cabeça dele. Óbvio que ele não gostou. Acho que Sabrina e ele planejaram essa coisa toda. Todo mundo sabe da sua ansiedade, afinal. Como provocá-la. E quem é o canalha que tortura animaizinhos inocentes? É sério, matar os pobres dos periquitos e pintá-los de preto com spray? Isso é mais que doença.

A cabeça de Kate levantou-se de repente. O que era mesmo que Blaire havia acabado de dizer?

— Por que não tenta falar com seu pai agora? Aí podemos sair.

— Ok. — Kate pegou seu celular e ligou. Tocou quatro vezes antes de cair na caixa postal. — Não atende. Talvez eles tenham enfrentado muito trânsito. — Ela continuava pensando nas últimas palavras de Blaire.

— Por que não vamos, então? Você tenta de novo do carro — Blaire disse. — Eu dirijo.

Kate continuava pensando nos pássaros. Como Blaire sabia que eram periquitos e que tinham sido pintados com spray? Kate nunca havia lhe contado isso, havia? Ela tinha certeza de que só dissera que eram pássaros pretos.

— Hã, quer saber? Eu estou com uma dor de cabeça de matar. Acho que preciso descansar um pouco antes de sair. Você se importaria de passar em uma drogaria e pegar um Tylenol para mim?

— Eu tenho Advil aqui. — Blaire começou a levantar-se. — Deixe-me buscar.

Kate fez que não.

— Não, eu não posso tomar ibuprofeno. Faz mal para o meu estômago. Não queria ter que pedir, mas não é longe, dá poucos quilômetros subindo a rua. — Ela estava mentindo, mas precisava tirar Blaire da casa.

Blaire ficou um minuto olhando para ela e sorriu.

— Claro. Eu já volto.

Assim que ela ouviu o barulho da porta se fechar, Kate mancou escada acima até o quarto de hóspedes, onde Blaire vinha dormindo. O quarto estava imaculado. Todos seus pertences estavam cuidadosamente acomodados na penteadeira, suas malas fechadas e coladas uma à outra sobre o suporte no canto. Kate abriu primeiro a bolsa Mulberry. Remexendo o mais rápido que podia, ela tirou livros, uma bolsa de maquiagem, caixas com joias. Nem sabia o que estava procurando. Colocou tudo de volta, tentando garantir que ficasse na mesma ordem que havia encontrado. Em seguida, ela abriu o zíper da maleta. Calças jeans e camisetas bem dobradas. Ela tirou as roupas e colocou-as com cuidado sobre a cama. Havia um diário de couro no fundo. Kate o abriu. A letra arrojada de Blaire saltou a seus olhos. Ela repassou as páginas e chegou à que estava datada com o dia do funeral de sua mãe.

Voltando à cidade. Não seria assim que eu planejaria nosso reencontro, mas de modo algum vou perder o funeral de Lily. Não era para ter sido assim. Todos os anos que fiquei afastada dela. Você é culpada por nos manter à distância, por privá-la do meu amor e privar-me do dela. Podia ter sido tão diferente. Podíamos ter sido uma família de verdade, mas seu orgulho era mais importante. Você não merece minha amizade, mas vou fingir que a ofereço. Estarei bem aqui, dando minhas condolências a você, fingindo que sinto pena de você, quem sabe até segurando sua mão. Mas, por dentro, estarei em ebulição,

*planejando meu próximo ato, saboreando a expressão de so-
frimento e terror no seu rosto.*

Ela afundou na cama, horrorizada. Virou a página para ler o registro seguinte.

*Ah, se eu pudesse ter visto sua reação quando descobriu os
ratos. Você gritou, ou o emprego a habituou a ver a morte?
Você se pergunta se a mesma sina a aguarda? Espero que meu
presentinho ao menos a tenha arrancado de seu estupor. Eu
sei que você está chateada, mas, sinceramente, Kate, você tinha
convidados e não os tratou com todo apreço. Lily lhe deu melhor
educação, não deu? Ela ficaria pasma ao ver o café acabar, o
pote de nata desaparecer, ninguém cuidando para que os criados
reabastecessem. Eu sempre fui melhor filha dela do que você.
Você não era digna de Lily. E agora, por causa do seu egoísmo,
nunca mais poderei revê-la.*

Blaire estava por trás de tudo? Kate sentiu o gosto amargo da bile queimar sua garganta. Suas mãos ficaram geladas, seus dedos formigaram. Ela ia vomitar. *Blaire* havia matado sua mãe?

— O que você está fazendo aqui? — A voz de Blaire cortou o silêncio.

Kate deu um salto, erguendo o olhar e fechando o diário.

— Foi você? — Ela mal conseguia colocar as palavras para fora. A respiração era dificultosa. — Você que a matou?

Os olhos de Blaire mostravam desespero quando ela viu o diário na mão de Kate.

— Isso é particular!

— Blaire! O que você fez? Por que você a matou?

— Eu não matei Lily. Juro que não a matei.

A ÚLTIMA TESTEMUNHA 269

Kate jogou o diário nela.

— Então o que é isso? Você me odeia!

— Não! Eu odiava, no início. Quando você me ligou para falar de Lily, eu culpei você. Voltei para magoá-la. Mas depois de ficar aqui… meus sentimentos mudaram. Veja. — Ela abriu o diário de novo e apontou.

— Viu, aqui eu falo de como estou feliz por termos feito as pazes. E que a justiça foi feita. Eu comecei com vingança, mas a perdoei pelo que fez.

O coração de Kate começou a bater mais rápido.

— Blaire, você está me assustando. Eu não entendi. Eu te amava… por que você faria uma coisa dessas? Você que me enviou os ratos, os pássaros, aquelas larvas horríveis, sabendo que eu sou frágil. Achei que você tinha vindo me ajudar.

A expressão de Blaire ficou melancólica.

— Eu *estava* tentando ajudá-la. — Ela sacudiu a cabeça. — No início tentava me vingar, mas, depois, quando percebi que Simon era culpado, eu tive que continuar para ele ser pego. Da última vez que tentei lhe alertar quanto a ele, você me expulsou da sua vida. Lembra?

Kate começou a tremer. Seu corpo ficou gelado.

— Blaire, me desculpe. Eu era muita nova. — Sua mente estava trabalhando o mais rápido possível. Esta não era a Blaire que ela conhecia havia tantos anos. Kate tentou lembrar o que havia aprendido no estágio de psiquiatria na faculdade, de como se lida com os doentes mentais. — Você tem razão — afirmou, com voz tranquila. — Agora eu entendi. Eu não devia ter casado com ele.

— Não, não devia. Eu precisava fazer você enxergar. Por isso que eu plantei o bracelete e o celular enquanto você estava por aí, acusando a pobre Hilda.

— Simon é *inocente?*

Blaire estava caminhando pela sala.

— Ele não é inocente! Ele é culpado de tudo. Só porque eu tive que ajudar a polícia a conseguir provas para fisgá-lo não significa que Simon seja inocente! Eu avisei. Sua mãe ligou para ele e disse para ele parar de joguinhos com aquela vagabunda.

— Mas o seu diário... você que mandou os ratos. Você está trabalhando com ele? Você está *envolvida* com ele?

Blaire lhe dirigiu um olhar incrédulo.

— O quê? Não. Ele não fez nada além de matar Lily. O resto fui eu.

— Mas como você sabia que eu estava usando... o moletom?

— Deixei uma câmera no seu quarto. Muito esperto da minha parte sugerir que a polícia vasculhasse a casa atrás de equipamentos. É óbvio que, aí, eu já havia tirado. Aprendi muitas habilidades quando fazia pesquisa. Não foi difícil enganar você.

— Você fez tudo isso para ele ficar de culpado? Minha mãe te amava. Eu te amava. — Era demais para Kate absorver. — Por que você matou minha mãe?

Blaire deu um suspiro de irritação.

— Você não está me ouvindo! Eu não a matei. Eu a amava! Eu voltei para solucionar o assassinato, e para fazer você sofrer por tê-la tirado de mim. Mas eu já lhe disse, Kate. Eu mudei de ideia quando vi que nosso laço era tão forte quanto antes. Durante o Natal... quando passei aqui com vocês... tudo voltou.

Kate tentou não alterar a voz. Ela não acreditava na amiga. Ela estava com o bracelete de Lily. Ela só podia ser a assassina.

— Você estava com o bracelete dela, Blaire. Fale a verdade.

— Eu comprei outro bracelete de diamante. Não são difíceis de achar, e lembrei como era. Eu estava junto quando seu pai deu a Lily, no aniversário de 20 anos de casamento. — Blaire deu um toque na têmpora e sacudiu a cabeça. — Sério, Kate, use a cabeça.

— Eu não entendo. Então quem a matou?

A voz de Blaire se elevou.

— Eu já falei. Seu marido. Quem mais?

Kate passou por ela e desceu mancando pela escada o mais rápido possível, o tornozelo latejando. Ela tinha que ligar imediatamente para Anderson. Ouviu os passos de Blaire atrás de si.

— Onde você vai? Kate, pare!

Onde ela havia deixado o celular? Ela foi na direção da sala de estar. Quando estava no caminho, ela sentiu um golpe forte em uma das mãos que a fez berrar de dor. Ela levou a mão, dolorida, ao peito. Blaire estava segurando o atiçador da lareira.

— Sente-se, Kate. Você não vai telefonar para ninguém.

— Blaire, solte isso — implorou.

Blaire fez que não.

— Você quer ligar para a polícia e contar o que eu fiz. Não vou deixar. Aí vão tirar Simon da cadeia e ele vai se safar. Isso não pode acontecer. Você não pode fazer com que me mandem embora, não antes de eu lhe contar outra coisa.

Kate ergueu as mãos para o alto, tentando mostrar a Blaire que não era ameaça. Ela manteve um olho no atiçador ainda em riste nas mãos de Blaire.

— Tudo bem, tudo bem. Estou ouvindo.

Blaire deu um suspiro.

— Eu recebi uma carta de Lily. Chegou dois dias antes de você ligar para me dizer que ela havia sido assassinada. — As lágrimas escorriam pelo rosto de Blaire. — Kate, preste atenção. Ela era minha mãe também.

— Blaire, eu sei que você pensava nela desse jeito. E sinto muito, muito mesmo, por todo os anos que você perdeu. Eu aceito a culpa, mas não tenho como voltar atrás.

A expressão de Blaire ficou mais tensa.

— Você não está me ouvindo. Eu não *pensava* nela como mãe. Ela *era* minha mãe. Ela me deixou para adoção.

Kate repentinamente sentiu-se sem ar. Blaire estava delirando. Do que ela estava falando?

— Não faz sentido algum. Como ela podia ser sua mãe? Nós temos a mesma idade. É impossível. — Mas, mesmo enquanto as palavras saíam, algo a incomodava.

— Não, boba. Eu tenho um ano e meio a mais, lembra? O único motivo pelo qual estávamos na mesma série é porque Mayfield fez eu repetir a oitava série. Lily me concebeu enquanto estava noiva do seu pai.

Kate estava confusa.

— Ela a deixou para adoção porque engravidou antes do casamento? Por que papai e ela não adiantaram o casamento?

Blaire levou um instante para responder.

— Porque Harrison não é meu pai.

— Como assim? Não faz sentido. Quem é seu pai?

— Eu não sei. Ela ia me contar. Mas então...

Kate não sabia no que acreditar. Seria uma fantasia inventada ou podia ser verdade? Ela só sabia que precisava acalmar Blaire e fazer ela abaixar o atiçador.

— Ouça. Eu sinto muito. Se nós somos irmãs, então precisamos começar de novo.

— Você se dispõe a esquecer tudo que eu fiz? Me perdoar?

— É claro — Kate disse.

Blaire começou a caminhar. Enquanto ela estava de costas, Kate foi bem devagar abrir a gaveta da mesa ao seu lado. Ela tateou por uma das EpiPens, envolveu-a com os dedos, trouxe para seu lado e a soltou entre as almofadas do sofá antes que a outra pudesse perceber. Se ela pudesse usar a EpiPen em Blaire, talvez o choque lhe

A ÚLTIMA TESTEMUNHA 273

desse uma vantagem e ela conseguisse fugir. Ela ficou observando a velha amiga com cuidado, esperando o momento certo para agir.

— Como eu vou saber se posso confiar em você? — Blaire olhou para o outro lado e Kate ergueu a EpiPen, pronta para enfiá-la no pescoço. Antes que ela percebesse o que se passava, Blaire virou-se e lançou-se contra Kate, segurando a EpiPen.

— Como você pode fazer uma coisa dessas? Mesmo agora, sabendo a verdade, você ainda me trai. — Ela limpou o rosto com as costas da mão.

Kate tentou acalmá-la.

— Por favor, eu não vou ligar para a polícia. Sente-se para que possamos conversar. Eu te amo. Nós somos irmãs. Podemos resolver essa situação. Deixe-me ajudar. — A mente de Kate estava acelerada, tentando ficar um passo à frente de Blaire.

— Irmãs? — zombou Blaire. — Você me descartou. Assim como minha mãe adotiva. Assim como meu pai. Assim como o Carter. Achei que você fosse diferente, mas você é igual ao resto. Eu vi que lhe dei uma chance que não merecia. Desculpe, Kate, mas você não passou no teste. Pelo menos, eu tenho Annabelle.

— Não ouse fazer mal a Annabelle — gritou Kate.

— *Fazer mal?* Eu não quero fazer mal a Annabelle. Ela é minha sobrinha. Sangue do meu sangue. Ela vai ficar muito melhor sem você. Eu vou visitá-la depois que você morrer. Eu vou contar as coisas terríveis que você fez quando ela tiver idade para entender. Ela vai saber que é tudo culpa sua. Que a pobre tia Blaire nunca pôde ter filhos por causa do egoísmo da mãe dela. Então ela vai me amar e nunca vai me deixar.

— Por culpa minha? Como assim?

— O acidente, Kate. Aquele que você provocou porque estava tão bêbada e descontrolada que me distraiu. Se jogando contra o meu banco, mexendo no rádio, enquanto eu ficava berrando para você se sentar. Se você tivesse me ouvido, eu podia ter evitado que aquele motorista batesse em nós.

— Mas você nem se machucou. Jake morreu naquela noite. Você não acha que eu me torturei por causa disso em cada dia da minha vida desde então? Eu vou viver com a culpa para sempre. Mas nós éramos crianças, Blaire. Crianças imbecis.

— Essa é sua desculpa para tudo? Crianças? Assuma a responsabilidade. Você estava muito atolada na sua desgraça para ver o que fez. Não lhe ocorreu perguntar por que Carter terminou comigo? — A voz de Blaire se elevou. — Eu estava grávida. E sua imprudência me custou tanto o bebê quanto o homem com quem eu ia me casar.

A ideia de que ela também fora responsável pelo fim de uma gravidez a assoberbou.

— Oh, Blaire, sinto muito. Não sabia que você estava grávida.

Blaire trouxe o rosto mais próximo ao de Kate.

— Sinto muito, sinto muito — imitou com um cantarolar zombeteiro. — Está muito tarde para sentir muito. O aborto provocou uma infecção. Meu marido me deixou porque eu não podia lhe dar um filho, e é tudo culpa sua.

— Como assim, ele a deixou? Ele lhe mandou flores. E aquela mensagem linda.

— *Eu* mandei aquelas flores. Eu não podia deixar que toda Baltimore soubesse que meu marido não me amava mais.

— Blaire, por favor, me ouça. Você precisa de ajuda. Eu posso ajudar. Por favor, nós temos como resolver.

Blaire lhe fez um olhar de tristeza.

— Você partiu meu coração, Kate. Duas vezes. Você não me deixou outra alternativa. Não posso deixar que você conte a verdade a ninguém.

O medo de Kate deu lugar ao desespero.

— Então, qual é o plano? Deixar que Simon vá para a cadeia por algo que ele não fez e me matar?

Os olhos de Blaire brilhavam.

— Eu não vou matar você. O incêndio é que vai. Todo mundo sabe o quanto você ama velas. Aliás, você sempre esquece de apagá-las. Ninguém vai ficar surpreso se você morrer queimada por conta de um descuido. Podem até achar que você fez de propósito. Você anda muito *louca*. Que pena que eu estava fazendo compras quando aconteceu. Com o Valium e as velas, você não teve chance. Que pena que todos os seguranças foram embora e os criados não estão. Os criados que você ainda não demitiu, no caso.

Kate ficou olhando para a sala ao redor, desvairada.

— Você me mataria mesmo? Você não é uma assassina, Blaire.

— Você não me deixou escolha.

De repente, Blaire pegou o atiçador e bateu na cabeça de Kate. Tonta, a amiga caiu no chão com dor. Blaire tirou um isqueiro do bolso e acendeu as duas velas na mesinha à sua frente. Colocou um pano de prato ao lado de uma. Derrubou uma das velas e assistiu à toalha pegar fogo e consumir o jornal que ela havia espalhado sobre a mesa. Os detectores de incêndio começaram a berrar. Mas Blaire imaginou que os caminhões de bombeiros iam levar muito tempo para chegar a tempo de salvar Kate, dada a velocidade com que o fogo se alastrava.

— Tchau, Kate — disse, indo embora.

— Blaire, não! Espere! Por favor, me ajude! — gritou Kate.

Ela tentou se levantar, mas só perdeu o equilíbrio. Sentou-se de novo, puxou o ar bem fundo e soltou. Tentou se concentrar. *Pense.* Ela se ergueu, as pernas estavam bambas. O fogo se espalhava, chegava aos livros e aos porta-retratos. A fumaça estava tomando a sala tão rápido! Ela mergulhou no chão, de mãos e joelhos. Quando o ar ficou denso demais, ela colocou a blusa sobre a boca. Tossiu enquanto engatinhava rumo ao saguão.

— Socorro! — gritou, a voz rouca, embora soubesse que não havia ninguém por perto que pudesse socorrê-la. Não entre em pânico, ela disse a si. Ela precisava se acalmar, poupar oxigênio.

Ela não podia morrer desse jeito e deixar sua filha sozinha. Simon estava preso, então a filha seria órfã. A fumaça era tão densa que ela só conseguia enxergar centímetros à frente. O calor das chamas estava se aproximando e ia consumi-la. Não vou conseguir, ela pensou. A garganta estava inflamada, o nariz ardia.

Com o que lhe restava de força, ela arrastou-se até o saguão da entrada. Ali se deitou, arfando, exausta. Seus pensamentos estavam embaralhados, mas o mármore gelado do chão era como uma carícia na sua pele. Ela encostou a bochecha no piso frio. Já podia dormir. Fechou os olhos e sentiu que estava apagando, até que tudo ficou escuro.

VINTE E OITO

Blaire havia acabado de passar da porta da frente quando parou. Se fosse embora naquele momento, Kate estaria morta. Tudo estaria acabado. Não haveria mais chance de consertar. Ela acabara de lhe dar uma notícia chocante. Talvez, depois que ela tivesse tempo para pensar, Kate perceberia que a família é o que há de mais importante e que Blaire só havia feito o que achava que precisava fazer para salvá-la de Simon. Mas, se Kate morresse, aquilo nunca ia acontecer. Ela precisava resgatá-la. Independentemente do que Kate havia feito, era sua irmã. Ela não podia deixá-la morrer queimada.

Ela virou-se e puxou a porta da casa, aliviada ao descobrir que não havia trancado após sair. Correu de volta para dentro, decidida a tirar Kate de lá. Talvez houvesse uma maneira de fazer a irmã compreender que tudo que havia feito fora por ela. Kate com certeza entenderia o motivo da fúria dela. Ela fora privada de sua mãe durante 15 anos por causa de uma discussão imbecil. E por causa de um homem que nem merecia ficar com Kate — um infiel e assassino.

Kate teria que perdoar Blaire por tudo, tal como ela a havia perdoado. Afinal de contas, o que a outra fizera era muito pior. Tudo que Blaire havia feito tinha sido dar alguns sustos e ajudá-la a livrar-se do homem que tirara sua mãe delas, um ser humano que merecia sofrer pelo resto de sua vida patética. Kate, eventualmente, entenderia. E, no fim, Blaire salvara a vida de Kate. Talvez ela visse que aquilo tudo havia sido necessário para tirar Simon da vida da irmã. Sem sua ajuda, elas nunca o teriam descoberto. Sim,

Kate entenderia que, às vezes, são necessárias medidas drásticas. Ela sempre a apoiara, e ainda apoiaria.

Ela começou a tossir enquanto voltava à sala tomada de fumaça. Tinha que ser rápida. Ela viu que Kate havia chegado até o corredor, mas desabara ali. O fogo na sala de estar estava descontrolado e chegava ao saguão. Ela pegou a irmã por baixo dos braços e começou a arrastá-la em direção à porta de entrada. As labaredas começaram a subir pelo papel de parede do vestíbulo. Blaire sentiu o calor no rosto. De repente, as pernas de Kate bateram em uma mesa próxima à parede, fazendo um grande vaso desabar no chão de mármore. Blaire sentiu uma picada aguda no pulso.

Quando chegou no quintal do lado de fora, Blaire baixou as mãos e começou a fazer reanimação. O pulso de Blaire sangrava do ponto onde um caco de vidro deixara um corte fundo.

Surpresa em ver uma viatura parar na entrada, ela se levantou e começou a abanar. Quando os dois policiais correram até ela, Blaire berrou:

— Chamem os bombeiros! Rápido, ela desmaiou. Acho que inalou muita fumaça.

Um dos policiais ajoelhou-se ao lado de Kate e conferiu sua respiração. O outro olhou para Blaire.

— O que aconteceu?

— Não sei como começou. Cheguei e a mansão estava em chamas! Corri e encontrei ela. Graças a Deus voltei a tempo! Quando eu entrei, as chamas já estavam quase no corredor.

— Que bom que você veio — disse o policial.

Kate ainda não havia voltado a si. De repente, Blaire foi acometida pelo pânico. O que ela havia feito? E se Kate não sobrevivesse?

Minutos depois, ela ouviu o toque das sirenes dos bombeiros.

VINTE E NOVE

Quando Kate abriu os olhos, seu pai estava de pé à sua frente. Ela piscou, sem saber onde estava, e virou a cabeça contra o travesseiro. O cheiro forte de fumaça a atingiu, e tudo começou a voltar. O incêndio. Blaire dizendo loucuras. Depois, tudo ficava nublado.

— Kate — falou Harrison, o alívio óbvio no tom de voz. Ele estava sentado na beira da cama, segurando a mão dela.

O corpo dela ardia, mas ela sentou-se o mais rápido possível.

— Pai, o que aconteceu? Como eu cheguei aqui? — Ela ouvia o pânico na própria voz.

— Devagar, devagar. Acalme-se. — O pai tentava tranquilizá-la. — Você está no hospital. Aconteceu um incêndio.

Há quanto tempo ela estava ali?

— Você tinha ido para a praia. Quando você voltou?

— Você está acordando e desacordando há horas. Vim assim que Anderson me telefonou.

Kate fez não com a cabeça.

— Blaire. — Ela começou a chorar.

Seu pai a abraçou, deu tapinhas nas suas costas, depois recuou para olhá-la.

— Blaire está bem. Ela está só descansando nesse mesmo andar. Ela que tirou você do incêndio, sabia?

Kate quis retrucar. Sabia que precisava lhe contar alguma coisa, mas não conseguia organizar as ideias. E havia uma coisa que precisava saber antes.

— Annabelle?

— Não se preocupe, ela está com Georgina. Liguei para ela, pedi que me encontrasse aqui e levasse Annabelle enquanto eu ficava com você. Não sabia em que estado você se encontrava, ou se Annabelle poderia vê-la. Georgina vai levá-la para a casa dela.

— Graças a Deus. — Ela caiu de alívio no travesseiro e olhou para o pai. — A casa se foi? — sussurrou, a voz rouca e a garganta doída.

— Os danos foram sérios, mas conseguiram apagar o incêndio.

Kate pensou em todas as fotos de família, nas cartas e cartões de sua mãe, anos e anos de memórias que podiam ter se perdido. Pelo menos, Annabelle e ela estavam a salvo. Era tudo que importava.

— Kate — falou o pai com delicadeza. — Me conte exatamente o que aconteceu.

Ela lhe contou o tanto que lembrava, assistindo ao rosto do pai ficar cada vez mais vermelho e o cenho mais franzido. De repente, ele saltou da beira da cama.

— Ela acha que mamãe é mãe dela. — Ela esperou que o pai reagisse com choque, mas não foi o que viu. — Pai, você me ouviu? Ela acha que mamãe a deixou para adoção antes de vocês se casarem.

Ele olhou para o outro lado, o rosto pálido, depois fez um não com a cabeça.

— Eu não sabia que ela era o bebê — sussurrou.

— O quê?

Seus olhos voltaram-se lentamente para Kate, marejados.

— Kate, você queria saber a respeito do que eu e sua mãe havíamos discutido no dia em que ela morreu. — Ele andava pelo cubículo, então parou e sentou-se de novo. — Ela me disse que havia ido para a cama com outro. Uma vez. Uma noite, quando ainda éramos noivos e eu estava na faculdade na Califórnia. Que ela havia tido uma criança e a abandonado. Era por isso que estávamos gritando. Ela não queria me contar quem era o pai, nem mais nada quanto à criança. Disse que antes precisava conversar com outros envolvidos. — Seu rosto estava vermelho e ele fechava a mão em punho. — Eu não queria que você soubesse. Que maculasse a memória da sua mãe. Eu fiquei furioso. — Ele fez uma pausa e pegou uma de suas mãos. — Ainda estou. Mas o pior é que não posso me perdoar pelo fato de que as últimas palavras que disse à sua mãe foram cruéis, em fúria.

Não podia ser verdade! Sua mãe tivera uma aventura de uma noite? Tinha que haver mais naquela história. Mas agora, com a história que Blaire havia contado... devia existir alguma verdade ali, em algum ponto.

— O pai pode ser a pessoa que a matou. Já pensou nisso? — perguntou Kate. — Como você pôde esconder essa informação da polícia?

— Eu contei à polícia. Mas Lily me jurou que eu era o único que sabia. Ela ia me contar quem era o pai. Ela disse que queria esperar até eu estar mais calmo.

— Então deve ter sido por isso que ela quis mudar o testamento. Para incluir Blaire. — De repente tudo fez sentido.

Harrison fez que sim.

— Deve ter sido.

Ela recostou-se de novo e fechou os olhos, repentinamente exaurida. O cansaço tomou seu corpo e, enquanto vozes e o zumbido dos aparelhos pairavam sobre o cubículo, ela caiu no sono.

TRINTA

Blaire estava esperando a liberação do médico. Era tudo uma injustiça. Kate ia fazê-la passar por vilã mais uma vez. Ela lembrou da última ocasião que estivera em um leito hospitalar, depois da noite que havia mudado tudo. Carter tivera que pegar Jake, apagado, nas costas, e Blaire insistiu que Kate a deixasse dirigir, já que ela era a única sóbria. Carter ficou no banco do carona, enquanto Kate arrastou-se para o banco de trás com o namorado. Estava chovendo e eles estavam em uma estrada de terra às escuras. Blaire havia desligado o rádio para poder focar melhor. Kate não dizia nada com nada. Ela se debruçou sobre o banco da frente e começou a mexer no rádio, girando o botão até ligar de novo.

— Qual é, eu gosto dessa música — bradou, a fala arrastada.

Blaire tirou a mão dela do rádio.

— Kate, pare com isso. Estou tentando me concentrar.

Mas Kate insistiu. Ela virou o botão de novo, e a música começou a tocar. Kate cantava a todo volume. Olhando para baixo, Blaire tentava desligar o rádio, mas era um carro que ela não conhecia. Quando ergueu o olhar de novo, um caminhão estava vindo à toda na direção deles. Ela ainda conseguiu ver os faróis na sua frente. Os sons de rodas guinchando e o estrondo de metal contra metal foram as últimas coisas que Blaire ouviu antes de acordar naquele mesmo hospital. Ela parecia ilesa: alguns hematomas, arranhões e nada mais, mas ainda assim insistiram em examiná-la.

Jake fora dado como morto no local.

Carter havia quebrado o braço.

Kate não tinha um arranhão sequer.

As autoridades concluíram que o outro motorista era o culpado, pois estava com o dobro do nível de álcool permitido no sangue. Blaire lembrou da culpa que corroeu Kate depois do acidente, a culpa que lhe dizia que Blaire podia ter desviado caso Kate não a houvesse distraído.

O sangramento só começou depois. Fora Carter, ninguém sabia que Blaire estava grávida e eles haviam planejado fugir para casarem-se antes do Natal. Blaire quis muito confiar a novidade a Kate assim que descobriu, mas Carter havia implorado a ela que não dissesse nada até que eles se casassem, por medo de que a notícia vazasse e chegasse a sua família. A mãe dele, eventualmente, aceitaria Blaire, sobretudo se ela lhe desse um neto.

Quando o sangramento piorou, ela ligou para o namorado, que a levou em uma clínica na Filadélfia, um lugar onde sabiam que ninguém os reconheceria. Um médico muito gentil disse que ela estava com uma hemorragia. O acidente havia provocado um aborto. Ela havia perdido o bebê e voltado para a faculdade, sem que ninguém soubesse. Então ele telefonou para ela e terminou tudo. Se ela tivesse ligado para a clínica no início da febre e tomado antibiótico, talvez as coisas tomassem outro rumo. Em vez disso, dez anos depois, ela estava em uma clínica de fertilidade em Manhattan enquanto um médico lhe dizia que a infecção pós-hemorrágica havia deixado marcas no seu útero e fechado as duas trompas de Falópio. Não havia como ela engravidar nem como manter uma criança no útero.

Daniel e ela "tentaram" durante três anos até que ele começou a insistir que adotassem. A última coisa que ela queria na vida era cuidar da criança de outra pessoa. Mas ele estava irredutível, e acabou lhe dando um ultimato: ou ela dizia adeus a Daniel e à vida que eles haviam construído junto ou eles encontravam um jeito de começar uma família. Ele não podia abandoná-la, tirar seu sustento, afastar dela a família maravilhosa que ele tinha.

Blaire estava farta de ser abandonada. Shaina a abandonara. Seu pai escolhera Enid em vez dela. Carter fora embora. E Kate, sua melhor amiga, sua irmã de fato, abandonara-a em prol de Simon, trocando-a por Selby. Lily fora obrigada a tomar o lado de Kate. Por causa dela, ela havia perdido Lily para sempre, além de toda chance de ter sua própria família. Kate parecia nem se importar que elas eram irmãs. Que Annabelle era sua sobrinha. Cortara-a de sua vida — até que Lily morreu. Ela renunciara àquele laço por causa de uma briga imbecil.

Nas vésperas do casamento de Kate, em agosto, Blaire fez o possível para ficar de boca fechada e fingir que estava feliz pela noiva. Fora a todos as provas de vestido e organizou a despedida de solteira. Até se absteve de comentar o fato de que elas renunciaram ao tradicional mês na praia devido aos planejamentos para o casamento, mesmo que fosse o último verão antes de elas terem que voltar ao mundo real e que Blaire estivesse havia meses esperando por aquele descanso. Em vez disso, elas ficaram ilhadas em uma Baltimore úmida, trabalhando em arranjos de mesa e lembrancinhas. O pior foi o jantar de ensaio, quando Selby, noiva havia pouco tempo, erguera a taça a Simon e Kate.

— No próximo verão, seremos Carter e eu. Pensem só na diversão que vai ser nós quatro.

Simon sorriu.

— Carter, muito obrigado por me dar aquele empurrão na Bachman e Druthers. Estou ansioso para começar meu estágio quando voltarmos da lua de mel.

— Foi um prazer — disse Carter, respondendo com um sorriso.

— Um dia teremos nossa própria empresa de arquitetura. Sócios.

Selby havia olhado para Blaire.

— Os casados têm que se ajudar.

Simon riu.

— Tenho a sensação de que vamos passar muito tempo juntos.

Kate havia sido a única a notar o desconforto de Blaire, dando-
-lhe olhares de simpatia ao longo da noite, especialmente enquanto
Selby vinha esfregar na cara de Blaire que quem ficara com Carter
fora ela. No íntimo, Blaire fervilhava. Selby ia ocupar o espaço na
vida de Kate que era direito dela. E Simon, aquele imbecil, agia
como se já fizesse parte de tudo havia meses. Ela fumegou ao longo
de todo o jantar. Quando elas voltaram à casa de Lily e Harrison,
estava prestes a explodir.

Pela manhã, ela sabia que precisava fazer alguma coisa para
impedir o casamento. Harrison e Lily estavam no andar de cima, se
vestindo, e Kate e Blaire, na cozinha, preparando o café da manhã.

— Você vai cometer um engano — afirmou Blaire.

Kate, em frente à geladeira, deu um giro para trás.

— O quê?

— Simon. Ele não é a pessoa certa para você.

Kate deu um suspiro e veio até mesa.

— Blaire, por favor, não faça isso. Nós vamos nos casar hoje à
tarde. Eu sei que você desconfiou dele no começo, mas prometeu
que ia me apoiar.

— Desculpe. Mas sou sua melhor amiga e não posso ficar aqui
sem dizer nada enquanto você estraga sua vida.

O rosto de Kate ficara vermelho.

— Eu não estou estragando minha vida. Simon é um cara
maravilhoso.

— Arrá! Veja só. Você não falou que ama ele. Você não superou
Jake. Simon foi só uma maneira que você encontrou para esquecê-lo.

A expressão de Kate se transformou.

— Você não acha que eu já chorei demais por Jake? Ele se foi. Eu tenho que seguir com a minha vida.

Blaire via que não estava chegando a lugar algum. Então, mudou a abordagem.

— Sinto muito. Eu sei como tem sido difícil, mas posso ajudar você a superar. Eu não tenho que voltar para casa. Posso ficar aqui, conseguir um emprego. Você não precisa do Simon.

Kate fez não com a cabeça.

— Eu vou me casar hoje. Eu amo Simon. Você é minha madrinha. Seja minha madrinha.

Era como se a raiva e a frustração queimassem Blaire por dentro. Ela só queria defender os interesses de Kate. Como é que ela não entendia?

— Eu *estou* sendo sua madrinha. Você vai ter bastante coisa para tirar Jake da cabeça. Simon é um menino bonito sem substância. É uma desonra à memória de Jake. — Ela sabia que assim ia chegar no ponto certo, que lembraria a Kate quem ela era de fato, ou com quem ela se importava de verdade.

Mas Kate estava tremendo de raiva.

— Como você ousa me fazer sentir culpada por me casar? Você está agindo como uma vaca ciumenta.

— Por que eu não posso fazer com que você se sinta culpada? Não parece que você sente culpa por ter matado Jake. — Assim que as palavras saíram da sua boca, ela soube que tinha ido longe demais.

— Eu sempre soube que você me culpava! Saia daqui! Não quero você no meu casamento, não quero nem que apareça na cerimônia. Não quero você na minha vida!

— Kate, acalme-se... eu não...

— Vá embora! Eu não quero olhar para você.

Hoje, Blaire admitia que seu comentário fora insensível, mas todo mundo acabava dizendo coisas que lamentava no calor do momento. Não era por isso que se cortava alguém da sua vida. Mas era exatamente o que Kate havia feito. Horas antes do casamento, Blaire havia arrumado as malas e ido embora às lágrimas, sem nem dar adeus a Lily e Harrison.

Todos achavam que Kate era uma heroína. Que salvava vidas, fazia o bem. Ela aperfeiçoara a fachada tão bem que provavelmente até ela mesma acreditava nisso. Kate tinha tudo tão fácil. Ela nunca teve desejo particular por filhos, mas o universo lhe dera Annabelle, porque, claro, ela tinha tudo que queria. E, quando a menina chegou, Kate soube aproveitar? Não, ela continuou trabalhando do mesmo jeito e deixou toda a responsabilidade materna com Hilda. Aquela mulher era mais mãe de Annabelle do que Kate. Mas ela se importava? Não. E demitiu Hilda sem motivo algum.

Quando Kate lhe telefonou para contar de Lily, Blaire ficou arrasada. Elas haviam mantido contato esporádico por e-mail ao longo dos anos, mas ela só recebera a carta de Lily e a notícia dois dias antes. Depois do choque inicial, ela ficara furiosa. Como é que sua mãe biológica nunca havia lhe contado a verdade? Ela quase rasgou a carta em pedacinhos, de tanta raiva. Mas então percebeu que ainda tinha uma família. Lily queria que ela voltasse a Baltimore para assumir seu lugar com eles. Ela precisava de uma família — pois a que ela havia projetado com Daniel desmoronara.

Ele andava frustrado com a resistência que ela tinha em adotar. Blaire tentara lhe explicar, mas ele não entendia. Ela queria seu próprio filho, alguém que fosse do seu sangue. Hoje, sabendo o que havia descoberto sobre sua história, ela se perguntou se Shaina alguma vez sentira algum laço com ela. Seria o fato de Blaire não ser sua filha biológica o motivo pelo qual fora tão fácil abandoná-la?

E seu pai, que a mandou para longe assim que se casou e transformou Enid em prioridade? Ela queria saber qual era a sensação de alguém com quem você compartilha o sangue. Até a própria Kate conseguira substitui-la por Selby sem pestanejar. Ela queria uma criança que nunca fosse abandoná-la.

Blaire ficou devastada quando Daniel foi embora e, por impulso, telefonou para Lily. Elas normalmente trocavam e-mails a cada poucos meses, mas fazia muito tempo que ela não ouvia sua voz.

— Oi, Lily. — Ela travou o choro. — É a Blaire.

— Querida, o que houve?

— Ele me deixou. Daniel me deixou. Estou sozinha. Não sobrou ninguém.

Elas passaram horas conversando naquela noite. Antes de desligarem, Lily disse as últimas palavras que Blaire ouviria dela.

— Eu garanto que tudo vai ficar bem. Você não está sozinha. Confie no que eu digo: as coisas vão melhorar.

E então, uma semana depois, ela recebeu a carta de Lily. Ela não podia ligar para o pai e exigir que ele explicasse por que nunca a havia contado que ela era adotada. Blaire nunca tivera ideia da adoção. Mas ele se fora, e ela não daria a Enid a satisfação de lhe perguntar.

Blaire lembrou a última vez que vira os dois. Ela havia voltado a New Hampshire pela penúltima vez depois que Kate a expulsara do casamento. Passou a noite revirando-se na cama, furiosa, deitada e desconfortável em um beliche duro que havia sido encaixado no seu quarto antigo, que, no momento, tinha muito artesanato porqueira de Enid. Ela imaginou Selby ao lado de Kate na cerimônia, arrumando seu véu, segurando seu buquê e fazendo o discurso na recepção. Estavam todos se divertindo e comemorando, sem sequer lembrar de Blaire.

A ÚLTIMA TESTEMUNHA 289

O pai dela estava impaciente e irritado naquele fim de semana, e ela entendeu que ele não a queria lá. Nem ele nem Enid lhe contaram a verdade. Então ela decidiu partir na manhã seguinte. Pediu ao pai para lhe emprestar dinheiro para voltar a Nova York enquanto procurava emprego. Ele lhe fez um cheque generoso e ela foi embora. Seis meses depois, Blaire recebeu uma ligação de Enid.

— Você pode vir para casa? Seu pai não está bem.

— Como assim?

Ouviu um suspiro no outro lado da linha.

— Ele fez eu prometer que não ia lhe contar. Seu pai está doente. Ele sofre de insuficiência cardíaca. Já faz dois anos. Os remédios não estão funcionando mais. Acho que ele não tem muito tempo.

Por que ele escondera dela? Se ela soubesse que este era o motivo do seu mau humor, ela nunca teria ido embora. Ela teria cuidado dele, mesmo ainda estando furiosa com a intrusão de Enid na vida deles.

Blaire correu de volta a New Hampshire e encontrou-o hospitalizado, conectado a todo tipo de aparelho. Depois de dez dias, ele se foi. Enid saiu muito bem na história. Herdou as concessionárias e os milhões que ele tinha na conta, enquanto Blaire ficou com míseros cem mil.

Quando Kate lhe telefonou para dizer que Lily havia morrido, Blaire não conseguiu acreditar. Que artimanha do destino. Assim que a reencontrara, perdera-a para sempre. Ela nunca teria a chance de conhecer o amor de sua mãe. Nunca teria chance de compensar todos os anos que perderam. Ela queria gritar com Kate, dizer que era tudo culpa dela. Que ela era responsável por tirar Lily da sua vida. Estava tão envolvida pelo ódio e pela raiva que não tinha certeza de que conseguiria esconder de Kate o que sentia de verdade. Mas ela tinha que conseguir a desforra. Alguém tinha que fazer Kate pagar. Era mais fácil do que ela pensava, porque Kate estava alheia à sua dor. E, claro, ela não ia embora até encontrar a pessoa que havia matado Lily e fazê-la pagar.

No início ela não sabia ao certo quem havia cometido o crime. Mas logo lhe ficou claro que estava certa ao desconfiar de Simon. Ele traía Kate e só pensava em si. Assim que conseguiu arrancar de Carter e Gordon as informações — um homem com problemas financeiros e um olhar matreiro —, ela juntou todas as peças. Quando descobriu que Lily sabia de Sabrina, que havia chegado a ligar para Simon para falar dela, ela teve certeza de que havia sido ele. Mas não havia como provar. Foi quando alterou seu plano.

De início, ver Kate entrar gradativamente em colapso com as mensagens foi gratificante. Era tão fácil dar a aparência de que o assassino também estava atrás de Kate. Mas depois de passar um tempo com ela e ver que o laço entre as duas estava forte como nunca, Blaire percebeu que queria Kate de volta. Ela talvez não tivesse uma mãe, mas, afinal, tinha uma irmã. Então fez a irmã depender dela de novo. Ajudou-a a ver que Simon era culpado. E, dessa vez, Kate escolheria Blaire em vez dele.

Se Simon não houvesse aparecido em cena, ela nunca teria perdido Kate nem Lily. Já que a irmã acabara com a possibilidade dela de ter filhos, Blaire se sentia no direito de dividir a criação de Annabelle. Com Simon na cadeia, seria como se a menina pertencesse às duas. Ela apostava que Kate até deixaria Blaire levá-la a Nova York em alguns fins de semana. Porém, no momento, estavam todos desconfiados dela.

Passos pesados pararam atrás das cortinas e ela ouviu a voz familiar do detetive Anderson a chamando.

— Podemos conversar, senhora Barrington?

— Sim.

Ele fez uma cara séria quando entrou e puxou uma cadeira, um caderno em uma das mãos.

— Senhora Barrington, gostaria de conversar a respeito do incêndio. — Seus olhos estavam frios quando ele soltou um pigarro. — Pode me contar o que aconteceu?

— Como o senhor sabe, tenho ficado com Kate. Harrison e Annabelle não estavam e ela precisou que eu fosse à farmácia comprar Tylenol. Quando voltei, havia fumaça saindo pela chaminé e todos os alarmes haviam disparado. Eu sabia que Kate ainda estava lá, então corri para dentro, encontrei-a desmaiada e a tirei da casa. Graças a Deus voltei a tempo. — Blaire analisou o rosto de Anderson, mas ele continuava impassível.

— Entendo. A senhora adquiriu mais cartões Visa pré-pagos enquanto estava na farmácia? — Ele sentou-se e cruzou as pernas, um leve sorriso nos lábios.

— Por que eu precisaria de um cartão pré-pago? Eu tenho muito crédito — disse, tranquila.

— Há imagens de alguém que se parece muito com a senhora comprando um destes cartões. Coincidentemente, quem pediu as rosas que foram enviadas em nome da doutora English usou um cartão adquirido na mesma farmácia.

Ela não se abalou; fora extremamente cuidadosa. Nunca conseguiriam identificá-la naquele vídeo.

— Bom, *é* coincidência.

— A senhora tem uma carreira de muito sucesso como escritora, não tem, senhora Barrington?

Blaire fitou-o, as antenas ligadas.

— Vendeu milhões de livros. — Ele parou, um instante de silêncio. — A senhora e seu marido — disse, enfim.

Blaire continuou encarando-o.

— A senhora escreveu algumas coisas por si só, não foi? Antes de começar a colaboração com o senhor Barrington — prosseguiu ele.

— Não sei do que o senhor está falando.

— Não sabe? Seu conto. Leitura muito interessante, tenho que dizer.

Ela queria arrancar aquele olhar zombeteiro do rosto de Anderson. Estava cansada de joguinhos.

— Vá direto ao ponto, detetive.

— O ponto onde quero chegar, senhora Barrington, é o de que as rimas zombeteiras que a doutora English recebeu eram muito parecidas às do conto que a senhora escreveu. Algumas, inclusive, palavra por palavra. Isso não conta muito a seu favor, não é mesmo?

— O senhor gosta mesmo de fazer perguntas retóricas, não gosta?

Ele lhe dirigiu um olhar seco.

— Qualquer pessoa podia ter lido aquele conto e usado as rimas para que eu parecesse culpada. O senhor sabe tanto quanto eu, não sabe? — Ela deu um sorriso amplo. — O que achou da minha retórica?

Anderson clicou algumas vezes na sua caneta e ia falar mais uma coisa. Então, como se houvesse pensado melhor, levantou-se.

— Por enquanto, é só. Provavelmente, teremos mais perguntas em breve.

Arrã, claro. Seria a última vez que ela veria o detetive Brutamontes.

— Já vou ter alta e voltar para Nova York.

Ele colocou a cortina que circundava o cubículo da sala de emergência no lugar, então parou e virou-se para olhar para ela.

— A propósito, a doutora English vai ficar bem. Achei que gostaria de saber.

— Eu sei que ela está bem. Foi a primeira coisa que perguntei à enfermeira.

Assim que ele se foi, Blaire recostou-se no travesseiro. *Vade retro, sabe-tudo.* Ele se achava um ás dos detetives.

A ÚLTIMA TESTEMUNHA 293

Ela saiu do leito e sentou-se na cadeira de plástico do cubículo, e esperou. Até que, vinte minutos depois, assinou os papéis e estava pronta para ir embora. Abriu a cortina de novo e começou a caminhar em direção às portas duplas para sair do pronto-socorro. Nada havia transcorrido como ela planejara, mas assim que estivesse em Nova York ela ia encontrar um jeito de ter Daniel de volta.

TRINTA E UM

Kate não sabia há quanto tempo estava dormindo, quando alguém sacudiu seu braço delicadamente.

— Doutora English. — Era o detetive Anderson.

Ela piscou, os olhos ainda ressecados pela fumaça.

— O que está fazendo aqui? — perguntou, enquanto se ajeitava na cama.

— Queria ver como a senhora estava e trazer uma atualização sobre algumas coisas.

Ele puxou uma cadeira e sentou-se.

— Havia algo naquelas rimas infantis que me incomodava. Ninguém que estávamos observando como suspeito me parecia ser uma pessoa que se daria ao trabalho de reescrever poemas. Eu havia comprado um dos livros da senhora Barrington e pesquisei um pouco sobre ela, conferi seus antecedentes. Encontrei um conto que ela escreveu com o nome de solteira: Blaire Norris. Foi publicado há mais de dez anos na *Strand Magazine*. Consegui um exemplar e adivinhe só. O assassino envia cantigas de ninar para a vítima.

Kate sentiu emoções conflitantes a inundarem.

— Acho que isso é uma prova.

— Conversei com ela, que nega tudo. E qualquer pessoa poderia ter lido o conto. Também rastreamos o cartão de crédito pré-pago que foi usado para encomendar as rosas. Foi adquirido em uma farmácia na York Road. Conferimos horas a fio de vídeo. Temos alguém nas imagens que pode ser a senhora Barrington, mas não temos como identificá-la com clareza. De qualquer modo, já bastou para me convencer que a senhora corria perigo, então enviei uma viatura para conferir. Foi quando viram o incêndio.

— O senhor salvou minha vida. — Ela estendeu uma das mãos e ele a apertou. Foi a primeira vez que ela viu carinho nos olhos dele. — Obrigada. O senhor acha que Blaire matou minha mãe? Ela negou, mas...

Ele soltou a mão dela antes de prosseguir.

— Não. É certo que ela estava em Nova York na noite em que sua mãe morreu.

— Ela afirma que comprou outro bracelete igual ao da minha mãe. Mas eu não confio.

— O bracelete que encontramos no escritório de seu marido era diferente do da sua mãe. Não tinha o mesmo quilate.

Kate digeriu a notícia. Era um alívio saber que Blaire não fora mesmo capaz de tirar a vida de sua mãe. Mas, se não fora ela, quem teria sido?

— Vamos descobrir quem fez isso?

O celular de Anderson tocou e ele olhou para a tela. Levantou-se.

— Um minuto. Tenho que atender.

Kate recostou-se na cama e fechou os olhos de novo logo que ele saiu do cubículo e entrou no corredor. Alguns minutos depois, ela o ouviu voltando. Abriu os olhos.

— Tivemos um avanço no caso! Outra testemunha se apresentou.

Kate aprumou-se na cama.

— Quem?

— Randolph Sterling, o motorista de Georgina Hathaway. Ele a levou à casa da sua mãe na noite em que ela foi morta.

— O quê? Georgina estava lá? — De repente, ela ficou avivada. — O que mais ele contou?

— Ele diz que a senhora Hathaway teve medo de ser incriminada, então pediu a ele para não contar a ninguém que estivera lá naquela noite.

— Por que ela mentiria a respeito disso? A não ser que ela tivesse alguma ligação com o que aconteceu. — O pânico tomou conta de Kate. Georgina estava com Annabelle.

— Não se preocupe, estou a caminho para interrogá-la.

A voz dela se elevou, em alarme.

— Ela está com Annabelle. Ela está com a minha filha! Vocês têm que chegar lá antes que ela a machuque.

Assim que Anderson saiu, Kate saltou da cama e quase colidiu com seu pai voltando ao quarto.

— Kate, o que está acontecendo? Você precisa se deitar.

— Georgina! Ela estava lá naquela noite. Temos que pegar Annabelle! — Sua respiração vinha em arfadas ásperas, e ela começou a tossir.

— Do que você está falando? Georgina estava lá?

Ela apertou o avental hospitalar mais forte em torno si e puxou o cobertor da cama para colocar por cima.

— Ela estava lá na noite em que mamãe morreu. Randolph mentiu por ela, mas ele acabou de se entregar.

O queixo de Harrison caiu.

— Não estou entendendo.

Ela o pegou pela mão.

— Venha, precisamos chegar lá. Agora!

— Mas você não teve alta.

— Pai! E se ela tiver alguma relação com a morte de mamãe? E se ela machucar Annabelle? Temos que ir!

Quando pareceu que ele, finalmente, havia entendido, os dois correram do quarto, Harrison ajudando-a a apoiar-se no tornozelo bom. Quando chegaram no térreo e na entrada do hospital, ele virou-se para ela.

— Espere aqui. Vou trazer o carro. Está muito frio para sair vestida desse jeito.

Ela não conseguia parar de roçar os braços para cima e para baixo enquanto esperava ele trazer o carro. Estava levando uma eternidade. Por que Georgina havia escondido que estava lá? Será que ela fizera parte daquilo? Não fazia sentido. Kate ficou preocupada que ela fosse louca. Que tivesse ciúme de Lily. E se decidisse usar Annabelle de refém quando a polícia chegasse na casa dela?

Harrison finalmente apareceu. Ela correu até o veículo e pulou no assento do carona, tremendo de frio.

— Rápido, pai.

— Não faz sentido algum. Tem que haver um motivo sensato para a mentira de Georgina.

Kate batia o pé de nervosa.

— Não consigo pensar em nenhum.

Eles ficaram em silêncio pelo resto do caminho, ambos perdidos nos próprios pensamentos. Harrisson ia um pouco acima do limite de velocidade, tendo chegado à casa de Georgina em menos de 15 minutos.

Quando eles pararam na frente da mansão em estilo colonial de Roland Park, ela viu que Anderson já havia chegado. Kate desceu com pressa e subiu os degraus da entrada o mais rápido possível, estremecendo com a pontada de dor em seu tornozelo. Apertou a campainha repetidas vezes, até que uma empregada de uniforme abriu a porta, ao mesmo tempo em que Harrison se posicionava a seu lado.

— A senhora Hathaway os aguarda na sala de estar — disse a jovem, convidando-os a entrar.

— Pobrezinha — disse Georgina, estendendo os braços e puxando Kate para um abraço. — Você deve estar arrasada. — Ela deu as costas a Kate e fez um olhar de soberba para o detetive Anderson. — Ainda não entendi por que o senhor está aqui. Eu já lhe contei tudo que sei.

— Onde está Annabelle? Eu quero ver Annabelle — falou Kate.

— Ela está bem — falou Georgina. — Está na sala de jogos com minha empregada. Ela gosta muito de brincar com as casas de boneca que eram de Selby. Não se preocupe. Pode sentar-se no sofá e curtir a lareira. — Ela apontou para o sofá mais próximo do fogo.

Kate fez que não.

— Não, eu quero ver Annabelle.

Georgina apertou o botão do intercomunicador e falou:

— Traga Annabelle para baixo.

Instantes depois, Annabelle estava no patamar da escada.

— Mamãe! — O alívio inundou Kate quando a filha desceu os degraus com pressa na sua direção. — Mamãe, a senhorita Lucy e eu estamos brincando de casa de bonecas. Venha ver.

Kate deu um abraço apertado em Annabelle antes de alisar o cabelo da filha e olhar para seu rosto.

— Você pode voltar e brincar, meu amor. Mamãe já vai subir.

Georgina sorriu para ela.

— Viu? Está tudo bem. Agora, sente-se.

Kate continuou de pé.

— Por que você...

Anderson a cortou, com um olhar de advertência.

— Por favor, doutora English. Deixe que eu faço as perguntas. — Ele estava ao lado da lareira, o cotovelo sobre a cornija. — Esclarecimentos, na verdade. A senhora foi à casa dos Michaels na noite em que Lily Michaels foi assassinada?

Georgina ergueu o queixo, os olhos firmes.

— Claro que não. Por que o senhor me faria uma pergunta dessas?

— Seu motorista veio a nós e disse que levou a senhora até lá.

— De-deve ha-haver algum engano — gaguejou. — Ele deve ter confundido o dia.

— Não há engano, senhora Hathaway.

— Eu tenho certeza de que não a vi naquela noite. — Georgina olhou para Kate. — O detetive acabou de me contar que foi Blaire quem provocou o incêndio na sua casa hoje de manhã. Nunca gostei dela. Aquela menina era um problema desde o começo, Kate. Ela se interpôs entre minha filha e você. Nós lamentávamos muito. Ela nunca foi do tipo que ia encaixar-se entre nós. Ela tinha ciúme de Selby, ciúme da amizade entre vocês duas. Como eu disse, nunca gostei dela. — A voz de Georgina transbordava de desdém.

— Remoer o passado não tem sentido — afirmou Harrison. Ele olhou sério para Georgina. — A pergunta agora é: você esteve em minha casa naquela noite?

— Já disse a vocês que não. — Ela virou-se para o detetive Anderson. — É a palavra de Randolph contra a minha. É ridículo.

Anderson observou-a por um instante, antes de voltar a falar.

— Ele faz registros detalhados dos trajetos. Que motivo ele teria para mentir? Especialmente se lhe custasse o emprego.

Kate ficava assistindo a tudo e sua frustração crescia. Anderson tinha razão. Por que o motorista mentiria? Georgina devia ter estado lá naquela noite.

Anderson lhe dirigiu um olhar severo.

— A senhora tem que nos contar a verdade. Caso contrário, a pessoa errada irá para a cadeia. Simon English foi acusado do homicídio.

Georgina voltou-se para o detetive.

— Por que o acusariam? Se Blaire tentou matar Kate no incêndio, provavelmente foi ela que matou Lily. Vocês deviam prendê-la.

— A senhora Barrington pode ser culpada de outras coisas, mas não de homicídio. Ela estava em Nova York na noite em que a senhora Michaels morreu. Temos prova irrefutável. Não tenho motivos para prendê-la.

— Ela admitiu a Kate que foi ela que mandou todas as mensagens — disse o pai. — Isso você tem como provar e acusá-la.

Anderson fez que não.

— Não temos provas de nada. Ela fez de um modo como se o senhor English houvesse enviado todas as mensagens. Até o momento, a senhora Barrington negou ter plantado aquela prova, então temos a palavra dela contra a dele. O senhor Simon não tem um álibi, fora afirmar que estava no seu escritório fazendo serão, e agora acreditamos que a senhora Mitchell não seja uma testemunha confiável como álibi.

— Mas é certo que... é certo que vocês vão perceber o erro e soltá-lo — concluiu Georgina.

— Tudo aponta para ele.

Kate passou as mãos no cabelo e sentiu um leve cheiro da fumaça que ainda se prendia a seu corpo.

Anderson cruzou os braços à sua frente.

— A senhora esteve lá naquela noite, não esteve, senhora Hathaway?

— Eu já lhe disse que não. — Sua voz fraquejou.

Todos os olhos voltaram-se ao mesmo tempo para a entrada quando apareceu uma figura alta e soltou um pigarro.

— Não posso deixar que isto prossiga sem tomar a frente — falou Randolph. — Não estou enganado e não estou mentindo. — Ele olhou para Georgina. — Estou apto a depor em tribunal que conduzi a senhora à casa da senhora Michaels na noite em que ela foi assassinada.

Georgina levantou-se ereta, os olhos cintilando.

— Como ousa? Esqueceu seu lugar?

— Não. Meu lugar é aqui. Nessa sala. Contando a verdade.

Kate observou o rosto de Georgina ficar branco.

— Eu não vou tolerar, Randolph. Está dispensado. Vá embora.

Ele fez que não.

— Me demita. Não me importo. A senhora sabe que não estou mentindo. Eu a levei lá naquela noite. A senhora passou mais de uma hora na casa. Eu a aguardei. — Ele olhou para os outros na sala. — Eu vou defender o senhor English com tudo que me for possível. Ele é um homem de bem que nunca me fez mais que o melhor.

Anderson falou baixo:

— Seria melhor a senhora admitir, senhora Hathaway. A verdade virá à tona. Tenho um mandado bem aqui. — Ele puxou um documento do bolso. — Posso vasculhar sua casa e seu carro. Diga-me: vamos encontrar sangue da Lily Michaels no couro ou nos tapetes?

O rosto de Georgina ficou manchado de vermelho. Ela foi até a lareira, colocou uma das mãos sobre a cornija e deixou a cabeça pender. Ficou ali por um minuto sem dizer uma palavra. Por fim, soltou um suspiro e virou-se para encarar os demais.

— Eu estive lá.

Kate não conseguia acompanhar o que Georgina dizia. Ela abriu a boca para falar, mas a idosa prosseguiu:

— Mas foi tudo um grande mal-entendido...

— Foi você! — A mão de Kate voou à própria boca enquanto ela olhava para Georgina, chocada.

— Georgina, do que você está falando? — perguntou Harrison, e Anderson ergueu a mão como se quisesse silêncio.

O rosto de Georgina estava vermelho e ela estreitou o olhar.

— Lily me ligou naquela noite. Ela disse que precisava me ver imediatamente. Parecia muito chateada, então fui na mesma hora. — Ela fez uma pausa e passou a mão trêmula no cabelo. — Lily me contou da discussão de vocês — ela disse, olhando para Harrison. — Contou que ela admitiu ter engravidado quando vocês eram noivos. O que ela não lhe contou foi que o pai era o *meu* Bishop.

Kate passou mal. Bishop? O pai de Selby e a mãe dela haviam ido para a cama?

— Do que você está falando? — bradou Harrison. — Bishop e Lily tiveram um caso?

— Ela disse que foi só uma vez. Quando você ainda estava em Stanford. Palmer ainda era bebê. Eles foram a uma festa. — A voz dela demonstrava raiva. — Era para irmos juntos, mas Palmer não estava sentindo-se bem. Eu disse a ele para ir sem mim. Burra que eu sou, não dei bola quando ele chegou tarde, fedendo a bebida. Que tola que eu fui. Ele passara a noite com Lily. Mas achei que ela fosse minha amiga. Minha melhor amiga. Rá!

O rosto de Harrison ficou branco.

— Bishop sabia do bebê?

Georgina fez que não.

— Pelo jeito, Lily nunca lhe contou. Fizeram nós dois de bobos, meu caro.

— O que aconteceu naquela noite? — perguntou Kate, impaciente. — O que você fez com minha mãe?

— Quando ela me disse que havia dormido com meu marido, eu fiquei possessa. Não importava que havia acontecido há tantos anos. Ela era minha melhor amiga. Como podia ter feito aquilo comigo? Como podia ter passado anos mentindo para mim, me traído, fingido que estava tudo normal? Eu fiquei fora de mim. Eu a empurrei. Ela caiu. De costas, contra a mesa de centro. Ela parou de respirar. Era muito sangue. Eu tive certeza de que ela havia morrido. Ah, Deus... me perdoe. — Ela começou a soluçar, suas mãos pedindo piedade e seu pequeno corpo arfando. — Eu entrei em pânico. Achei que, se parecesse um assalto... Não sei. Foi quando peguei o bracelete. Quebrei uma janela. Peguei um suporte de livros da prateleira e bati na cabeça dela. Meu Deus, me perdoem, me perdoem. Eu não quis matar Lily. Foi um acidente. Eu não quis. — Ela estava histérica.

Kate curvou-se, sem ar. Georgina havia matado sua mãe? A imagem dela esmagando a cabeça de Lily inundou sua mente.

— Como você pôde? — Ela saltou da sua cadeira e pegou Georgina pelos ombros, para sacudi-la. Sentiu braços puxarem-na para trás. Kate colocou as mãos no rosto, já tomado pelas lágrimas.

O detetive Anderson pegou seu casaco na cadeira.

— Acompanhe-me, por favor, senhora Hathaway.

TRINTA E DOIS

Blaire estava preparando-se para voltar a Nova York. Apesar do empenho de Anderson e do depoimento de Kate, a polícia não tinha provas suficientes para prendê-la. Blaire negou tudo e afirmou que Kate havia inventado a situação. Simon continuava na cadeia quando Blaire foi embora, mas, no dia seguinte, ela ouviu no noticiário que ele tinha sido solto. Era inocente. Bem, pelo menos, inocente do assassinato de Lily. Blaire, contudo, não se arrependia do que havia feito. Afinal de contas, Simon estava traindo Kate. E o mais importante: ele era o motivo pelo qual Blaire havia perdido Lily tantos anos atrás. Simon fora responsável por tirar a única mãe de verdade que Blaire tivera. Não havia castigo cruel o bastante para compensar o que ele havia feito.

Kate recusara-se a aceitar todos os telefonemas dela, mas Blaire se surpreendeu ao receber uma mensagem de Harrison no hotel, pedindo que ela o encontrasse no Baltimore Coffee and Tea na manhã seguinte. Ele já estava lá quando ela chegou. Blaire pegou um latte e juntou-se a ele em um canto da cafeteria.

— Olá — disse, cautelosamente, sem saber o que esperar.

Ele assentiu com a cabeça.

— Blaire, liguei para você por respeito a Lily. Se fosse por mim, eu nunca mais a veria depois do que fez.

Ela mexeu o café e esperou que ele continuasse.

— Não vou fazer rodeios. Descobri quem é seu pai.

Ela sentiu o coração parar por um segundo. Seria possível que ela ainda tivesse chance com um membro da família? Inclinando-se para a frente, ela perguntou:

— Quem é?

Ele fixou o olhar nela.

— Bishop Hathaway.

Blaire piscou e a ficha levou um instante para cair.

— O quê? O pai de Selby? — O coração dela parou quando outro pensamento a ocorreu. — Selby e eu somos irmãs?

— Temo que sim.

Chocada, Blaire recostou-se na cadeira, as ideias acelerando enquanto ela tentava imaginar seu pai biológico. Ela só o vira poucas vezes, mas ainda se lembrava do homem de porte atlético, alto, de cabelos escuros e personalidade arrebatadora.

— Tem certeza?

Então ele lhe contou o resto. Que fora Georgina quem havia assassinado Lily, num incidente que a polícia classificou como ira por motivo de ciúmes. Ela afirmava que havia sido um acidente, mas acabara de descobrir um segredo que sua melhor amiga e marido escondiam há quase 40 anos. De modo algum havia sido um acidente. Blaire torcia que ela ficasse presa para sempre. Que ironia. Selby, a mulher que ela mais odiava no mundo, era sua parente. O que o sangue dizia, porém, não importava. Nunca seriam irmãs.

— Selby já sabe?

— Sim, claro. Georgina foi presa. Tudo veio à tona.

O único consolo de Blaire era saber que Selby ficaria mais incomodada que ela ao descobrir que elas tinham parentesco. Aquela esnobe passara todos esses anos olhando para ela com nariz arrebitado, e elas eram farinha do mesmo saco. Bom, o escândalo arruinaria a vida da metida. Carter e ela iam cair um degrau nos círculos sociais. E ela também ia ficar sem mãe. Bem feito.

Harrison levantou-se.

— Se não há nada mais que queira perguntar, vou embora.

— Espere.

— O que foi?

Ela lhe entregou um envelope.

— Por favor, entregue à Kate. É uma cópia da carta que Lily me enviou. Independentemente do que pense de mim, eu amava Lily.

Ele fez um aceno e pegou o envelope da mão dela. Depois virou-se e foi embora.

Na manhã seguinte, Blaire partiu para Nova York.

A primeira coisa que fez ao chegar em casa foi ligar para Daniel mais uma vez. Ela tentara várias vezes enquanto esteve em Baltimore, deixou mensagens, mas ele nunca retornara. Quando finalmente conseguiu falar com ele, dias depois, Daniel parecia cansado.

— Eu já falei que tudo que você tem a me dizer pode ser dito ao meu advogado. — O tom dele era de irritação. Ele nem perguntara como ela estava.

— Por que você é tão cruel? Não quero falar com seu advogado. Por que você está me expulsando assim da sua vida?

Ouviu-se um suspiro longo na linha.

— Kate me ligou.

Ela agarrou o telefone com força.

— Como ela conseguiu seu número?

— Ela entrou em contato com meu agente. Veja bem, Blaire. Ela me contou tudo. Você precisa de ajuda.

O rosto dela ficou quente. Não lhe passou despercebido que ele havia dito "meu" agente, não "nosso".

— O que ela falou?

— Tudo. Que você mandou aquelas mensagens tenebrosas. Dos animais mortos.

— Ela está mentindo. O marido dela é um interesseiro e ela não quer ver. Ele a trai. Eu tenho fotos e posso mostrar. Ela está colocando tudo nas minhas costas para não manchar a própria reputação.

— Blaire, ela me contou do incêndio. Que você tentou matá-la e culpar o marido.

— Não, não. Ela está escolhendo o Simon no meu lugar mais uma vez, e agora quer botar você contra mim.

O outro lado da linha ficou em silêncio, e ela ouviu uma respiração forte.

— Desculpe, Blaire. É demais. As coisas entre nós já andavam ruins, mas isso... Eu nem sei mais quem você é. Você tem que procurar ajuda.

— Não! — berrou, batendo o punho contra a parede. — Eles são todos uns mentirosos. Você não entende? Daniel, você tem que voltar para mim. Eu preciso de você.

— Eu vou desligar. Por favor, não entre em contato de novo. Meu advogado vai telefonar para você.

Ela jogou o celular do outro lado do quarto e soltou um grito de gelar o sangue. Correndo para a sala de estar, ela começou a pegar taças de cristal e arremessar contra a parede. Quando gastou toda a raiva, ela afundou no chão, o suor pingando do rosto, e ficou encarando os cacos, imóvel.

Depois que se acalmou, ela serviu uísque e pegou um velho álbum de fotos do ensino médio. A maioria das fotos era dela e Kate juntas. Havia imagens na praia, na casa de Kate, no dormitório de Blaire. Festas e eventos. Ela olhou para os dois rostos, tentando ver se era óbvio que eram irmãs. Elas tinham as mesmas covinhas no sorriso? Formatura e férias. Ela parou por um instante em uma foto de Lily e ela mesma em frente ao Booth Theater, em Nova York. Sua mãe. Sua verdadeira mãe. Linda e delicada. Eram páginas e páginas de momentos maravilhosos e provas do afeto que Lily e Kate tinham por Blaire. Provas de que ela já fizera parte de uma família amorosa. Sentiu algo molhado na mão e percebeu que estava chorando. Ela amara as duas, não amara? Ela lhes dera tudo até não sobrar nada. Mas não fora o bastante. Por que todos iam embora? Por que todo mundo sempre ia embora?

Ela puxou um segundo álbum, este recheado de fotos das sessões de autógrafo, eventos editoriais e matérias sobre Daniel e ela. Fotos no set do primeiro dia de filmagem do seriado. Os dois juntos eram perfeitos. Um era feito para o outro. Ela estudou cada foto, avaliando seu visual. Ela ainda era um arraso. Acharia outro marido com facilidade. Mas dessa vez ela ia certificar-se de que não fosse um que deseja ser pai. Quem sabe um velho, que já tivesse filhos crescidos. Assim ela teria uma família já pronta. Lembrou-se de um dos atores de seu programa de detetives. Ele seria perfeito. Quase 60 anos, grisalho sensual, e sempre lhe dava aqueles olhares.

Ela podia ter perdido Daniel, mas ainda tinha seus fãs. Eles a adoravam. Mas continuariam a amá-la se ela não lançasse mais livros? Fãs também podiam ser volúveis. Acabariam se esquecendo dela. Blaire não era burra. Ela tinha grandes ideias, mas, sem Daniel, a série estava acabada. Quem sabe ela podia virar atriz. Aí sim ela seria amada. Seria famosa não só em eventos editoriais, mas aonde quer que fosse. Era isso. Amanhã ela teria um plano. Já tinha vários contatos por conta do seriado. Conhecia produtores, atores, gente com dinheiro. Ela só precisava fazer um levantamento, descobrir qual trilha pegar e traçar a rota. Quem sabe seria até divertido. Um recomeço.

Ela fechou o álbum, entrou na cozinha e abriu seu laptop. Ela já havia reconstruído a vida uma vez e podia fazer isso novamente. Era hora de recomeçar.

TRINTA E TRÊS

Kate segurava a carta de Lily na mão e chorava. Já havia lido várias vezes.

Minha querida Blaire,

Você já fez algo que mudou sua vida para sempre? Um ato impulsivo, cujas consequências tiveram alcance maior do que imaginava? Uma decisão ruim que levou a outra e outra e mais outra? Minha querida Blaire, estou aqui, com a caneta na mão, perguntando-me por onde começar. Como posso fazer com que você entenda por que eu fiz o que fiz.

Você conhece o mundo em que fui criada. Um mundo de privilégios, abundância e responsabilidade. Não me queixo. Eu fui muito amada e minha vida foi fácil. Sabia o que era esperado de mim; meu mundo era bem definido e meu futuro estava garantido. Mas, às vezes, as restrições desse universo eram sufocantes. Conheci Harrison em uma festa no verão após minha formatura em Smith. Ele acabara de entrar na faculdade de medicina em Stanford. Nosso romance foi um furacão e ele era tudo que eu queria. Sabíamos que seria difícil sustentar uma relação a cinco mil quilômetros de distância, até que ele se formasse, mas, de algum modo, conseguimos. Nas férias, nos recessos e nas cartas semanais, nosso romance prosperou. Noivamos no verão antes do último ano que ele passou na Califórnia.

Depois que noivamos, Harrison mudou. Passou a ficar mais preocupado comigo, me advertia para não ficar até tarde na rua, insistia que eu começasse a me acomodar. Tenho certeza de que era difícil para ele, por estar tão distante, mas eu era jovem e inquieta. Estava prestes a assumir o maior compromisso da minha vida e ele dizia para eu agir como se já fosse casada. Comecei a me sentir sufocada, perguntando-me se havia tomado a decisão correta.

Na noite da festa, eu estava com disposição para imprudências. A turma de sempre estava lá, assim como alguns rostos desconhecidos. A música era alta, e "Bad Girls", de Donna Summer, estourava nos alto-falantes. Era exatamente como eu me sentia naquela noite. Cada anseio reprimido esforçando-se para sair. Eu nunca havia tomado drogas, mas naquela noite queria testar algo novo. Não vou pedir desculpas nem imputar a culpa ao que for. Tomei parte assim que os comprimidos apareceram e, quando dei por mim, estava em um dos quartos com o homem errado. Não entendo nada de drogas — alguém me disse que eram metaqualona, algo que deixaria a festa mais divertida. Depois, fiquei assoladíssima pela culpa e juramos nunca contar a ninguém. Foi então que percebi que amava Harrison, e que o que eu mais queria era uma vida com ele. Como eu poderia lhe contar o que havia feito? Ele nunca me perdoaria. E o homem com quem eu havia estado também era comprometido. A vida dele também seria arruinada caso alguém descobrisse. Juramos deixar aquilo para trás e fingir que nunca acontecera. Mas esquecer, no meu caso, não seria tão fácil. Três meses depois, descobri que estava grávida. Era tarde demais para dar um fim à gravidez e, mesmo que pudesse, eu já sentia um vínculo com o bebê e não conseguiria fazer algo drástico.

Nunca contei a verdade a Harrison, mas ele deve ter suspeitado quando, alguns meses depois, saí da cidade com a desculpa de que ia cuidar da minha mãe no Maine. Foi ideia dela mesma inventar que estava doente, e meu pai embarcou na dissimulação. Eles queriam proteger minha reputação, afinal. A coisa mais difícil que eu já tive que fazer foi desistir de você. Minha mãe e eu encontramos uma agência privada de adoção e entrevistamos dezenas de casais. Seus pais pareciam perfeitos. Como eu saberia que sua mãe era uma pessoa instável e que ia deixá-la quando você era tão nova? Mantive contato com seu pai durante toda sua vida, e foi ideia minha trazê-la para Mayfield quando ele se casou com Enid. Meu coração transbordou de alegria quando Kate e você ficaram íntimas. Você não imagina quantas vezes eu quis lhe contar tudo. Com que frequência eu quis tê-la nos braços para dizer que era minha. Eu me convenci que seria quase tão bom quanto se a verdade viesse à tona. Você se mudou para morar conosco e foi nossa filha em todos aspectos, menos no nome. E eu tive chance de amá-la.

Sei que você vai acreditar que escolhi Kate em vez de você após aquela briga terrível. Mas não foi tão simples. Agora eu sei que devia ter dito a verdade naquela época. Mas eu disse a mim mesma que, ao manter contato com você durante estes anos, eu ainda estaria na sua vida sem fazer com que desmoronassem as vidas de tantos outros que seriam afetados. E você já tinha sua família – Daniel, os pais dele e, esperava eu, algum dia, filhos. Agora, ao descobrir que você já perdeu uma criança e que nunca mais poderá engravidar por conta daquele acidente horrível, não suporto imaginá-la sozinha. É hora de a verdade vir à tona. De você vir para casa e tomar seu devido lugar nessa família – se tiver como me perdoar. Leve o tempo que precisar.

Quando estiver pronta, ligue para mim e vamos preparar um momento para nos encontrarmos e conversar sobre isto, antes que eu venha a público. Sei que você terá muitas perguntas. Na hora, vou responder a todas.

Com todo meu amor,

Lily

Como as coisas poderiam ter sido diferentes se sua mãe houvesse revelado a verdade antes, Kate pensou. Quem sabe, talvez ela teria rechaçado Blaire, sabendo que ela era o produto do enlace ilícito de sua mãe com um amigo de família. Ela não entendia como Lily e Bishop podiam ter guardado o segredo por tantos anos. As famílias socializavam, até tiravam férias juntas. Georgina e sua mãe eram amigas desde criança. A única racionalização que Kate conseguiu fazer era que Lily sentia-se muito culpada para cortar a amizade. Afinal, que desculpa ela podia ter usado? Mas aquilo devia tê-la corroído por dentro ao longo dos anos. E Bishop era um homem casado na época da concepção de Blaire. Mesmo que sua mãe não tivesse noção de como aqueles comprimidos haviam atenuado suas inibições, Bishop devia saber. Ele era um advogado penal experiente, com clientes abastados que pagavam regiamente pela sua astúcia e seus contatos. Kate tinha certeza de que ele havia defendido clientes em casos com drogas, mais de uma vez. Ele teria feito Lily tomá-las intencionalmente? A Kate, ele sempre parecera um tanto abusado. Lembrou do modo como ele olhava de cima a baixo para ela e todas as amigas de Selby quando estavam na piscina, deixando-a pouco à vontade. E ela ouvira rumores de que ele gostava um pouquinho além da conta das assistentes e das secretárias. Mas Lily, independentemente disso, não estava isenta de culpa.

Agora que Kate sabia a verdade, fazia sentido que Lily houvesse dado a Blaire seu próprio quarto na praia, que houvesse organizado a vida delas no ensino médio. Queria que sua mãe tivesse confiado nela a ponto de lhe dizer a verdade. Kate percebeu que havia engendrado uma imagem de perfeição em relação à mãe. Havia colocado-a na própria torre de marfim, onde tudo que ela fazia era correto e justo. Mas Lily fora humana, é claro, assim como todos eles, e passível de falhas. Doía nela pensar na própria mãe suportando o fardo daquele segredo durante mais de 20 anos após a morte de seus próprios pais. Lily teria ido até sua mãe para chorar pela filha que havia perdido, ou tudo havia sido resolvido e varrido para baixo do tapete, para nunca mais se discutir?

Kate não havia visto Blaire antes de ela ir embora. Ainda não conseguia perdoá-la pelo que a fizera passar. Ou era Kate que não conseguia perdoar-se por privar Blaire da mãe que tanto precisava. Só sabia que ainda não conseguiria encará-la. A memória de sua campanha de terror sistemática e cruel ainda era fresca.

Simon foi liberado no dia seguinte. Kate pediu ao pai para buscá-lo, nervosa ao pensar em como o marido reagiria ao vê-la depois do modo como ela o havia tratado. Mesmo que ele a estivesse traindo, o fato de Kate acreditar que ele fosse capaz de matar sua mãe e aterrorizá-la fez ela sentir vergonha. Eles precisavam de uma conversa longa sobre o que fariam a seguir, e sobre como seriam pais separados de Annabelle. Ela alugara uma suíte do Sagamore Pendry enquanto a casa era inspecionada para verificar danos estruturais, e pedira a seu pai para esperar até a noite para trazer Simon, para que ela pudesse deixar Annabelle dormindo e eles conversassem em privado.

Harrison e Simon entraram. Kate levantou-se do sofá da sala de estar, hesitante.

Ele parecia horrível — a pele estava cinzenta, as roupas amarrotadas. Havia sido poucos dias, mas ela via que a cadeia tivera seu efeito.

— Como você está? — perguntou ela.

Ele correu até ela e puxou-a para um abraço.

— Graças a Deus que você está bem. Eu quase perdi você.

Surpreendida, ela começou a devolver o abraço, mas então lembrou de Sabrina e recuou.

— Simon, nós temos que conversar.

— Eu vou ficar na entrada — disse o pai. — Chame se precisar.

Simon e Kate sentaram-se e ela começou a falar.

— Sinto muito pelo meu comportamento. Eu perdi a noção das coisas. A ansiedade tomou conta, eu fiquei fora de mim. Pode me perdoar por achar que você teria feito mal à minha mãe? Acho que no fundo eu sempre soube que não era possível que você fosse o responsável por aquilo.

Ele relaxou visivelmente.

— Eu te perdoo. Foram os piores dias da minha vida. Ficar naquela cela, sabendo que você acreditava que eu havia feito uma coisa tão horrível. Graças a Deus Randolph tomou uma atitude.

Kate pensou no que Randolph havia dito.

— Ele falou que você fora bom com ele. Do que ele estava falando?

Simon deu de ombros.

— A bolsa que o neto dele recebia para fazer faculdade se encerrou. Ele veio até mim procurando ajuda para conseguir outro empréstimo. Lembrei como tinha sido difícil para minha mãe depois que meu pai morreu, então dei o dinheiro a ele. Nós temos como pagar. Sabia que Hilda ia querer que eu ajudasse o irmão e não queria que ela acabasse com as economias que tinha.

Kate ficou comovida.

— Por que não me contou?

— Ele pediu que ficasse entre nós. Falando em Hilda, seu pai disse que você a demitiu. Foi mesmo?

Kate soltou um gemido. Ela havia feito uma grande idiotice.

— Acho que a paranoia me venceu. Eu escrevi uma carta para ela, pedindo desculpas e contando do meu histórico de ansiedade. Ainda não tive retorno. Só espero que ela me perdoe e volte.

— Acho que vai voltar.

Kate ainda estava incomodada com uma coisa. Ela tinha que saber a verdade sobre Simon e Sabrina, de uma vez por todas.

— Me diga: você está apaixonado pela Sabrina?

— Claro que não.

Ela queria acreditar, mas tinha dificuldade.

— Por que você contou a ela o que aconteceu comigo na faculdade?

Ele pareceu confuso.

— Como assim?

— Ela foi até Anderson. Ela disse para ele que sou louca. Que eu tive um colapso na faculdade, e que você estava preocupado comigo. — Kate sentiu raiva ao lembrar. — Como você pôde fazer isso? Discutir esses detalhes tão íntimos da minha vida com *ela*?

— Kate, eu nunca... Seu pai e eu conversamos depois da festa de aniversário de Annabelle. Ele veio à empresa falar comigo. Ela deve ter escutado.

Kate estreitou o olhar. Ela podia confirmar com seu pai mais tarde.

— E a noite em que você disse que tinha ido jantar com um cliente? Blaire viu vocês dois. Ela me mostrou fotos.

— *Foi* um jantar com um cliente. Ele demorou mais de uma hora. Ficou preso no trânsito por causa de um acidente. Por isso que o jantar foi tão tarde. Mas, ainda assim, eu deveria ter dado mais crédito às suas preocupações. Acho que por *saber* que não estava acontecendo nada, eu não conseguia entender por que você não acreditava em mim. — Ele sacudiu a cabeça. — Mas você estava certa em relação a Sabrina. Ela veio me ver na cadeia. Ficou falando sem parar para começarmos uma vida juntos. Disse que não me culpava por eu ter me livrado de Lily. Que ia achar um jeito de me tirar dali. O tempo todo acreditando que era verdade, que eu havia mesmo cometido o assassinato. Você acredita?

Kate estava chocada.

— Ela é louca de pedra.

— Eu não consigo entender. Eu adorava o pai dela. Não queria descumprir minha palavra com ele. Se ele visse o que ela se tornou, ia ficar de coração partido. Ela mudou quando ele adoeceu. Acho que por eu ser a única outra pessoa que fora tão próxima dele, de certo modo, estar comigo era um jeito dela se agarrar ao pai. Você não sabe como foi difícil quando meu pai morreu. Minha mãe desabou e eu fiquei praticamente sozinho desde os 13 anos. Não fosse o pai de Sabrina, não sei mesmo onde teria parado. Eu não queria decepcioná-lo depois de tudo que fez por mim. — Ele ergueu a mão. — Não vou dar nenhuma desculpa, Kate. Foi um erro eu defender Sabrina e ignorar suas preocupações. Agora percebo que ela não tinha nenhuma consideração pelo que você sentia, e eu não devia tê-la deixado tratar você desse modo. Minha lealdade ficou dividida, mas devia ter sido a você. Sinto muito.

— E agora?

— Vou dizer que ela precisa se demitir. Vou dar uma boa rescisão e uma carta de recomendação com louvores. Sinto muito por tudo, eu devia ter cortado essa situação pela raiz há bastante tempo.

— Minha mãe ligou para você para falar de Sabrina?

A ÚLTIMA TESTEMUNHA   317

Simon fez que sim.

— Ela estava chateada porque íamos nos separar. Ela me disse que não importava eu ser inocente se a aparência de algo impróprio estava destruindo meu casamento. Foi aí que eu disse a Sabrina que ela não poderia viajar comigo a Nova York.

Kate analisou-o por um instante.

— Ela não achou que você estava me traindo?

Ele fez que não.

— Ela disse que sabia que eu amava você demais para fazer uma coisa dessas. — Ele colocou a cabeça nas mãos. — Tenho saudades dela.

Kate parou para pensar naquilo. Talvez sua mãe visse em Simon algo que ela nunca conseguira enxergar.

— Desculpe por minha mãe ter tido mais fé em você do que eu. — Ela puxou uma almofada para o colo e enrolou os braços nela. — Eu tenho pensado muito no que aconteceu.

Simon se remexeu na cadeira.

— Passei esses anos todos atormentada pela culpa, pelo arrependimento, pela tristeza. Eu tirei de você o tipo de amor que você devia ter de uma esposa. Depois do acidente. — Ela fez uma pausa. — Depois que Jake morreu... eu não superei. Não interessa que o outro motorista estava bêbado, que o acidente tenha sido culpa dele. — Ela estava chorando. — Eu também tinha bebido. Eu estava agindo como louca, mexendo no rádio. Foi culpa minha Blaire não ter visto o carro até ser tarde demais.

Ele ficou em silêncio, esperando que ela prosseguisse.

— Eu sempre me arrependi. Isso sempre me deixou paralisada, fez eu me sentir como alguém que escondia um segredo terrível, que eu era uma pessoa horrível. Por isso que eu não bebo mais. Eu tinha muita vergonha de lhe dizer o motivo real. Sempre que eu pensava em Jake, ele virava um herói de tragédia, uma luz brilhante que eu apaguei. — Ela analisou o rosto de Simon.

— Ele sempre esteve aqui, entre nós.

Ela concordou.

— Tem razão. Eu nunca me entreguei por completo. Nunca deixei que você fosse para mim o que Jake havia sido. Eu fiz ele ser maior depois de morrer. — Ela pausou e olhou para Simon, com carinho. — Você nunca conseguiria ficar à altura do fantasma de Jake.

Os dois ficaram alguns instantes em silêncio.

— Eu tentei, Kate, mas você sempre foi tão forte, tão autossuficiente. Não me entenda mal — ele se apressou a emendar —, admiro isso em você. Sua força, sua determinação. — Ele deu um meio sorriso. — No dia que você entrou na aula de filosofia, eu soube que era para ser você. Antes mesmo de nos falarmos. Por isso que convidei você para meu grupo de estudos, antes que outra pessoa a convidasse.

— Simon, eu...

— Não, preciso falar. Era para ser você, Kate. Eu me apaixonei desde o começo. Eu sabia que sempre haveria um espaço para Jake no seu coração, e não ia me ressentir com isso. Não mesmo. Mas ele tomava tanto do seu coração que não havia lugar para mim. Você não deixou eu me aproximar.

Kate deixou a cabeça pender e limpou lágrimas silenciosas.

Simon delicadamente levou a mão ao queixo de Kate, ergueu seu rosto e olhou nos seus olhos.

— Você é uma mulher incrível. Respeito muito você e admiro a dedicação que tem no trabalho, a mãe que é com Annabelle. A única coisa que eu quis nesses anos todos era ser a pessoa ao seu lado, aquela que apoia você, que te ama. Quero cuidar de você. Deixar que outra pessoa cuide de você não significa que você é fraca. Um tem que tomar conta do outro.

— Você conseguiria me perdoar? Eu joguei tanta coisa fora enquanto estava atolada no passado, nos erros que cometi. Me castigando. E castigando você. Nossa família. Me desculpe.

— Eu te amo. Espero que um dia você entenda o quanto e que nós possamos começar de novo.

— Eu também espero, Simon. — Ela apertou a mão que segurava a dela. — Também espero.

TRINTA E QUATRO

QUATRO ANOS DEPOIS

Era a première do primeiro filme de Blaire e ela estava dando os últimos retoques na maquiagem. Seu marido, Seth, a aguardava na limusine. Ela sorriu por dentro ao pensar nele. Seth era o rei de Hollywood, o produtor e diretor mais badalado, fundador do maior estúdio da cidade. Ela o conhecera em uma festa organizada pelo produtor do seriado de Megan Mahooney. Na época, ele era casado, um dos poucos ícones de Hollywood que ainda estava na primeira esposa. Mas Blaire sabia que isso só podia significar uma coisa: sua esposa não lhe dava valor. Assim que ele conheceu Blaire, a esposa foi para escanteio. Ele disse que ela era a mulher perfeita, aquela por quem ele esperara a vida inteira. Aos 42 anos, ela já tinha vivência para saber que, independentemente do quanto pudesse atuar — e vamos combinar que ela passou a vida inteira atuando — nunca ia entrar no cinema sem um empurrãozinho. Assim que se casasse com Seth e ele a encaixasse no elenco de um filme, ninguém ia discutir. E ela havia sido genial. Todo mundo disse. Também havia tido sorte, pois ela precisara abandonar Nova York e o mundo literário.

Depois que Blaire e Daniel se separaram, os livros de Megan Mahooney se encerraram. Daniel ofereceu-se para comprar o quinhão dela para poder continuar a escrever a série por conta própria. Mas de modo algum que Blaire ia deixá-lo se deleitar na glória dos fãs que *ela* tinha. Ele não tardou para voltar a escrever sozinho, e ela ficou furiosa ao vê-lo chegar na lista do *The New*

York Times novamente. Blaire também tentou escrever por conta própria: um livro sobre uma amizade que deu errado. Esperou ansiosamente superar Daniel nas vendas. Nas primeiras semanas ela vendeu bem só por conta do seu nome, mas aí começou a cair progressivamente nos rankings, até sumir de vez. As multidões nas sessões de autógrafo também começaram a rarear, até que ela alegou exaustão e encerrou a turnê. Mas o pior eram as resenhas. Resenhas de uma estrela só, mordazes, recheadas de ácido e ataques gratuitos. Toda manhã ela entrava na internet para ler, dispensando as positivas e remoendo-se com as negativas. Num dia particularmente ruim, ela estava cansada e começou a responder. Leu a resenha em voz alta, com o coração batendo mais forte a cada palavra.

Lixo total. Acho que agora sabemos quem é que tinha talento. A estreia solo de Blaire Barrington devia ser sua despedida. Frases desajeitadas, personagens clichês e prosa sinuoza. Dispenso.

Blaire entrou no campo de comentários e começou a digitar. **Vá criticar meu trabalho depois de aprender ortografia, imbecil. O certo é sinuosa. Volte às aulas de gramática.** A sensação foi ótima. Ela passou ao seguinte.

Totalmente fora da realidade! Eu tenho muitas amigas e nunca vi alguém se comportar como a protagonista do livro. E o final foi muito previsível. Odiei.

As mãos de Blaire ficaram pairando sobre o teclado enquanto ela pensava.

Talvez porque suas amigas sejam tão burras quanto você? Ou porque você não tem amigas. Como é que pode ser fora da realidade e previsível ao mesmo tempo? Vai se catar.

Ela estava rindo, gostando mesmo do que fazia. Passou o resto do dia respondendo a resenhas ruins. Assim eles iam ver. Quem eles achavam que eram? Eles tinham escrito uma pilha de livros? Provavelmente eram escritores frustrados com inveja. Já era hora de alguém se impor em nome dos autores.

Seu agente ligou no dia seguinte.

— Blaire, o que está havendo? Me diga que você foi hackeada, por favor.

— Eu não fui hackeada. Já era hora de alguém tomar uma atitude com esses trolls.

O outro lado da linha ficou em silêncio.

— Você está aí? — perguntou ela.

Ele deu um suspiro.

— Estou. Blaire, a editora ameaçou cancelar seu contrato. Todo mundo está falando do caso. A coisa está feia.

— Ah, qual é? Qual é o problema? Por que eles podem ficar falando coisas horríveis de mim e eu não posso falar nada deles? Não é justo.

— Porque não é assim que se faz. Você se rebaixou ao nível deles, e está se passando por louca e vingativa.

Semanas depois, sua editora a dispensou de fato. Depois foi o agente. A partir daí, ninguém quis chegar perto de Blaire Barrington. Nesse momento, porém, nada daquilo importava. Ser estrela de cinema era muito melhor do que ser autora best-seller. Ela mal podia esperar para se ver na telona. Conferiu seu Cartier no pulso. Estava quase na hora.

Ouviu uma batida na porta.

— Entre.

— É hora da sua medicação, senhora Barrington.

Onde estava seu assistente? Quem era aquela mulher?

— O que você está fazendo no meu quarto? É hora da minha première. Onde está meu assistente?

A mulher sorriu para ela.

— Tem razão. Está quase na hora do filme. Mas primeiro a senhora tem que tomar os comprimidos, lembra? Para se sentir melhor. — Ela trouxe um carrinho e tirou um copinho branco junto a um copo de água, que entregou a Blaire.

Não seria má ideia tomar alguma coisa para acalmar os calafrios da noite de estreia. Ela pegou o copo e tomou os comprimidos.

— Por favor, comunique-se com a limusine e diga ao meu marido que já vou.

— Sim, senhora Barrington — disse a mulher, enquanto deixava o quarto.

Blaire deu uma última olhada no espelho. Só conseguia se ver da cintura para cima. Por que Seth ainda não lhe dera um espelho de corpo inteiro? Como ela ia ver como estava nesse troço mixuruca? Abriu a porta e saiu para o corredor.

— Blaire, venha. Eu guardei seu lugar.

Uma jovem de roupão pegou uma das mãos de Blaire e a puxou para o outro quarto, onde havia cadeiras dobráveis em frente a um televisor.

— Agora eu tenho que ir. É a minha première, Isabel. Estão me esperando no tapete vermelho.

— Venha, o filme já vai começar — falou Isabel.

Blaire não queria perder um segundo. Sentou-se na primeira fileira. Onde estava Seth? Ah, enfim, os créditos de abertura. Tiveram que começar sem ele. Lá estava ela. Tinha que dar os parabéns aos maquiadores. O trabalho deles fora fantástico. Ela mal se reconhecia. Blaire ficou sentada, em transe, enquanto o filme rodava. A parte que ela mais gostava já ia passar, aquela na loja, a briga entre Bette Midler e ela. Bette era uma grande atriz, mas Blaire se defendia bem. *Cadê Elas?* Faria um sucesso imenso. Provavelmente, ela ganharia o Oscar.

Espere só até as amigas saberem. Elas vão se lamentar por terem lhe dado as costas.

TRINTA E CINCO

O voo de Kate havia chegado tarde da noite ao LAX no dia anterior. De início, Simon ficou receoso com o plano que ela tinha, mas, por fim, compreendeu. Afinal, Blaire era sua irmã, e Kate sabia que, apesar de tudo que aconteceu, Lily desejaria que elas deixassem tudo para trás e começassem do zero. Kate também queria. Ela havia se esforçado bastante, com a ajuda de um terapeuta, para controlar a ansiedade. Junto com Simon haviam passado o primeiro ano após a morte de Lily em psicólogos. Aprenderam que segredos eram veneno para o casamento. Mas o primeiro obstáculo que Kate teve que superar foi a ira. Ela ainda se debatia com o fato de que fora a amiga mais antiga de sua mãe quem acabara com a vida dela. Kate queria vingança, e os poucos anos que Georgina pegou por homicídio culposo pareceram mínimos em comparação com o que ela havia tirado. Sua pena fora reduzida e ela já cumprira os quatro anos. Estava solta. Livre e viva. Diferentemente de Lily.

Kate havia cortado laços com Selby e todos os Hathaway. Lembrou-se da última vez em que conversara com Selby, alguns dias depois de Georgina ser presa, quando ela passou no hotel onde Kate estava.

— Kate, eu sinto muito. Nem sei o que dizer. — Selby tomou a frente e a abraçou, as duas às lágrimas.

— Venha se sentar — disse, esforçando-se para ter algo a dizer à filha da assassina de sua mãe. — Imagino que saiba de tudo.

Selby torceu as mãos e fez que não.

— Sim. Seu pai e minha mãe. Eu não entendo. Nunca vou entender. Como ela pode fazer aquilo com a minha mãe?

Kate ficou surpresa ao ver que Selby estava entendendo tudo errado.

— Vamos conversar sobre Blaire. Ela é nossa irmã.

Os olhos de Selby brilharam de raiva.

— Eu odeio essa mulher! É por causa dela que sua mãe morreu e que a minha pode ir para a cadeia. É tudo culpa dela.

— Culpa dela? Como a culpa é dela?

— Se ela não houvesse vindo para cá e bisbilhotado, feito todas essas loucuras, nada disso ia vir à tona. Ela devia ter prestado condolências e ido embora. Mas, em vez disso, ela fez a polícia chegar na minha mãe. Foi um acidente. Você tem que fazer alguma coisa, Kate. Mande soltarem minha mãe.

Ela sentiu a raiva subir como lava. Levantou-se e olhou nos olhos de Selby.

— Sua mãe *matou* a minha! Você quer que eu mande soltarem Georgina? Espero que ela nunca mais saia da cadeia. Ela empurrou minha mãe e esmagou a cabeça dela. Você tem coragem de culpar Blaire por isso? Sua mãe ia deixar que nós passássemos a vida sem saber o que aconteceu.

— Não era a intenção dela. Elas discutiram e sua mãe caiu!

As vozes elevadas trouxeram Simon ao quarto principal da suíte.

— O que está havendo?

— Tire ela daqui! — Kate sentia a histeria tomando conta de si. — Antes que eu faça alguma coisa de que me arrependa.

Kate havia passado várias horas no consultório da terapeuta nos últimos anos, e podia dizer verdadeiramente que a vida voltou a ser boa. Era como se a culpa que ela carregara por tantos anos houvesse passado. Ela era melhor cônjuge, melhor mãe. E ela, a médica que consertava corações, finalmente abrira o próprio.

Depois, havia Blaire. Quantas horas ela passara falando de Blaire na terapia? Kate havia percebido que ela tinha alguma responsabilidade pela escalada de Blaire rumo à insanidade. Não podia assumir a culpa pelas atitudes que ela havia tomado, mas tinha que admitir que nunca considerara o que tomar Lily e Harrison para si faria com Blaire. Mesmo que Lily não fosse sua mãe biológica, ela era mais mãe de Blaire do que qualquer outra pessoa havia sido na vida dela. Kate sabia tudo de Shaina. Blaire havia lhe dito como esperava notícias dela, todos os dias. Que corria para a caixa de correio assim que chegava do colégio, procurando em vão alguma coisa, qualquer coisa, para provar que sua mãe não a havia esquecido. Blaire sofreu todos aqueles anos antes mesmo de Kate a conhecer, inventando uma desculpa atrás da outra para sua mãe nunca ter voltado. E então, justamente quando Blaire começara a avançar, Enid entrou na sua vida e tomou a única pessoa que lhe restava: seu pai. A família de Kate tornara-se a família de Blaire. Mas, no fim, todos a dispensaram. Até Lily. Não foi à toa que Blaire saiu de si assim que descobriu a verdade.

Tantos anos desperdiçados. Kate ficou muito triste. Nos primeiros anos depois que Blaire se mudou, ela estava tão ocupada com a faculdade de medicina e o casamento que foi fácil tirar a amiga da mente. E quando comentava com Simon a possibilidade de ligar para Blaire, ele sempre se mostrava contra e lembrava de como a outra havia tentado separá-los. Mas ela não podia atribuir toda a culpa a Simon.

Blaire fora sua pedra fundamental, quem a ajudara a enfrentar a ansiedade durante o ensino médio, durante a depressão, após a morte de Jake, que não havia somado ao fardo de Kate dizendo-lhe que suas atitudes afoitas a fizeram perder o bebê. E então Kate lhe deu as costas por causa de uma briga. Daquilo, Kate nunca conseguiria absolver-se. Más esta nova Blaire, a que havia feito tantas coisas terríveis, era alguém a quem Kate não sabia como se vincular. Ela estava completamente perdida e, embora desejasse reverter todos os anos de silêncio, não havia volta. Quando ela recebeu uma ligação de Enid, logo de Enid, dizendo-lhe que Blaire tivera um colapso total, sabia que não podia se distanciar. Ela era sua irmã! No fim, no último minuto, Blaire *havia* tirado ela da casa. Quando chegou a hora, ela não conseguira lhe fazer mal. E a terapeuta explicara que, na lógica distorcida de Blaire, ela acreditava de fato que o que havia feito com Kate tinha um propósito nobre. Ela estava tentando salvar Kate de Simon, quem Blaire acreditava ser o vilão da história.

Enid contou a Kate que Blaire havia ido para Hollywood, assim como sua mãe, em busca da fama. Todos seus contatos haviam lhe dado as costas — todos haviam visto sua desgraça se desenrolar na internet e ninguém retornava as ligações. Então, um dia, ela perdeu totalmente as estribeiras, tentou apunhalar um produtor no Polo Lounge e foi presa. Foi o advogado dela que entrou em contato com Enid, que pegou um avião e ajudou a colocar Blaire no melhor instituto psiquiátrico de Los Angeles para evitar a cadeia. Mesmo que ela tivesse dinheiro mais do que suficiente, Kate insistira em pagar pela longa internação. Ela não sabia quanto era o quinhão que Lily havia pensado para Blaire, mas sentiu-se responsável, como familiar e como alguém que havia contribuído para o declínio da irmã. Ainda assim, era a primeira visita que ela fazia.

Enid a encontrou no saguão das instalações imponentes, que lembravam mais um *country club* de luxo que um instituto médico. Fazia anos que Kate não via Enid, e ela lhe pareceu muito envelhecida.

Enid caminhou devagar na direção de Kate.

— Obrigada por ter vindo.

— Fiquei contente por você ter ligado. Tem algum lugar onde possamos conversar antes de eu entrar para vê-la? — Kate estava nervosa e queria pôr a cabeça em ordem antes do reencontro.

Enid fez que sim.

— Tem uma sala de visitas perto da ala onde ela está. O elevador fica por aqui. Você assina a entrada lá em cima.

Elas subiram em silêncio até o quinto andar. Kate a acompanhou até uma área de espera.

— Tenho que dizer que fico surpresa em vê-la aqui. Achei que vocês se odiassem.

Enid respirou fundo e fez não com a cabeça.

— Eu nunca a odiei. Tentei ser uma mãe para Blaire, mas ela não queria nada comigo. Eu não mentiria para você, Kate. Não existe ressentimento entre nós. Mas eu amava o pai dela. Quando me casei com ele, prometi que ia fazer todo o possível para cuidar da sua filha. Tentei manter contato com ela durante esses anos, mas ela cortou relações comigo após a morte do pai. Eu tinha deixado dinheiro num fundo para ela. Mas, quando chegou a época de receber, ela não precisava mais e me disse onde enfiar. Enviei e-mails pelo site dela, mas Blaire nunca respondeu. Fico contente que o advogado tenha conseguido entrar em contato comigo quando aconteceu tudo isso.

Kate sacudiu a cabeça.

— Blaire sempre agiu como se você não a quisesse por perto.

— Eu quis ajudá-la. Foi decisão do pai dela mandá-la estudar fora. Assim que nos casamos, ela foi impiedosa na campanha para me tirar da casa. Ela escondia meu remédio da pressão. Ou saía bem sorrateira e baixava as janelas do meu carro quando estava chovendo. Uma vez, ela mexeu no meu armário e jogou metade das minhas roupas em uma lixeira no fim da rua.

Kate estava chocada. Blaire nunca lhe contara nada disso.

Enid ergueu as mãos.

— Ela fez muitas coisas por raiva. Mandamos fazer uma avaliação psicológica. Mas ela tinha só 12 anos, então não iam taxar de transtorno de personalidade. Mas eu consegui ler nas entrelinhas.

Shaina era narcisista e tinha transtorno bipolar. Mesmo que elas não tivessem genética em comum, ela criou Blaire naqueles anos de formação.

— O que os médicos que a avaliaram disseram?

— Que fizéssemos ela se sentir amada. Que tentássemos desfazer os danos que o abandono da mãe adotiva haviam causado. Nunca concordei com Ed quanto a manter segredo sobre a adoção, mas ele não cedeu. Ele tinha medo de que ela nunca fosse perdoá-lo por ter mentido por tanto tempo. — Ela deu um suspiro. — Levamos Blaire na terapia durante mais de um ano e ela odiou cada minuto. Não se abria com o psicólogo. Ela tinha um buraco no coração grande demais para se preencher.

Kate virou-se para Enid.

— Como é que eu não percebi? Ela era minha melhor amiga. Ela chegou a morar conosco e eu achei que ela era feliz. Ela sempre foi tão divertida.

Enid fez um olhar triste para Kate.

— Ela sabe atuar. Ela sempre foi um pouco atriz.

— Eu não percebi o quanto ela precisava da minha família.

— Quando ela veio para casa, ela só falava de como Lily e Harrison eram melhores que o pai dela e eu. Foi isso que praticamente matou Ed.

Kate pensou na mãe de Blaire. Quando elas estavam na faculdade, ela perguntara a Blaire se ia tentar encontrá-la, mas a amiga disse que não queria saber de Shaina.

— Você sabe o que aconteceu com a mãe dela?

— Morreu quando Blaire estava na faculdade. Overdose. Ed ainda estava listado como parente mais próximo.

Kate digeriu a notícia. Por que Blaire nunca havia lhe contado?

— O que os médicos daqui dizem? Qual é o estado mental dela?

— Ela sofreu o que eles chamam de cisão. Está delirando. Rompeu totalmente com a realidade. Ela se acha uma grande estrela e que é casada com Seth Ackerman.

Os olhos de Kate se arregalaram.

— Não sei o que dizer a ela.

Enid olhou para Kate.

— Não interessa. Seja querida e deixe que ela conduza. Diga que amou sua atuação no último filme. Só faça ela acreditar que ainda é amiga. O que você disser não vai importar. Apenas que você veio.

Kate olhou para Enid, a mulher que, durante todos esses anos, ela acreditara ser uma madrasta má, e sentiu uma tristeza aguda por ela e por Blaire. Talvez Enid não fosse o tipo de mãe por quem Blaire ansiava, mas ela se *importava* com a enteada. E Blaire não conseguira enxergar. Ela estava tão marcada pela partida de Shaina que via tudo por lentes distorcidas.

Kate levantou-se e caminhou até o posto da enfermagem em frente à porta trancada.

— A senhora Barrington está no último quarto no fim do corredor — disse a mulher a Kate.

Sentiu o coração parar quando a porta se abriu com um zumbido e ela passou ao outro lado. Aproveitou o corredor longo para respirar fundo e manter a calma. Quando chegou ao fim do trajeto, a porta estava fechada. Ela bateu.

— Quem é? — A voz era resguardada.

— Kate. É a Kate. — Sua voz fraquejou.

— Katie! Eu estava esperando você — respondeu, a voz animada.

A porta se abriu e Kate entrou.

AGRADECIMENTOS

Há muitas pessoas maravilhosas sem as quais este livro não seria realidade. Em primeiríssimo lugar, a nossa querida amiga e agente, Bernadette Baker-Baughman, obrigada por nos apoiar e nos incentivar a cada passo. Você é nossa pedra angular e nosso centro, e temos muita sorte de trabalhar com você. Agradecimentos calorosos a Victoria Sanders por sempre nos incentivar e nos dar conselhos sábios. E um grande obrigada a Jessica Spivey pelo apoio.

A nossa primeira editora, Gretchen Stelter, obrigada por caminhar conosco desde os primeiros esboços e toda a atenção necessária para nos ajudar no desenvolvimento da história em tantas versões até ela ficar pronta para entrega. A Emily Griffin, a milagreira, que sempre nos desafia a dar o nosso melhor em tudo, e depois nos instiga ainda mais até estar pronto de fato: obrigada pela sua dedicação e pelas orientações. Gratidão a Julia Wisdom, nossa editora no Reino Unido, pelo olho afiado e por sempre nos defender. Obrigada a Jonathan Burnham, Doug Jones, Heather Drucker, Katie O'Callaghan, Mary Sasso, Virginia Stanley, Amber Oliver e à equipe entusiasmadíssima da Harper US. Às equipes da HarperCollins Global, também agradecemos pelo trabalho duro e pela dedicação à excelência. E um obrigada genuíno a Dana Spector, da CAA.

Obrigada aos especialistas de várias áreas bem específicas que nos ajudaram a validar pontos da trama. Todos os erros são puramente nossos. À doutora Carmen Marcano, por sempre nos ajudar com perfis psicológicos, ao detetive de segundo grau Allan D. Wong, da NYPD, por garantir que nosso detetive conhecesse os procedimentos (e não violasse os direitos de ninguém), ao tenente Steven B. Tabling III, aposentado do Departamento de Polícia de Baltimore, por compartilhar sua experiência e conhecimentos sobre a polícia de Baltimore, a nosso irmão, Stanley J. Constantine, JD, por sempre atender o telefone quando precisamos entender das leis; a Tracey Robinson pela ajuda com tudo relacionado a cavalos; a Trevor Rees por dicas sobre internatos; e a Leah Rumbough por seus conselhos de etiqueta.

Temos um grupo de leitoras beta muito dedicadas que nos ajudaram a ver problemas na trama, partes confusas e a dar outros retornos de grande auxílio. Nosso agradecimento profundo a: Amy Bike, Dee Campbell, Honey Constantine, Lynn Constantine, Leo Manta e Rick Openshaw.

Como sempre, agradecimentos mil a nossas famílias pelo incentivo, apoio e amor.

Este livro foi impresso pela Assahi em 2020, para a
HarperCollins Brasil. O papel do miolo é pólen soft
$80g/m^2$, e o da capa é cartão $250g/m^2$.